名作家文学课

My Bookstore
Writers Celebrate Their Favorite
Places to Browse, Read and Shop

我的书店

作家畅谈自己钟爱的实体书店

[美] 罗纳德·赖斯 编　赵军峰 郭烨 赵安 译

Ronald Rice

U0126721

译林出版社

图书在版编目（CIP）数据

我的书店：作家畅谈自己钟爱的实体书店 ／（美）罗纳德·赖斯（Ronald
Rice）编；赵军峰，郭烨，赵安译. —南京：译林出版社，2017.7
（名作家文学课）
书名原文：My Bookstore: Writers Celebrate Their Favorite Places to Browse,
Read, and Shop
ISBN 978-7-5447-1363-4

Ⅰ.①我… Ⅱ.①罗… ②赵… ③郭… ④赵… Ⅲ.①散文集－世界
Ⅳ.①I16

中国版本图书馆 CIP 数据核字（2017）第 090620 号

My Bookstore: Writers Celebrate Their Favorite Places to Browse, Read and Shop
Introduction by Richard Russo
Edited by Ronald Rice and Booksellers Across America
Copyright © 2012 Black Dog & Leventhal Publishers, Inc.
Simplified Chinese copyright arranged through Beijing GW Culture Communications Co., Ltd.
Simplified Chinese edition copyright © 2017 by Yilin Press, Ltd
All rights reserved.

著作权合同登记号　图字：10-2015-414 号

我的书店 [美国] 罗纳德·赖斯 / 编　赵军峰 郭烨 赵安 / 译

责任编辑　　韩继坤
装帧设计　　胡　苨
校　　对　　张　萍
责任印制　　董　虎

原文出版　　Black Dog & Leventhal Publishers, Inc., 2012
出版发行　　译林出版社
地　　址　　南京市湖南路 1 号 A 楼
邮　　箱　　yilin@yilin.com
网　　址　　www.yilin.com
市场热线　　025-86633278
排　　版　　南京展望文化发展有限公司
印　　刷　　江苏凤凰盐城印刷有限公司
开　　本　　787毫米 × 1092毫米 1/32
印　　张　　11.375
版　　次　　2017 年 7 月第 1 版　　2017 年 7 月第 1 次印刷
书　　号　　ISBN 978-7-5447-1363-4
定　　价　　48.00 元

"名作家文学课"总序

陆建德

英语文学在英语国家的大学成为一门学科,不过一百多年时间。这种建置在繁荣学术的同时,也带来一些意想不到的后果。现在不少博士论文,都要强调"方法",考官首先注意的是作者是不是拿得出铮亮的理论装备,好像没有那些便于操作的词汇,就有辱英文专业的门楣。结果出现两种弊端。一是略知门道的读者只需浏览序言,就可以大致推知结语,期待中的阅读的愉悦,只得放弃;二是体现专业性、学术性的词汇,往往过于抽象。特里·伊格尔顿在讨论理论之热的得失时曾引用一段妙文,读起来高深,却不知所云,几乎是英语的变种。这些词汇中特别流行的(如"后现代性")大而无当,像迷宫一样,作者在里面兜圈子,论文做得吃力,读者也叫苦不迭。这种情况,在其他语种里也存在。

研究文学的人多了,然而很多论述文学的写作却为了"艰深"而疏远普通读者。20世纪中期,一些批评大家的文章在非专业的读书界影响很大;而现在的"学术"与公众越来越远,要通过"学院派写作"来亲近文学，希望是不大的了。于是我们想到，还是要请作家来谈文学，因为他们心目中理想的读者是普通读者，他们使用的语言，读起来也不会拗口，经验之谈中有着出人意料的洞察。

约翰逊博士是英国文学史上最受人敬重的人物之一，他在为诗人格雷作传时曾说，普通读者的识趣未被文学上的偏见所败坏，他很高兴与这样的读者意见相合；诗作能否传世，固然与诗人的学问和诗艺相关，但最终将取决于普通读者的常识。弗吉尼亚·伍尔夫深爱这段文字，她还把"普通读者"用作自己评论文集的题目。伍尔夫在那本书的自序中指出，约翰逊博士心目中的普通读者，文学上的修养并不是很高，造物主也没有赏给他/她出众的才能。他/她读书纯粹是为了自娱，绝不是为了积攒知识，以便向学生传授，或纠正别人的看法。

上世纪80年代，我国也出现一股理论热。王佐良先生感叹道："在各种理论之风不断吹拂的当前，回到约翰逊的'常理'观是需要理论上的勇气的。"这常理"不是纯凭印象，而是掺和着人生经验和创作甘苦，掺和着每人的道德感和历史观"。这种文学批评"具体而又不限于技术小节，有创见而又不故弄玄虚，看似重欣赏，实则关心思想文化和社会上的大问题"。约翰逊深知人生的难处与矛盾，他的思想温和而实在。说来也巧，在哈罗德·布鲁姆的《西方正典》中，约翰逊是唯一入选经典作家的批评家。布鲁姆认为，在西方文学批评史上，还难有与约翰逊比肩者。与当今"憎恨学派"的"性别崇拜"和"族裔鼓噪"相比，约翰逊的批评实践体现了"最清醒最狂野的陌生性"，而这种陌生性恰是原创性的标志。布鲁姆偏激，这可以不论。

约翰逊和伍尔夫也从事创作，作为"名作家"，他们谈文学的文字至今魅力不减。译林出版社的这套"名作家文学课"丛书颇有发扬光大"常理"之意，同时也肯定当代各种以理论见长的专著的杰出贡献。我们精选了一些现当代世界文坛上的名家，请他们来上文学课，让读者通过他们的书信、演讲和随笔来亲近文学，感受文学。相信在此过程中，我们会不断邂逅"最清醒最狂野的陌生性"。

目　录

译者序

一

若有一天，实体书店彻底消失了，这世界会怎样？

对一部分人来说，或许不会有太大影响。他们可以足不出户，登录亚马逊网站，悠闲地用鼠标点开畅销书排行榜，把排在前几位的书放进购物车，最后结算付款，只等快递员第二天上门。整个过程不超过五分钟，就像往常一样。

而对这本书里的作家们来说，没了实体书店，那可是犹如灾难降临一般。在他们眼里，书店并非仅仅是一个买卖商品的场所，更像是家一般的存在。

这七十余位美国当代作家多是畅销书作家，很多人曾获得过各种国家级文学奖项；在本书中，他们以各自的笔触向我们讲述他或她钟爱的实体书店。这些书店横跨美国三十多个州，或处于喧嚣的闹市，或居于荒凉的沙漠一隅，或大或小，新旧不一，但对于这些作家而言，它们却均如家园一般，永远那么温馨而难以忘怀。

这些作家每人都有一间"私人"书店。有的作家在书店里有专门账户，自己以及家人需要什么书时，就前往书店选购。店主和店员都是要好的朋友，常常一见面就热情地把一本书塞到他或她的手里，说："这本书你一定要读，保证你会喜欢！"作家中有不少人的职业生涯也是从这样一间私人书店起步，其第一本书甚至每一本书的发布会都在店里举办。店主会挖空心思帮助宣传，盛情邀请每一位进入书店的顾客光临读书会。

而说起有关书店的事情，这些作家都是如数家珍：书店的历史、书店的主人、店里的陈设……每个人和自己最爱的书店都有说不完的故事，或诙谐有趣，或怀旧感伤，但都温暖异常。在这本书中，作家将他们创作旅途上许多鲜为人知的逸闻趣事为你娓娓道来，你可以体会作家与自己钟爱的实体书店之间无比深厚的情愫，还有对于读书无尽的热爱和乐趣。

这些作家当中，有的是坚定的保守派，"顽固"地抵制一切电子化的东西；也有相当一部分人拥抱信息技术带来的便利，不排斥网上购书，但实体书店仍是更加青睐的对象。去书店买书，不是固执地坚持过时的生活方式，不是故作姿态地念旧，更多是守护人类所拥有的一些美好的东西。在实体书店里，店主和店员热爱书籍、了解书籍，用心铭记着顾客的喜好，为书籍与需要它们的人牵线搭桥；顾客与店主和店员们彼此信任，拥有挚友甚至家人一般的关系。

二

语言是人类思想之载体，文化交流之工具。文字是文化及其传承的核心，译者首先要从源于腓尼基字母、希腊字母和罗马拉丁字母的英语字母文字所承载的思想和文化开始解读，继而转换成熔铸着东方思维方式，即具象、隐喻和会意的中文方块字。在此过程中，译者扮演的是跨文化交流的使者。正如作家以读书为乐，以逛自己钟爱的实体书店为乐，译者的乐趣在于有机会和这些作家一样进入他们的书店里徜徉。译者在领略这些知名作家的语言魅力之余，和他们产生共鸣，进入他们的精神世界，体味他们的真情实感，经历他们的文化之旅和生命体验。

"译无止境，臻于至善。"翻译之乐在于语言之魅、文字之美和文化之奇，这一事业博大精深，永无止境；译者如同老中医，越博越智，越老越值钱；翻译之旅恰似游猎，沿途总有看不完的美丽景色，但关键不在于看风景，而在于不断有新的视角发现。翻译之乐还在于不断发现错误，并不断自我修正和自我完善。译者的成长如同禅修，体验生命形态，发现人性自我的"本来面目"，"见性成佛"，能够体会"山穷水尽"后的"柳暗花明"，能够领悟"行到水穷处，坐看云起时"的禅意。翻译和读书一样，需"知之"、"好之"和"乐之"。"芒鞋踏遍岭头云"，"春在枝头已十分"。译者和作家相逢是一种创造美和发现美的"天赐良缘"，通过解读他们用文字所传达的思想情感，和他们一起徜徉实体书店，能和他们一样从兴趣出发，在寻找答案的过程中找到乐趣，找到满足感。如此才能体会到王国维先生在《人间词话》中描绘的三个境界。"古今之成大事业、大学问者，必经过三种之境界：'昨夜西风凋碧树，独上高楼，望尽天涯路。'此第一境也。'衣带渐宽终不悔，为伊消得人憔悴。'此第二境也。'众里寻他千百度，蓦然回首，那人却在，灯火阑珊处。'此第三境也。"

作家的文风迥异，每篇散文篇幅长短不一，且作家们常常引经据典，加上每间书店的地理位置不同，所处地方文化风俗各异，这些都给本书翻译工作带来不少挑战和困难。译者在课堂上常说，"翻译要讲行话"，并云"好的翻译乃反复修改而成"。作为译者，虽译稿即将付梓，但依然诚惶诚恐，将译稿一遍又一遍地参照原文进行校对，请不谙原文的友人朗读，以期译文能做到忠实可信，读起来通顺自然。仿佛做回了学生，交了作业，总觉得不放心，生怕答卷不尽如人意。

翻译本质上是一种跨语言、跨文化的交际活动，重在"交际"（communication）。英文中的"communication"词源上指"seeking the commonness"，即"求同"，又可译为"传播"、"沟通"和"传意"，即传递原文的"意义"、"信息"和"意图"。因此翻译不仅要转换原文本的语言符号形式，传递原文的信息，更要实现信息和符号所承载的功能和意图，达到"功能对等"。这就要求译者进入作者的内心世界，体验生命形态，领悟生命的意义，因此务必关注言语内容和言语方式，使得译文读者能够与原文读者有相同的反应。

翻译的本体是语言，探索翻译离不开语言的三个层面：形式、意义和功能。翻译的目的是传意，传意就是求同存异，跨越文化和语言壁垒的使者则是译者。海德格尔云，"语言是人类存在的家园"，译者则是幸福家园的建构者；老子曰，"信言不美，美言不信"，翻译过程中求美求信是译者的不二选择。翻译的标准五花八门，众说纷纭却莫衷一是，标准和对等是相对的概念；好的翻译读起来不像翻译，"神似"与"化境"是翻译美学的理想境界。

翻译的旅途中，译者除了"知之、好之和乐之"，还需要成为一个勤于思考和善于总结的"有心人"。"君子不器"，"君子修道"，中英两种语言文化存在巨大差别，作为通天塔的建设者,译者需要跨越前进途中的壁垒和障碍,成功的译者在于"修行和悟道"。

三

身处这个瞬息万变的年代,每个人都被时代大潮裹挟着极速朝前奔去,身心难免疲惫。光怪陆离的数字化和网络化世界会让人眼花缭乱,海量信息呈碎片化,令人目不暇接,现代化技术带来便捷的同时,又伴随着毁灭人性本真的负面因素。与生俱来的贪欲和妄念,紧张和焦虑,又会让我们时常感到迷茫和苦痛。如何排解和消弭"负能量",如何摆脱大千世界的诸多烦恼,如何能获取"拈花微笑"和"空灵玄妙"的"如海智慧",获得"朴素自然"的心情,"随缘自适"的人生态度?

"二十五年来,我去过的书店数不胜数,每当我走进一家,都会有初恋般的悸动。"——有作家如是说。

"在这世上,除了祖母的厨房之外,大概没有别的地方能比一家气氛融洽的书店更让人舒心了。"——有作家如是说。

"开普勒成了我的麦加,每日来到此地仿佛我孩提时代每天对那个纯净幻想世界的朝圣。"——有作家如是说。

"但是,在1985年我第一次来到凯彻姆之前,我从没见过哪一家书店像第一章这样对一个社区的幸福如此重要。"——有作家如是说。

"在好的书店里,人行走的方式是不同的;不会大步向前,因为我们不愿走得太快,草草经过一卷卷或熟悉或陌生的小说。"——有作家如是说。

"比起商店,它更像是一个老朋友的家,一个能让千千万万

5

个我们感受到欢迎，融入一个圈子，并且被相似的思想和灵魂包围的地方。"——有作家如是说。

"要是鹌鹑岭图书与音乐消失了会怎么样？

"这是个难以想象的问题，但我听很多人都问过。如果我们失去了这家出色的书店，我和无数其他人都将失去一间避难所，一处知识家园。"——有作家如是说。

"以墨汁浸润，以征尘遮体，我像一只到处流浪的孤猫，任何一家好书店于我而言尽如避风之庙宇，歇脚之教堂，祈福之神龛，露宿之圣林，吉卜赛人之大篷车，蒂华纳之夜店，寻乐之公园，心灵健康之矿泉疗养地，游猎之帐篷，漫步太空之空间站，又如筑梦之内室。多年来，贝灵厄姆的乡村书店对我来说均为上述之喻，最难忘的是最后一喻，因为几年之前，这间书店的确是我美梦成真之地。"——有作家如是说。

的确，人生苦短，人世无常。若有一个休歇处，一个避风港，里面亮着暖色的灯光，各类书籍轴卷盈室，书香四溢，时常找一个角落独处，拥书静读，或与店员畅聊，让他们为你推荐合适的读物，此番景象，怎不令人向往？如此地方，或许就在你家附近街道的转角，抽空去逛逛，像书中的作家们那样，忘怀徜徉，边走边看，抚摸书脊，闻着沁人心脾的书香之余，定会有特别的领悟，油生"禅意"，不见了迷误，不见了焦虑，不见了凄惶，顿觉精神愉悦，心境澄明，清静自如，洒脱"无相"。

译　者

2017年春节于广州白云山麓

序

　　我生平所遇见的第一家好书店说不上是真正的书店。这家名叫"奥尔沃德与史密斯"的书店地处纽约州格罗弗斯维尔市北大街；如果我记得没错，店里的人自称是一家文具店。记得那里面没有空调，但即使在最难熬的炎夏也总是昏暗阴凉。除了有限的几排书摆在那儿，这家店还卖盒装信纸、日记本、记录册、成套的高档钢笔和圆珠笔，以及制图和画画的家什，比如画笔、尺子、圆规、计算尺、速写本、画布以及管装颜料。货架一层层向上顶着天花板，记得当时总思忖着自己够不着的盒子里到底装了些什么玩意儿。下面架子上封起来的盒子里装的又是些什么东西？让人浮想联翩。尽管当时我没有搞清楚，但是奥尔沃德与史密斯的确是给身处脏乱工业区却有着别样人生梦想的人们提供了一个精神归宿。这里从来都是那么从容悠闲。

　　母亲每天都要工作，周六一大早我还得陪她一起跑些差事，奥尔沃德与史密斯通常是我们的第一站。我总是一进门就一屁股坐在摆放儿童书籍的那两个架子前，如饥似渴地翻阅着那一长排整齐的推理小说,有"哈迪男孩"和"神探南希"系列,还有不太有名但是对我而言却更有吸引力的"肯·霍尔特"和"瑞克·布兰特"系列。我依然记得偶遇自己钟爱的系列中难以捉摸的第十一或第十七册时,心里那种无与伦比的激动——我找寻了那册书几年,现在终于发现了它,而就在前一周,它还踪影难觅。这使得我惊叹人世之妙,大有"踏破铁鞋无觅处"之后的惊喜。(此种童年的惊喜,等到半个世纪后亚马逊带着它移动鼠标、点击购买的网站出现时才被比下去。)和那些书的出现一样神秘的是将其买回的钱从哪儿来。母亲永远在提醒我金钱不会长在树上,至少不会长在我们家的树上;假如我盯着伍尔沃斯商店的玩具手枪目不转睛,她就会说可以用我辛苦攒下的零用钱买。否则,那就得等生日或者圣诞节到了再说。但是如果我买书时还差一美元,她总是会从她的钱包里找出来给我补上,我就不用为此再去等上一周的时间,也许那时其他男孩子就会捷足先登了。

出了奥尔沃德与史密斯,在明媚的阳光下,你能一眼望到这条街的尽头。穿过十字路口,街道那头是南大街,那里尽是些低级酒吧和台球室,外面站的尽是些吊儿郎当、无精打采的懒汉,猥琐地冲面前走过的漂亮女人乱吹口哨。有时候我父亲也在当中。后来我年满十八岁成人之后,在那时的纽约可以合法地喝酒了,我也会混迹当中。如同那家文具店,那些低级酒吧凉爽、阴暗而又神秘,有段时间我还挺爱进去的,但是我从来就不属于那儿。像在孩童时代一样,我还是喜欢坐在奥尔沃德与史密斯的地板上,充满欣喜地抚摸店里图书的书脊:这里才是我的心之所属。

时光又匆匆过了二十年。我现在成了一名英语助理教授,结了婚,有了两个女儿,住在康涅狄格州的纽黑文,全职教书,拼命想成为一名作家。我和太太几乎像我和母亲以前在格罗弗斯维尔时一样清贫。我们住在一间公寓里,在此社区生活,经验告诉我,要在我们破旧的老车前后窗都贴上标签,告知周边的小偷们车门未锁,千万别砸车玻璃。标签上写明车里没什么值钱的东西,车载收音机和喇叭早就被偷走了。不过那当然是骗人的。作为一个大学教授,我总是把书忘在车里。有时早上出门,明显发现有人进去过,但是我的书还在老地方,没谁去动它们。

每过个把月,如果攒了些钱,我和太太会在周六晚上去伍斯特大街找一家意大利餐馆吃一顿廉价晚餐——这对我们来说已经算奢侈了。在回家的路上,我们总是会在阿提库斯书店停一下,那里奇迹般地有一份星期天的《时报》清晨版等着我们。怎么可能?明天的报纸,今晚就见到了。阿提库斯书店是个干净、照明很好的去处,是美国较早地认识到了把卖书和卖好喝的咖啡结合起来的好处的书店。刚刚在餐馆奢侈了一把,让我们的预算有些紧张,不过我们还是买了咖啡,找张小桌子坐下来,从身边的书架上取卷翻阅。这是书啊。我那时已经发表了几篇短篇小说,但是从未出过书。从我坐的地方可以看到名字以"R"开头的作者的书,如果我也能出版一本书的话,也应该放在那个位置。[①]有一天,我也会像抚摸着印有菲利普·罗斯的名字的书脊一样摸着自己的作品啊。从某个方面讲,这样想过头了点儿。不过,我禁不住感觉到自己属于这里,正和多年以前我在格罗弗斯维尔那家叫奥尔沃德的书店里感受到的一模一样。

许多人喜欢好的书店,作家呢?我们爱书店可是爱得忘乎

---

① 本文作者理查德·拉索名字原文为 Richard Russo。

所以，而且相互交流心得体会。对自己的最爱那可是钟爱一生，毫无理智。每家独立书店关张，我们都感同身受。当然我们也会做一些力所能及的事。我们一般不会排斥网上购买的电子书（好吧，有些人也许会排斥），但是至少我们这代人常常会将自己的作家生涯归功于一些伟大的独立书店——这些书店中许多已不复存在了。那些顽强地幸存下来的书店，继续为生存而战，即使光顾的客人越来越多地把它们当成样品陈列室，把书店工作人员当成专家来咨询，使用它们上缴的销售税去资助学校，然后回家，投向网上商店冰冷的怀抱。他们只用移动鼠标轻轻一点；尽管是无意，但通过这个简单的动作，他们还是毁掉了下一代及之后的作家的前程。因为帮助作家宣传的正是那些独立的实体书店，以前替我宣传的也正是它们。假如这些实体书店还存在，有了它们的帮助，你尚无了解的那些了不起的年轻作家，他们的作品将能与从玛格丽特·阿特伍德到埃米尔·左拉那样的英雄前辈们的书摆在一起。这也是我曾设法做到的。没了这些书店，哎呀，想起来都不寒而栗。

当然，我是个老古董，更喜欢用纸和笔，而不是在电脑屏幕前做事。我也同意，像有人所说的那样，不管用何种方式创作，关键还是要看书里写的东西。一本优秀的电子书总要比装帧精美却索然无味的纸质书好。但对我而言，像我所去的第一家书店那样，所有的实体书店依然是我们任想象驰骋的居所。发现我自己的书在店里，总能给我带来自豪，也带来卑微。犹如图书馆一样，实体书店永远是实实在在的场所，给我们带来漫长岁月里，大千世界的芸芸众生最长、最好、最令人心动的对话。里面的店员会耐心地告诉你谁在讲什么话。假如你问，他们会告诉你最近理查德·拉索又有什么新作品。更重要的是，他们会把你就是一定要读的书放在你的手心，也许这作家你从未听说过，他马上就会开始与你对话，告诉你他认为重要的事情。

假如读者诸君最近有些日子没进过一家中意的好书店了，现在你手上的这本书在亲切地对你讲，欢迎回家。

理查德·拉索

2012年

玛莎·艾克曼

奥德赛书屋

马萨诸塞州，南哈德利

1979年，我从密苏里州搬到马萨诸塞州西部。那时我碰上的每个人都建议我一定要做两件事：一是去"雄鸡家"尝尝他们的胡萝卜蛋糕，二是去奥德赛书屋 (The Odyssey Bookshop) 开一个账户。

他们是对的。"雄鸡家"的胡萝卜蛋糕确实美味，香与甜两种口味融合得恰到好处。要是这家朴实的餐厅还开着就好了。现在街上只有一排没人能记得住名字的无聊商店，而"雄鸡家"就像许多美好的事物一样，消失在时间里。

那奥德赛书屋呢？

它家的生意蒸蒸日上。

感谢老天。

这座两层的白色建筑是马萨诸塞州南哈德利镇的心脏和灵魂。它也是一个幸存者，不仅经受住了时间和市场的考验，还坚强地挺过了两次危及生存的灾难。

为了研究艾米莉·狄金森，我来到马萨诸塞州西部，在先锋谷念研究生。① 阿默斯特学院、史密斯学院、汉普郡学院、曼荷莲学院和马萨诸塞大学阿默斯特分校都坐落在这片美丽的土地上。最初造访奥德赛书屋，我是为了买文学课的教材；后来就常常坐在这家书店一楼的地板上，倚靠着满书架的维多利亚时期小说，度过了一个又一个周六下午。书屋那时候按照出版商来排列书籍，这种摆法不常见，和英国书店的摆法倒是有点儿像。我那会儿读的书很多都是企鹅出版集团出版的，是有着醒目橙色书脊的平价本。为了促销，企鹅用不同颜色对书籍进行分类：绿色代表悬疑，蓝色代表传记，红色代表戏剧，橙色代表小说。奥德赛的这种排列方式深得我心。当我破译了颜色密码，下到一楼去寻找所有橙色书脊的书时，我感觉自己掌握了书店内情。

但作为一个书迷，直到我开始了解罗密欧·格莱尼尔的故事，我才真正感觉自己掌握了奥德赛的内情。罗密欧是书屋的主人，大家都直呼其名。他是一位穿着得体的绅士，系着领带，说话时嗓音低沉但吐词清晰。按出版商来排列书籍便是他的主意，大概也代表着他对所有英式事物的认可。罗密欧是一个彻头彻尾的崇英者：他每天下午四点都要喝茶，还认为《米德尔马契》是有史以来最好的一本书。罗密欧看起来十分体面，还有点儿，呃，古板，搞得有些顾客以为他是英国人，但他根本就不是。

罗密欧来自魁北克偏远林区的一个伐木工人家庭。1923年，他移民美国，定居在马萨诸塞州的霍利奥克市。他在当地一位名叫西蒙·弗林的药剂师那儿找了份工作，负责打扫地窖。

---

① 狄金森在马萨诸塞州西部的阿默斯特镇度过了一生。

这份工作却成了一次机缘巧合。几年后，罗密欧从地窖荣升地面，在药店里帮忙，学习药房生意，准备考取职业证书。同时，他喜欢上了老板的女儿贝蒂·弗林。就在珍珠港事件爆发十天之后，贝蒂和罗密欧私奔了。两人在附近的南哈德利镇买下了一家名为"格莱斯曼"的药店，出售牙刷和洗发水等日用品，还在门口摆放了一小架书。面对书籍，罗密欧总是无法自抑；他有个习惯，每周都要买一本书。店里书籍占的空间越来越大，书架也越来越多；不久，萨克雷的小说就多过了指甲锉和"老帆船"①。尽管名义上格莱斯曼是一家药店，实际上却成了镇上的文学集会地。街对面曼荷莲学院的老师和学生常来这里聚会，在圆桌边和卡座里热火朝天地讨论艺术、政治和文学。学院师生都对格莱斯曼青睐有加，学生们在毕业后重聚时会顺道来这里看看，就像拜访图书馆里自己最爱的那个角落。一位教授曾经评论说，罗密欧·格莱尼尔"决心要成为约翰·济慈之后最有文化的药剂师"②。

　　1963年，该来的还是来了。咳嗽糖浆最终输给了书籍。在曼荷莲学院师生的强烈要求下，罗密欧在格莱斯曼药店附近创办了奥德赛书屋。学生和老师们帮忙打包了药店的存书，转移到新的店铺里。在接下来的二十年里，罗密欧、贝蒂和店里敬业而博学的员工们一起经营着奥德赛书屋，使它不仅成了最受欢迎的书店，还成为一处旅游胜地。不论是落叶季节在附近的阿默斯特镇短暂停留的游客，还是来当地大学看望孩子的父母，他

① 老帆船（Old Spice），美国男性日用品品牌，创立于1934年，现为宝洁公司所有。
② 济慈于1816年获得药剂师资格，但随后就宣布要成为一名诗人。

们都喜欢来奥德赛书屋跟罗密欧聊天。顾客们喜欢店员亲手为他们挑选书籍，听他们解释推荐这本书的原因。南哈德利镇的人们将艾米莉·狄金森、罗伯特·弗罗斯特和理查德·威尔伯视作同乡，[①] 奥德赛书屋也完美体现了当地人的价值观：文学就如同呼吸般重要。

这也就是为什么意外发生之时，伤害会如此之大。

1985年，罗密欧和贝蒂的女儿琼·格莱尼尔正在马萨诸塞大学修读最后几个月的课程。琼的专业是历史学，她有念研究生的打算。12月的那天早晨，她正与其他几百名学生一起坐在学校大礼堂里，仔细钻研着入学考试的试卷。她完全沉浸在考试中，以至于一位考官在考试结束之际叫到她名字时，她惊得跳了起来。琼的一位朋友等在礼堂门口，不想让她独自一人开车回家经过书屋。因为奥德赛失火了。

接下来的几个月里，琼和她七十五岁高龄的父亲并肩作战，想在原先的格莱斯曼药店附近把书店重新开起来。曼荷莲学院的学生和老师也一起加入。戏剧系学生用他们的场景设计才华来装潢书店。师生一起为新书填写资料卡。顾客们心生敬意，用"凤凰涅槃"来赞美书屋的辉煌重生。然而五个月后，校园里的郁金香树刚冒出花苞，火焰却再次吞噬了奥德赛，附近商铺也被波及。这一次，罗密欧觉得自己没法完成抢救，也没法重新再开一家店了。于是琼接手了。她承认："我那时可能并不知道自己要面对的是什么局面。"读研究生的事被抛到一边，接下来的一年里，琼、震惊的书店员工还有曼荷莲的师生们再次集结，这次是在

---

① 南哈德利与阿默斯特相邻。弗罗斯特曾于阿默斯特学院任教十余年；威尔伯则毕业于该学院，并于2009年回校任教。

南哈德利公理教会的礼堂里，为奥德赛书屋的重新开业而努力。数月后，就在曼荷莲学院对面，一座新的购物中心从第二次火灾的废墟上拔地而起，奥德赛书屋就是第一家开门营业的店铺。

东山再起是艰辛的，但琼充分利用了这次机会，为书屋做了新规划。她把零售区拓展到近四千平方英尺，组织了许多作者朗读会，创立了"初版俱乐部"、"莎士比亚社"和童书俱乐部。奥德赛书屋不仅经营新书，也出售旧书和打折书，还是给书迷挑选特别礼物的好去处。随着社交媒体逐渐成为商业的强大动力，奥德赛也创立了自己的网站，提供全方位服务，方便顾客在网上订购纸质和电子书籍。现在，奥德赛书屋是马萨诸塞州西部最大的独立书店，一年举办超过一百二十场文学和文化活动，曾邀请到雷切尔·玛多、亚历山大·麦考尔·史密斯、斯蒂芬·金以及罗莎琳·卡特等众多名人。

1989年，贝蒂·格莱尼尔去世。而罗密欧，这位"最有文化的药剂师"，也在1997年离开了我们。他的肖像醒目地挂在书屋的墙上，旁边还有格莱斯曼药房和书店经历的两场大火的照片，以纪念奥德赛坚韧顽强的历史。

而我呢，后来终于读完了企鹅集团出版的所有橙色书脊的小说，从奥德赛的地板上站了起来。像我的朋友琼一样，我的职业生涯发生了出乎意料的转变。在曼荷莲学院执教数年之后，我开始进行非虚构类叙述性书籍创作。对我来说，沉浸在档案之中，或穿行于一个从未去过的城镇、采访一位我从未谋面的人，就是我现在最爱做的事。我的第一本书《水星计划十三杰——十三位女性的真实故事和她们的太空梦》出版之际，琼打电话给我，说她想为我办一场新书发布会。我永远也忘不了那个夜晚。C-Span电视台的人和我整支垒球队的队友们都出席了。还有一位读者送了我一顶棒球帽，这顶帽子曾与莎莉·莱德[①]一起进行她的太空首航。琼在会上介绍我，调侃着我们相仿的年龄，还有我从艾米莉·狄金森研究者成为太空史记录者的职业转变。

奥德赛的活动上总是有红酒和糕点供应。当晚，享用完美味之后，我们也准备开车回家了。琼帮我们往车上收东西。那时已经接近夜里十点，人们早就走光了。奥德赛书屋仍然亮着灯，它背对着漆黑的新英格兰山脉，就像一座灯塔。我回头望向书店，不禁回想起罗密欧挚爱的书籍是如何成功挤走了"老帆船"，也不禁感激有这样一个美妙的地方丰富了我的生活。琼抓起一盒聚会用品走到路边，店里此时只剩下一个顾客还在摆放最新小说的书架旁流连忘返。琼朝她喊道："您能不能帮我看一会儿店？"我还在读研时，最爱的事情就是坐在奥德赛的书架之间看书；从这位顾客的回答中，我也听出了一丝喜悦。她说："乐意至极！我这辈子都在等着被书环绕的这一刻。"

作者简介：

玛莎·艾克曼（Martha Ackmann），记者，作家。她的书以改变美国的女性为主角，代表作有《水星计划十三杰——十三位女性的真实故事和她们的太空梦》和《曲线球——黑人联盟第一位女性职业棒球手托妮·斯通的非凡故事》。

[①] 莎莉·莱德（Sally Ride, 1951—2012）于 1983 年成为首位进入太空的女性美国宇航员。

伊莎贝尔·阿连德
书之廊
加利福尼亚州,科特马德拉

我是个老派的人。在我看来,每个人都要有自己的私人医生、牙医和理发师。当然,还得有一家值得信赖的书店。我不随便买书,不论人们对一本书的评价有多高,除非我的书商向我推荐。二十五年前,我疯狂迷恋上了一个男人,并且逼婚成功,从此移民到美国,最终定居在加州马林县。寻找合适的医生、牙医和理发师花了我好些时间,但幸运的是,几乎刚到这儿我就找到了属于自己的那间书店。它在科特马德拉,叫"书之廊"(Book Passage),是一家独立书店,离我家只有十分钟的路程。那儿很快就成了我的避风港和第二个办公室。书店由彼得罗切利夫妇所有,妻子叫伊莱恩,丈夫叫比尔。他们张开双臂热情地欢迎我,并不因为我是一个作家,而是因为我是他们的邻居。

自1987年起,我每本新书巡回宣传的第一站都设在书之廊。这儿同样是许多作家巡回宣传途中最爱的一站。这里有热情的观众,大家都众星捧月般对待所有作家,即便有的并不太出名。我在这儿参加了许多朗读会，见到了在别处不可能见到的大人物，有作家、政治家、科学家、明星，还有各路专家。得益于书店举办的"厨师与书"系列活动，我也在不少高级餐厅享受过大餐。由于工作需要，我经常出门在外，如同游牧民族般四处游历。每次出发前，我都会先去一趟书之廊，在那儿的旅游区选购地图、查阅攻略，比如在摩纳哥买珠子最好去哪儿，在佛罗伦萨哪里能吃到最美味的意大利面。

书之廊对我来说不仅是一个商店而已。我在这里跟朋友见面，接受记者采访，也跟学生和读者聊天，与作家同行讨论交流；我在书店有自己的信箱，开设了自己的账户，我和家人的所有书籍都在这里预订和购买。我的孙子孙女们刚学会拨号，就打电话给书之廊预订童书；如果第二天他们没拿到书，就会再打一遍。这么多年来，书店举办的周日故事会他们一场不落；在哈利·波特午夜派对中，他们也总是身着主题装扮排在入场队伍的最前面。

我的丈夫威利·戈登（是的，就是我二十五年前遇上的那个男人）是一位退休律师，后来他决定要当一名作家。我从未料到他想要与我竞争，但他仍坚持自己的想法。他参加了书之廊举办的悬疑作家大会，选择犯罪小说作为自己的方向。这并非由于他性格阴暗，而是因为他懂得许多法律和法庭取证知识。他参加了写作课程，阅读书店员工推荐给他的书。过去几年，威利完成了五部小说，这些小说被译成多种语言销往世界各地，这可让我很是不安。伊莱恩十分希望看到曾经在作家大会上学习的人几年后以作家身份回到大会授课。这样的例子有很多，威利便是其中一个。伊莱恩是威利书稿的第一位读者，也是第一位给出评价的人。比尔则帮助威利在美国出版小说。

书之廊的采购员会为我挑选合适的小说和有声书籍,还会向我赠送试读本。我甚至都不需要亲自挑选阅读材料。卡勒德·胡赛尼的《追风筝的人》,黛博拉·迪安的《列宁格勒的圣母像》,还有亚伯拉罕·维盖瑟的《双生石》,早在这些书出版之前,它们的手稿便已经递到了我跟前。书店的员工都知识渊博,在他们的帮助下,我仔细研读了十六本书,其中包括几本历史题材的小说,还有一本(你肯定想不到!)关于催情药的论著。我参加了书之廊举办的儿童作家大会,之后便开始写少年奇幻探险三部曲。后来书店还组织了为期一年的童书俱乐部,我也因此有机会了解孩子们真正爱看什么。

对我们这个庞大的社区来说,书之廊就是我们的文化灵魂。人们在这里学习写作和语言、出席会议、参加图书俱乐部和演讲系列活动。如果你是青少年,你还可以参与推特活动(虽然我完全搞不明白那是什么)。彼得罗利利夫妇跟许多学校、社区组织和餐厅都有合作,组织过多次募捐。他们还和多明尼克大学建立了合作关系,学生参加书店的课程和会议也可以拿学分。书之廊的客户们都非常忠实,亚马逊和许多连锁书店都没能让它关门歇业。我可以明确地告诉你,它们真的做过这样的尝试。

在这世上,除了祖母的厨房之外,大概没有别的地方能比一家气氛融洽的书店更让人舒心了。看着摆满各式书籍的书架,闻着油墨味和咖啡味,听着故事里的人物在书页间发出沙沙的动静,你的心便渐渐暖起来。我常去书之廊消磨时间,或阅读,或闲聊,让心情愉悦。但是,我的女儿去世时,我也曾去那里倾诉悲痛。我发现书店的书中有相当一部分是描写痛苦回忆的,那时我意识到自己必须写下葆拉的故事,正如那些记录下伤心往事的作者一样。那一年充满痛苦与哀悼,我久久地呆在书之廊用笔写作，不时抿一口茶，或擦去溢出的眼泪。书店的朋友们一直陪在我身边，尽力给我支持，但很注意尊重我的隐私。

有时我会跟威利吵架，有时我也会特别想家，那时我就会想回到智利。但我知道，我永远不会这样做，因为我的狗没法去那么远的地方，而我也不愿离开我亲爱的书之廊。

作者简介：

伊莎贝尔·阿连德 (Isabel Allende)，畅销书作家，已出版九部小说，代表作有《幽灵之家》、《我心中的伊内斯》、《不褪色的肖像》及《幸运的女儿》。她是美国艺术和文学学院院士，曾获智利国家文学奖和美国总统自由勋章等。

里克·阿特金森

政治与散文书店

哥伦比亚特区

在我们的生活中，有些习惯会变成习俗，而习俗会变成迷信。我自己便亲身体验了类似的演变。1988 年 10 月，我第一本书的创作接近尾声。这本书描写的是 1966 年美国西点军校的一个班。结尾一幕发生在军校公墓，那么多在越战中丧生的士兵就长眠于此。我将学校牧师的哀思作为全书的结尾："我爱他们，全心全意地爱着他们。"

现在干吗？我问自己。作家们写完初稿时通常会做什么？我从写字台边起身，套上运动鞋出了门。沿着犹他街往前走，在内布拉斯加大道右转，穿过康涅狄格大道，我来到了一座零售大楼前。这座大楼看起来枯燥无味，但里面有一家不起眼的简陋小店，数年之后成了华盛顿的社区文化中心；它便是政治与散文书店 (Politics & Prose Bookstore)。我想，这就是作家们写完书后要做的事情：他们应该寻求其他作家的陪伴，或者至少通过他们的作品来交流。那个秋天，我在政治与散文书店与许多非同凡响的新书不期而遇：加夫列尔·加西亚·马尔克斯的《霍乱时期的爱情》、斯蒂芬·霍金的《时间简史》和汤姆·沃尔夫的《虚荣的篝火》等，它们成了我美妙的发现。

1992年秋，我刚完成我的第二本书，便又一路小跑去了政治与散文书店。这已经成了我的习惯。2000年，2003年，2006年，我一直维持这个习惯，最近一次在2012年3月。这个惯例好像成了一种迷信，我害怕打破它会给自己带来霉运。对我来说，造访政治与散文书店就像是块压顶石，不做这件事的书就不算真正完成了。流连忘返于书架之间相当于在书本最后一页打上"结束"二字，但前者更为有趣。

政治与散文书店在华盛顿切维蔡斯社区开业后不久，我和家人就搬到了这里。1984年秋，卡拉·科恩开了这家书店，经营当时的热门书籍，比如罗伯特·陆德伦的《阿基坦行动计划》和汽车公司高管李·亚科卡的同名回忆录，还有芭芭拉·塔奇曼的《愚蠢进行曲》、尤多拉·韦尔蒂的《一个作家的开端》和本地作家鲍勃·伍德沃德的一本名为《连线——约翰·贝鲁什的短暂一生》的令人好奇的传记。卡拉出生于巴尔的摩，曾经是城市规划师，也担任过联邦住房官员。她聪颖、爱社交、有魄力，曾公开表示要将政治与散文书店经营成"自己愿意去的书店"。另一位本地作家、书店赞助人罗恩·萨斯坎德后来评论道："有几百位作家都将卡拉视作自己的理想读者。她是一个部落领袖，正如亚伯拉罕一样。"

卡拉在报上登过广告，本来是为了招聘书店经理，不料却为自己招来了一个商业搭档，在西海岸发展多年后回归华盛顿的芭芭拉·米德。芭芭拉了解图书，也了解零售业。这两位女性都是年近五十岁的母亲，都嗜书如命，但卡拉热情固执，而芭芭拉相对保守谨慎，二人完美互补，相得益彰。芭芭拉后来这样描述两人的合作："我的性格像猫，我会悄无声息地走进房间，安静地坐到角落，专心关注正在发生的一切；卡拉的性格像狗，欢快地跑进来，跟每个人都亲亲密密。"她们两人在经营中鲜有矛盾，却在书店名字上一直争执不下。卡拉认为"政治与散文"很能代表华盛顿，但芭芭拉不以为然，并告诉她："取这样一个名字是个严重的错误。"尽管如此，这个名字还是保留下来了。

书店开张的头几个月，店里总共只有两个店主和一个临时工。但不到一年时间，她们便有了第二个销售助理。到1989年，政治与散文书店已经拥有六名员工。同年夏天，书店搬到街对面，有了更宽敞的店面和更大的橱窗。街坊邻居们主动集合，帮忙搬运书店的一万五千册图书，还有一名警察在康涅狄格大道上指挥交通。当时我也是其中一员，拖着一箱箱当季畅销书向新店走去，其中有萨尔曼·拉什迪的《撒旦诗篇》、约翰·欧文的《为欧文·米尼祈祷》、戴维·哈伯斯塔姆的《49年的夏天》、A.斯科特·伯格的《戈尔德温》以及西蒙·沙玛的《公民们》。对于我们很多人来说，拉着如此多畅销书、长销书、晦涩的诗歌集和必读而我们从未读过的经典，恰好体现了印在书店纪念手提袋和T恤衫上的标语："书海浩瀚，只叹人生短暂。"

两位店主一直坚信书店应成为社区中心和思想圣地，政治与散文书店自然也就成了华盛顿率先举办作家活动的书店之一，帮助作者和读者之间进行面对面的亲切对话。起初，书店每月举办五场活动，请到的大都是一些本地记者和不太出名的作家；但到了1989年，活动数量增至每月十场。《纽约时报》评论道，政治与散文书店成了"每位写政治题材作品的作家巡回宣传途中的必经之站"。的确，书店的顾客人群收入较高，接受过良好教育，且兴趣广泛；他们似乎对所有的作品类型都抱有热情，不论是虚构类文学和诗歌，还是非虚构类叙事和时事新闻。店里的员工骄傲地说道："就像乌比冈湖镇的小孩一样，我们的顾客也都在平均水平之上。"①

　　不久之后，书店活动几乎排满了每一晚，很多时候甚至下午都会有安排。每有一位作家成功站上政治与散文书店的讲台，可能是诺贝尔奖得主，也可能是刚出版处女作的本地小说家，就难免要有三四位作家失去这样的机会。有些作家已经有幸在政治与散文书店举办了多次活动，我便是这样的作家。与如此热情好问的读者当面交流能带来不少启示，让作家得以更深入地了解自己的作品，也为那句经典格言"我写作，因此我知道自己的想法"增添了一层新的含义。

　　之后书店再次扩张，增加了两翼的面积，开设了一家咖啡馆，并扩大了儿童读物区。曾经出现过的商业劲敌，如皇冠书店和博德斯书店，都倒闭了；另一些则依然存在，比如巴诺书店、亚马逊、好市多②里的图书区，还有电子书。奥尔森图书音像等不少优秀的本地竞争对手都销声匿迹了。国内独立书店面临的生存竞争似乎愈加严峻。

---

① 乌比冈湖（Lake Wobegon）是加里森·凯勒（Garrison Keillor）虚构的一个草原小镇。凯勒在美国的一个公共广播电台主持一档广播故事节目，其中有一个很受欢迎的单元叫做"乌比冈湖新闻"，其形式是由主持人报道一周来他的故乡乌比冈湖又发生了哪些有趣的事。在乌比冈湖这个假想的美国中部小镇，"女人都很强，男人都长得不错，小孩都在平均水平之上"。凯勒还以该镇为背景创作了十余部相关作品，其中《乌比冈湖的日子》（Lake Wobegon Days, 1985）出版当年销量即达百万册，成为《纽约时报》畅销书排行榜第一名。
② 好市多（Costco），美国第二大零售商，第一大连锁会员制仓储式量贩店。

幸运的是，凭借一群聪明热情的员工的不懈努力及忠实顾客的大力支持，政治与散文书店仍然充满生机。2010年夏，在共同经营书店逾二十五年之后，卡拉和芭芭拉宣布将出售书店；当时她们都已七十四岁，最重要的是，卡拉身患癌症，于当年10月离开了人世。之后，卡拉仍然在世的丈夫戴维与芭芭拉一道为书店挑选了新的主人——布拉德利·格雷厄姆和莉萨·马斯卡廷。这两人同样是我相识多年的老友，年轻时曾在《华盛顿邮报》担任记者，说起来也是我的老同事。再也没有比他们更合适的接班人了。

现在，在布拉德利和莉萨的经营下，政治与散文书店正努力适应这个电子书和电子阅读器盛行的新时代，但仍然完整保留了西方文明中人们所珍视的、实体书店固有的特征：学习、包容、多元、礼仪、交谈、探寻、情怀。对于我们这些邻居来说，它是风暴来临时的避风港，是白日做梦的理想地，是躲避困难和危险的堡垒。能成为政治与散文书店的顾客、书虫、咖啡饮者、活动嘉宾和邻居，我们着实再幸运不过。若你终于完成了手头的那部小说或回忆录，或者刚结束了一段对国家和人民的沉思，不妨漫步走入政治与散文书店，给自己一段与书本专心独处的时光。如果你热爱文字，这儿就是你的最佳选择。

作者简介：

里克·阿特金森（Rick Atkinson），写作并出版六部叙述性军事史著作，代表作有《漫长的灰线》、《破晓的军队》及《战斗的日子》，曾三次获普利策奖。

温德尔·贝里

卡迈克尔书店

肯塔基州,路易斯维尔

　　我不是唯物主义者,但也不是唯心主义者。我看重这世上实实在在、触手可及的东西;且随着人类体验越来越非物质化,我愈发体会到这些事物的价值。在我看来,书并不只是存在于屏幕上或脑海里的"文本"。只将想法转化成文字还不够,必须更进一步,将其印在书页上,装订好,且前后用封皮包好,这样才叫一本书。书是物质工艺品,人们不仅想读它,更想亲自把它捧在手里,闻它的气味;人们要能摸到书上的字,用真的铅笔在字底下画线,在留白的地方写写画画。这样,一本书,一本真正的书,这种语言的实体,才成了人类肉体生命的一部分。

　　此外,人的肉体生命,一定有一个归宿地,也一定与经济相关。书亦如此。它的生命必须融入书店的生命之中。人们可以从很远的地方买书,通过快递收货。我承认我有时也这样做。但正是有了亲身经历我才知道,这种做法意味着可能舍弃了书本生命中最美妙的一部分,无法获得最纯正和最有意义的文字享受。直到现在,我还保留着一些孩童时期的书,它们在我心里一直是鲜活、珍贵的存在,而我买书的书店和售书给我的店主也都成了它们生命的一部分。

邮购一本书就像"买一头装在袋子里的猪",你得承受摊上一笔坏买卖的可能。你收到的书可能过于丑陋和粗制滥造,即使你是打折买的,也远不值那个钱。如果你是一个书迷,如果你把书本当作工艺品并看重其价值,那你的生命也会因为这件次品而贬值。

所以我在肯塔基州的路易斯维尔时,总爱去卡迈克尔书店 (Carmichael's Bookstore)。有时是为了买某本书,有时并没有什么目的,只想随意了解下有什么书,去看望店里的人。在那里你能感受到一个书店应有的安静、友好,能闻到纸墨的香味,能摸到实实在在的书。在卡迈克尔,图书的多样生命得到了良好体现。走进书店,与一本好书不期而遇,决定自己想要这本书,买下它并如获至宝般带回家,这整个过程都在与店员的友好交谈中完成,无论从哪方面来说,都是一次愉快的体验。由此,买书这项经济活动也成了我社交生活的一部分,因为我买东西的时候需要在真实世界中的真实场合跟真实的人交流。

真实万岁!慢节奏沟通万岁!

作者简介:

温德尔·贝里 (Wendell Berry),著有五十多部文学作品,包括诗歌、小说和非小说,曾获得美国国家人文奖章等多个荣誉及奖项,最新作品有《新诗集》和《时光里的一角》(自 2006 年开始创作的威廉港系列的最新一部)。

珍妮·伯索尔

侧面书屋

马萨诸塞州,北安普敦

　　每个作家都要有一家属于自己的私人书店。当我们在与文字的斗争中变得孤独暴躁,尤其当我们在本应潜心工作之际却频频外出时,有一个地方正敬奉着我们可能完成或永远完不成的东西,还有哪里比那儿更适合扫除愁绪呢?况且阅读是逃避写作的最佳借口。所以我们总是对书如饥似渴,一批批,一堆堆,再多的书也不为过。

　　顺着家门前那条街往下走,穿过两个停车场,轻快地拐过街角,就来到了一家撑着条纹雨篷的店铺前,这便是我的私人书店侧面书屋(Broadside Bookshop)。店里每面墙都立满了与天花板齐高的书架,还有一些书架分散在四周,让人忍不住想上前一探究竟。满眼的书本仿佛在礁石上吟唱着美妙歌曲的塞壬[①],

---

① 塞壬(Siren),古希腊神话中人面鱼身的海妖,拥有妖娆美丽的外表和天籁般的歌喉,常用歌声诱惑过路的航海者而使航船触礁沉没。

向我发出致命诱惑。是的，要我说，凡是E.B.怀特和安妮·法迪曼的作品，或是散文对面的悬疑小说，尤以英国作家的作品为甚，绝对都是塞壬一般的存在。想想雷金纳德·希尔！想想苏菲·汉纳！还有悬疑小说旁边的自传，或藏在散文背后的《纽约时报书评》经典系列，当然还有小说。谁不爱小说呢？

当我终于从这些致命诱惑中保全性命，书屋的儿童区又开始向我发起进攻。我自己的作品就摆在那里，我会不厌其烦地一遍遍去欣赏它们；但当它们在书架上滞留太久、无人问津时，我也会前去送上安慰。有时我会厚脸皮地坐在地上给书签名，希望有好奇的孩子或是父母前来询问我是否是这本书的作者，这时我就能回答是的，然后沐浴在阳光下，接受他们的惊叹和赞美。只不过，有时读者并没有送上多少溢美之词；更糟糕的是，他们会坦言相比之下他们更爱看凯特·迪卡米洛的书。每当这时，我就觉得我应该呆在家里看看老电视剧《吸血鬼猎人巴菲》。

侧面书屋由一群聪明可爱的人经营着。他们对书籍了解甚多，也十分清楚该如何对付进出书店太过频繁的本地作家。他们对我非常包容，我对他们的喜爱也溢于言表，尤其是……不，我没法单独挑出一个来。但一定要说的话，确实有那么一个人我想特别提一下，他就是史蒂夫。他曾经在收银台后对我唱《皆大欢喜》，为此我将永远感激他。谢谢你，史蒂夫。

也谢谢你，侧面书屋，一直充当我的私人书店。向书籍致敬，永远。阿门。

作者简介：

珍妮·伯索尔 (Jeanne Birdsall)，儿童文学作家，她以潘德尔维克一家为主角创作的系列小说是《纽约时报》畅销书，获得美国全国图书奖青年文学奖等多项荣誉，被译成二十二种语言在全球发行。她现居马萨诸塞州北安普敦，常在自家附近的侧面书屋消磨时光。

里克·布拉格

亚拉巴马书匠

亚拉巴马州,伯明翰

　　首先,在我开始之前,我必须强调一点:这儿没有猫。光这点就已经让我谢天谢地。没有虎斑猫,没有蓝眼睛的喜马拉雅猫,没有傲慢的暹罗猫,也没有屁股光秃秃的埃及猫。其实我并不讨厌猫,我很感谢它们在消灭啮齿类动物这事儿上为世界做的贡献。有一次我还容忍一只猫在我大腿上呆了好几秒钟,那真是够久的。没办法,因为女人喜欢猫,就像她们喜欢蜜桃冰激凌一样。我只是觉得,猫不宜和纸制品距离过近——如果你也曾试着去读如同废弃垃圾桶般发出恶臭的《罐头工厂街》和《寂寞之鸽》,你肯定会同意我的观点;当然,要是你也有个爱猫的老婆,那你很可能也会伪装出自己对猫的喜爱,像一条狗一样。然而事实是残酷的,书就是吸引猫。文学圈里很多人认为好书店的标志之一就是有只该死的猫,要么在书堆里窜来窜去,要么悠闲地在收银台上踱步,要么懒洋洋地倚在窗台上,仿佛是来自上帝的要求,这样的书店才有特别的气质。但位于亚拉巴马霍姆伍德的亚拉巴马书匠书店 (The Alabama Booksmith) 没有猫，这就足够了。除非某天有人带进来一只三花猫，但我觉得那不太可能发生。所有认识店主杰克·赖斯的人都知道他没空管猫，甚至经常连饭都没空吃。好了，既然我已经一吐为快，接下来我们就正式开始吧……

他漂亮地骗过了所有人。

听听本地报纸《伯明翰新闻》是怎么描述杰克·赖斯的：

"对于这位书店主人来说，一个美妙的夜晚是这样的：回到南边的家里，用微波炉热上一份冷冻速食餐，再配上一杯赤霞珠，坐在厨房的餐桌旁，边吃边读书。他一年要读两百多本书。"

而事实上，他是个赌徒。不过他不想让人们知道这一点。

有人爱打猎。有人爱钓鱼。有人买上百万的摩托，在车喇叭里轰轰放着"飞吧冲吧，亚拉巴马黄鹂！"①也有人爱看歌剧，虽然我并不认识这样的人。杰克·赖斯则喜欢做些刺激的事作为消遣，享受关节咔咔作响的快感。

作为一位成功的裁缝，有谁会离开自己经营一生的事业，在五十来岁的时候去开一家书店？这不是赌博是什么？而杰克做得如此理直气壮，甚至都没嚷嚷"拜托，我的孩子需要一双新鞋"这类借口。

---

① 亚拉巴马人观看足球比赛时经常喊的一句加油口号。黄鹂 (Yellowhammer) 是亚拉巴马州州鸟，"飞吧冲吧"(Rammer-Jammer) 原是亚拉巴马州一本杂志的名字。

不可思议的是，他赌赢了。这是个艰难的时代，今天的大多数孩子似乎更爱玩掌上游戏，阅读是如同来自布满灰尘的古老门厅的古怪想法，图书馆穷得叮当响。但杰克·赖斯赌赢了，他不光赚了钱，还为喜欢读书、以读书为乐的人创造了接触到好书和好作者的机会，他自己也在生命后半段爱上了书籍。他真的是一个如饥似渴的读者，只要是好故事，什么类型他都读。而且，一定程度上因为很多人说他做不到，他硬是找到了方法用卖纸质书这种老掉牙的活动挣到了足够的钱来付书店的电费，而且居然还赚了一点钱。杰克·赖斯给了我希望，让我相信写作这门手艺能生存下去。或许正因如此，亚拉巴马书匠才成了我的最爱。这应该是个不错的理由，比之前关于猫的那个理由正当多了。

霍姆伍德郊区的一些人，他们发间没有若隐若现的银丝，也不知道没有智能手机的世界是什么样的。他们以为杰克一直都在经营书店，以为他一直都是个脑后扎着两英寸长灰白小马尾的思想自由的藏书家，坐拥无数帕特·康罗伊的签名初版书，萨尔曼·拉什迪也和他交情匪浅。但他曾是个有一定地位的人。他之前在南方经营一家裁缝店，主顾都是些有头有脸的人物，包括公司高管、政府官员和知名的足球教练，这些人都至少需要一个体面的外表。他曾为鲍勃·霍普以及多位参议员定做西装。他现在还喜欢对我说："我能做出一套让你看起来都挺顺眼的西装。"

我之所以花这么长时间来讲店主，而非讲他的店和他的书，大概是因为杰克·赖斯就代表了他的书店。他是个搬运重物的好手。他经常把一箱箱书扔来扔去，看那轻松程度就像年轻人一样。为了朗读会和图书活动，他能用他那辆老旧的雪佛兰，产自里根执政时期(第一届任期,在他和南希频繁求神之前①)的一辆品红色货车,一次性拉来近一千磅的东西。任何一个头脑清醒的人都会觉得他带来的东西远多于他需要的。但杰克是个赌徒,况且在只有二百一十五个座位的礼堂举行一场图书活动,也是有可能需要额外再加七百多册书的,谁又知道呢?

这样说也许会伤害杰克敏感的情绪,但亚拉巴马书匠看起来跟我母亲过去在皮埃蒙特算命的地方有点像,只不过还没到让霍姆伍德历史委员会登门拜访的程度。杰克抬头看见的就是月亮和星星。到如今,他已经在图书业驰骋了二十多年。书店最初开在档次更高的伯明翰高地大道,后来搬到了现在的位置,在高速公路边一幢低调(客气点来说)的木结构楼房里,即便你是第三次去那儿也不太容易找到。这家书店是对旧时代的回归,至少它刚开业时给人的感觉是这样。书店的天花板垂得很低,就算矮个子也会觉得不高;纯木书架从地板延伸到天花板,摆满了历史、古典、诗歌和悬疑等各类书籍。

很荣幸我的作品也摆在这些书架上,我觉得这里就像自己家一样。但当我坐下来,想要描述我喜爱这里的原因时,我想到的不是一大把书店拥有的东西,而是它没有的东西。它没有舒服的椅子或闲适的阅读区,这样在我思考时耳边就不会响起敲击饮料罐底的巨大噪音。那种咖啡饮料叫什么来着?星兵乐……还是星饼乐?②噢,见鬼去吧。我可以打包票这里没有充电站也没有笔记本上网接口,书店附近倒是有一两个。我也

---

① 传闻里根夫人南希迷信占星,常找占星大师为自己和里根算运势吉凶,甚至据此安排日常活动。
② 这里指星巴克推出的星冰乐,有杯装和罐装两种,罐装的喝法是先把它冷藏至0℃,再拧开盖轻敲瓶子底部,这样整瓶会瞬间结冰,形成冰沙口感。

很确定这里没有Wifi……还是Wyfy？你懂我想说的是什么。来杰克的店里不要带笔记本电脑，但你可以读读报纸，站着读。

他也没有刻意显得特立独行。书店里听不到摇滚音乐，只有他在店后小憩时才会听上一首。不过我并不认为这样他真的能睡着。在这个只有书的地方，你更可能邂逅小亨利·路易斯·盖茨的作品，而不是突然间火起来的那本描述猴子跳上床的畅销书（不过说实话我也有那本书）。

但你看不到这家书店生存的秘诀，至少第一次来到书店时看不到。"我们的签售会做得很好，"杰克告诉我，"二十二年来，我们的活动规模一年比一年大。我们签名初版俱乐部的规模在全国就算不是最大的，也能排在前几名。我们有幸请到过菲利普·罗斯、约翰·厄普代克、理查德·拉索、萨尔曼·拉什迪、杰拉尔丁·布鲁克斯等作家来店里，给我们来自十五个不同国家和全国五十个州的会员和顾客们签名售书。我们还接待过吉米·卡特总统、大卫·赛德瑞斯、安妮·赖斯、克里斯托弗·希钦斯、肯·伯恩斯、温德尔·贝里等数百位名人。"杰克并非想让自己听起来像个销售员，但他是个专注而努力的人，他就是忍不住。当他在做裤子时，他想要做出好裤子，并尽其所能多做多卖，多一点再多一点。他觉得图书生意完全也可以用类似的方法来做。我不知道他浑身的精力是从哪儿来的。等我到了他这个年纪，我更愿意找个舒服的地方躺着。

他对自己的新事业充满激情，有时甚至会兴奋过头。有一次，他在一场图书活动上介绍我时，激动地描述我如何帮忙把一位老妇人连同她的轮椅抬进了拥挤的礼堂，但在我记忆里，那其实是一位膝盖上打了石膏的年轻姑娘。不过我确实把她扶进了礼堂。

手里捏着钱的出版商们认可杰克的热情，也确确实实安排作家来亚拉巴马书匠，并不只是说说而已。他们在这里能卖出书，而且数量真不小。"当我们提出让出版商把一线作家送来我们店里，他们可能会不太情愿，这时我们会提醒他们，亚拉巴马州不仅能制造出高档的奔驰轿车和雄伟的登月火箭，也能举办一流的作家活动。我们和市里的亚拉巴马儿童组织、教育委员会、美国全国公共广播电台和本地公共电视台等非营利性机构都有合作……我们的销售额也经常排在作家所有巡回签售站的前几名。"

虽然我想告诉杰克，亚拉巴马已经很长一段时间没送人上过月球了，但我不太忍心。他说得这么开心，我不想又毁了一个善意的谎言。

杰克能为图书业带来益处，他的书店也是。如果你想坐在一把旧椅子里，一边啜着咖啡一边随便翻看《牛津美国人》[①]，或者找地方给你那苹果公司出的什么玩意儿充个电，或查查邮件、逗逗猫，那你多的是别的去处。

作者简介：

里克·布拉格 (Rick Bragg)，非虚构类畅销书作家，曾获普利策奖，代表作有《南方纪事》、《阿瓦的男人》及《青蛙城王子》。他曾获得哈佛大学尼曼奖学金，也曾获得詹姆斯·比尔德奖及其他多个国家级文学奖项，现任亚拉巴马大学写作教授。

---

① 《牛津美国人》(*Oxford American*)，美国文学季刊，1992 年创刊于密西西比州牛津市，专注于呈现美国南方文学与文化。

查尔斯·布兰特

第一章书店

爱达荷州,凯彻姆

1959年,海明威怀着一颗不安的心回到美国,在爱达荷州的凯彻姆住下。他在古巴的亲爱的家,他的私人伊甸园,也是他1954年获得诺贝尔奖时的住所,不久之后被卡斯特罗强征走了。

海明威不得已来到了凯彻姆,世界上他第二钟爱的伊甸园;他不得已把家安在高海拔荒凉山区一座俯瞰大木河的山坡上。这儿有苍茫绵延的群山,几乎永久湛蓝的天空,抚慰人心的空气;邻近的太阳谷度假村还拥有令众多名流纷至沓来的世界级滑雪胜地。二十年前,就在度假村的206套房中,海明威创作了《丧钟为谁而鸣》,并且希望由常同他去银溪钓鱼的好友加里·库珀担任同名电影主角。1961年7月的一天,因健康水平急剧下降而不堪痛苦的海明威在凯彻姆的家中用一支猎枪结束了自己的生命。

但海明威的踪迹却在凯彻姆生根发芽,至今仍随处可见。太阳谷的206套房现在仍然可供租住,海明威坐在套房里打字机前的照片也被放大挂在游客办公室里;他和妻子玛丽长眠的凯彻姆公墓声名在外；步道溪旁立有他的半身像；每年这里还会召开海明威纪念大会。认识他的本地人时常想起他，比如修电脑的罗伯，他四岁时曾被这位文学巨匠抱在怀中。

海明威的孙女、演员玛丽埃尔在凯彻姆安了家，但她不是唯一一个在此安家的名人。如果你留心寻找的话，还能在加油站、超市或者餐厅看到更多。不过这些名人看重自己的隐私，本地人和游客也尊重他们的私人空间，不踏入那个贴着"禁止入内"标志的能量场。

但在一个特别的地方，你或许能碰上处于放松状态的名人，他们可能正在与朋友畅谈，"禁止入内"的能量场也暂时关闭了。这个地方就是凯彻姆最古老的书店——第一章书店 (Chapter One Bookstore)。正如本地建筑师戴尔·贝茨所言："每个社区都有一处公共资源。"第一章书店就是凯彻姆重要的公共资源。

在我过去七十年的人生中，我进出过很多书店，有位于纽约麦迪逊大道的以丘吉尔、爵士乐和棒球为特色的查特维尔书店；有令人怀念的麦迪逊大道书屋，你在那儿很可能看到萨姆·谢泼德正向经理加里寻求建议，还可能撞见芭芭拉·沃尔特斯抱着一堆能给她带来愉悦和启迪的书，排在结账队伍中，向收银员询问约翰·厄普代克是否真的不错。但是，在1985年我第一次来到凯彻姆之前，我从没见过哪一家书店像第一章这样对一个社区的幸福如此重要。而且我们整个社区也都知道，我们的"公共资源"不只有这个书店，还有店主兼经理谢丽尔·托马斯。多年来她一直是我们这个山谷地带的灵魂人物。

谢丽尔和她的得力助手梅格阅读量都极大，她们能为你找到最完美的那本书。即使你想要《永别了，武器》的初版，哪怕只是想把书捧在手里看看，她们也能找到并交到你手上。如果你想要一只狗,谢丽尔也能帮你,因为她还在经营另一项美好事业——"动物之家"。她不仅为反饥饿联盟募资,还尽力确保需要帮助的人有资金购买狗粮和猫粮。她能帮你锁定通常都销售一空的太阳谷作家大会入场券,戴维·麦卡洛等与会作家都会来她的店里聊天。谢丽尔不知疲倦地推动着海明威小学二手书集市以及每年一次的太阳谷幸福节。她收藏的最新治愈系和正能量书籍无与伦比。谢丽尔还培养和鼓励本地作家,不论他们的书出自知名出版社还是自费出版。对只拥有两千七百人口的小镇凯彻姆来说,本地作家同样也是名人。

几年前的一个冬夜,我来到第一章书店。我从后门进入,走到前面时看到一个体格健壮的人背对着我,正亲切地跟人聊着有关科索沃的话题。我没有走上前,只是呆在后面静静地听着。他好像真的很懂这些事情。谈话结束后,我发现他竟然是外交家兼作家理查德·霍尔布鲁克,难怪他会对巴尔干形势如数家珍。创作歌手卡罗尔·金等本地名人搞不好就会在某个周日出现在书店签售回忆录,下个周日的嘉宾说不定就是本地滑雪传奇人物。

谢丽尔经常让我来书店给书题词,而我就像达美乐餐厅的比萨饼外卖一样,随叫随到。如果有人想买我的书,她会打电话叫我过来,当面为那位顾客签名,再跟他聊会儿天。有一次,我应召到店里来跟一对夫妇闲聊。妻子叫凯瑟琳·查马勒斯,曾在太阳谷作家大会上听过我的演讲,想买一本我的书送给她儿子;而她丈夫拉里是安永年度企业家奖得主,但已经卖掉了自己的公司,当时正在物色新的职业。他们坐拥史蒂夫·麦奎因[①]的旧房产。

---

① 史蒂夫·麦奎因(Steve McQueen, 1930—1980),好莱坞著名动作片影星、赛车双料得奖选手,1960 至 1970 年代活跃于影坛,后因肺癌过世。

聊天时，我发现好莱坞名律师杰克·布鲁姆是他们的朋友，在太阳谷也有住所。我们聊得十分投机，一拍即合，不久之后这对夫妇就买了我的作品《听说你刷房子了》(黑帮行话，指谋杀) 的改编权。通过杰克·布鲁姆的牵线搭桥，我们与派拉蒙影业达成合作，将该书改编成电影，取名为《爱尔兰人》。电影将由马丁·斯科塞斯执导，罗伯特·德尼罗主演，派拉蒙制片，阿尔·帕西诺和乔·佩西也将出演。噢，我都忘了说，谢丽尔还是个红娘!

海明威在接受诺贝尔奖时有一句很著名的话："写作，在最成功的时候，是一种孤寂的生涯。"如果海明威还在世，谢丽尔一定会让他来书店里，哪怕只是聊一会儿天也好。这对他是有好处的。

作者简介：

查尔斯·布兰特 (Charles Brandt)，真实犯罪畅销小说家，代表作有《听说你刷房子了》(曾登《纽约时报》畅销书排行榜第一名) 和《保持沉默的权利》，后者以他在刑讯过程中破获的多起重大案件为基础创作。他现在和妻子南希居住在特拉华州刘易斯和爱达荷州太阳谷两地，三个孩子都已成年。

道格拉斯·布林克利

书人

得克萨斯州,奥斯汀

夏日无情炙烤着大地,天空中没有一片云,紫外线不受遮挡,肆意而下。奥斯汀的街道被灼烧着,干燥酷热,空气仿若静止,104°F的高温让人窒息。我开始感到烦躁不安。为什么我没在汉普顿或者密歇根上半岛那些天堂般的地方?想到这里,我发动了我的小沃尔沃,径直向书人书店(BookPeople)开去。它是这座以牛和嘻哈音乐闻名的城市里唯一真正的绿洲。

在书人后边闪着"咖啡馆"字样的亮蓝色霓虹招牌旁,有一面陈列墙,上面挂满了本地艺术家的作品。墙上的画作定期轮换,但有一幅放大的十二格漫画始终停留在上面,从未被撤下,那便是G.C.约翰逊创作的《书人插画史》。这件带有基思·哈林早期风格的作品记录了这家得克萨斯最大独立书商的发展历程——从1970年在奥特·威利烟草店原址附近以"神交图书"之名创立的小书屋,到如今坐落在全食超市公司总部对面、占地两万四千平方英尺、交通便利的大书店。美国和平队①资深志愿者菲利普·桑松在1978年买下了神交图书。现在,书店首席执行官,活力充沛、嗜书如命的美学家史蒂夫·贝尔库继续为广大读者提供浩若烟海的各类图书,并且将业务从线下拓展到了线上。

在我看来,书人书店汇聚了思想进步的奥斯汀市中一切优秀和智慧的事物。在这座发展过快的城市中,它是理想的避世之地。我以顾客和作者的身份进出过美国各地的许多家独立书店,并自认为是评价书店的一把好手,因此也完全有资格为书人的卓越品质作证。

"书人"这个名字取自雷·布拉德伯里的反乌托邦小说《华氏451》。故事里,"书人"们在关键时刻将禁书带上山,决心要在它们被毁之前将内容记在心中。我之所以喜欢这个名字,还因为它体现了平等主义精神,就像霍华德·津恩的《美国人民史》和卡尔·桑德伯格的长诗《人民,是的》。贝尔库对书人的设想是让其成为一个社区聚集地,不论你要的是政治、哲学、诗歌还是其他书籍,都能在这里寻获。而他也实现了这个设想。现在你随时都能在书店与三十万册书籍不期而遇。这里不是购物中心式的店铺,也不是亚马逊的仓库;它是"怪城"奥斯汀的市政厅,从《白鲸》主题T恤到刺绣洗碗布,再到收银台桌上摆放的个性糖果,无一不体现出这家书店的独特性格。

---

① 和平队(Peace Corps),由美国联邦政府成立和管理的志愿服务组织,为世界上需要帮助的其他国家提供技术和人力支持,同时促进美国人民和受助国人民的交流。

神奇的是，在书人里，一切都从容自然。顾客们买不买东西对贝尔库来说并不是最重要的。许多人进店之后便沉浸在某个阅读区，感受这份在得克萨斯别处找不到的体验。如果说奥斯汀让"浪人"(slacker)这个词为人熟知(由于奥斯汀电影人理查德·林克莱德1991年的作品《年少轻狂》)，那书人书店则充分彰显了阅读是美国人的一种日常消遣。我常在店里闲逛，一呆就是几个小时，草草浏览各式各样的商品，翻阅自己喜欢但不想买的书，随意记下一点笔记。店里有一百二十五名员工，从来没有一个人因此责难我。闲逛正是书店的一种氛围，店员还鼓励我上下两层都看看；闲逛也是书店的一种特色，每当我心情郁闷，就会开车去拉玛尔大道，停好车之后便一头扎进书架间那个知识的世界。

我在乔治城大学读研时，经常去逛西夫韦超市[①]，就像艾伦·金斯伯格在《加州超市》里描绘的那幅场景——二十来岁的年轻人在超市里推着购物车，戳戳猪排，捏捏香蕉，看着来往的人流，彼此相遇。类似地，在书人也有许多求偶活动发生，多到应该被选为国家野生动物保护区。

现在我已不再参与这种活动了。我和太太安妮常去书人给我们的三个孩子买礼物，那里适合小朋友的东西真是琳琅满目。我们选购的时候，孩子们可以在店里巨大的管道组合房里玩耍。店里有一个儿童阅读区，里面配有几把紫色的椅子。故事会是书店的一项特色日常活动，这里有个蓝色舞台可供孩子们上台表演，舞台背后还有一幅幕布，上面画着一只正在读书的可爱蝙蝠(蝙蝠在奥斯汀随处可见，是这个城市最受欢迎的动物)，

---

① 西夫韦 (Safeway)，北美最大连锁超市之一。

旁边用硕大的黄色立体字母拼出了一句标语："故事时间里的奇遇……都留在故事里。"店员们布置儿童书展的方式实在充满想象力，比如，"会走路的东西"主题展就展示了在火车、船舶、卡车和拖拉机等交通工具上发生的各种奇妙想象和真实场景。如果美国小学的图书馆能有一半这么有趣，美国的识字率能比挪威和丹麦还要高。

现在有很多杂音，说美国的独立书店正走向消亡。这显示出如今这个时代有多艰难。但书人书店仍然是奥斯汀的心脏和灵魂。就像听完威利·尼尔逊后院音乐会，深夜再去玉兰餐馆享用一份早餐玉米卷，它已经成了一种文化现象。

作者简介：

道格拉斯·布林克利 (Douglas Brinkley)，莱斯大学历史学教授，《名利场》特约编辑。《芝加哥论坛报》称他为"美国新一代历史巨匠"。先后有六部作品被选为《纽约时报》年度最值得关注的图书。畅销书《大洪水》获得罗伯特·F.肯尼迪图书奖。他与妻子和三个孩子现居得克萨斯州。

利亚姆·卡拉南

博斯韦尔图书公司

威斯康星州，密尔沃基

　　我有个朋友来自单亲家庭，由母亲抚养长大。高中毕业后，他考上了常春藤名校，之后加入"为美国执教"[①]，结果发现其实自己想从事医药行业。可他上不起医学院。于是他去UPS公司上通宵班，挣钱回学校去读医学预科；后来又加入美国空军，赚到了上医学院的学费。但等到他结婚时，没有哪个公司或军种能给他支持了，他只好求助于自己的母亲，而这位母亲解决了他的问题。所有参加婚礼的人都对那天印象深刻：仪式浪漫美丽，在教堂地下室举行的宴会也精致热闹。"我总是说，"那天我朋友自豪地说道，"即使宇宙走到终结，人类文明需要重新来过，我的母亲也能做到。她和她的几位朋友，

***

[①] "为美国执教"（Teach for America），美国非营利组织，招收优秀大学毕业生到美国一些最贫困的学校执教两年，希望打破因学生经济条件、种族和地区等因素造成的教育不平等现象。

她们能重新创造整个世界。"不过，我要讲的并非这个朋友的故事。

我对丹尼尔·戈尔丁也有同样的感觉。他是我的私人书店——位于密尔沃基的博斯韦尔图书公司 (Boswell Book Company)——的主人。那末日预言放到丹尼尔身上似乎完全适用：现在每天都有人言之凿凿地宣布出版业的末日已经来临，书店的境况更是大不如前。所以，这条美国工业的林荫大道需要的，不是对卖出几本书感兴趣的人，而是对依靠卖出几本书（或许还有来自细心管理的库存中的礼品）来拯救人类文明感兴趣的人。

直接点说，就是：世界有未来，而未来就从密尔沃基的这条唐纳大道上开始。

我初次见到丹尼尔和博斯韦尔图书公司时，他们都还不是现在这个样子。那时，博斯韦尔还只是当地一家备受喜爱、享誉全国的连锁小店哈里·W.施瓦茨书屋的一部分，丹尼尔则是店里的一名采购员。但书屋传奇主人戴维·施瓦茨去世后不久，书屋也走到了生命尽头（这再次证明，记述书店的故事是一项末世预言活动）。丹尼尔继承了这份事业，或许"提振"这个词更合适。书店位于唐纳大道，在热闹的威斯康星大学密尔沃基校区以南的几个街区之外，跟我家也只隔了几个街区。丹尼尔把自己全部的，甚至整个家庭的积蓄都倾注于此，倾注在这家砖头门面的小店里。

对外地人来说，当你不再觉得"唐纳"是个讽刺、好笑或者不祥的名字时①，你就算融入了当地生活；当你不再称书店为

---

① "唐纳"原文为"Downer"，衍生自单词"down"，有低落、灰心丧气之意。

36

"博斯韦尔"，而是"丹尼尔家"时，你则真正拥有了作为本地市民的自豪感（更不用说文学参与感）。

比如我女儿就会问我："我们能去丹尼尔家吗，爸爸？"那是个周六早晨，天刚亮我就带她去了丹尼尔书店旁边那家星巴克，她当时才三岁。常在周六清晨去那家星巴克的人都知道，那个点聚集在那儿的有四类人：要去上班的医生，周五夜里从来不睡觉的嬉皮士，想跟嬉皮士出去混却得熬夜准备法学院入学考试的学生，再就是三岁小孩儿和他们的爸爸。

对了，还有一类：书店店主。

因为当我正要开始跟我走路还不稳的孩子解释咖啡店和独立书店的区别时（一是人们情愿花几块钱去买一杯成本只有几分钱的咖啡，却只愿意花几分钱去买一本成本上千元的书；二是通常人们在清晨七点真的需要一杯咖啡，但最早也要等到十点左右才真的需要一本书，这也就是为何那时星巴克开了门而丹尼尔的店没开），丹尼尔出现了。

"你好。"他说道，直接叫了我女儿的名字。

"丹尼尔，我想要一本书。"她回答道，同样直接称呼他的名字。

我太太的大学室友是一位作家的女儿。这位作家是卡尔文·特里林。他送过很多礼物给自己孩子和我的孩子，其中有这么一条规矩：只要他们同在一家书店，孩子们想要什么他都会买给他们。重要的是，这条规矩在玩具店或冰激凌店或小马马厩并不适用。只有在书店，孩子们才能得到想要的任何东西。这就是我们抚养孩子的方式，是种非常好的做法。诚然这会给信用卡造成负担，但儿童书一般不那么贵，而且这样能让孩子们觉得书店和公共图书馆没什么差别。这种好处，用信用卡公司的话来说,是无价的。

"没问题。"丹尼尔说着,牵起我女儿的手,和她一起找到钥匙开了门。我们进店后,他又锁上了门:实际上,他书店的营业时间没几个小时。当然,这并不意味着他就没在店后的办公室里辛勤工作;跟那些痛饮咖啡的医生、备考者和通宵作乐的嬉皮士相比,丹尼尔付出的时间并不少。

我女儿并不知道以上这些事情的特别之处,无知是福啊。她悠闲地朝着书店后方迂回前进,穿过畅销书、书商推荐、日历和哲学、历史与幽默类书籍,走过摆满复古创可贴铁罐的玻璃柜①,之后便向左转入宽敞明亮的儿童区。在那儿她找到了最大、最梦幻的公主书,随即坐定开始看书。

现在是清晨7:35。

我为我们的唐突打扰向丹尼尔道歉,而他只是笑笑。他总是在笑,这是我从他身上学到的有关书本、售书和在灰暗末日中生存的秘诀之一:保持笑容。他说:"还有比这更好的方法来开启周六吗?"

我女儿抬起头,露出微笑,又低下头继续看书。这就是我们

---

① 当然店里会有一柜子的复古创可贴铁罐。丹尼尔曾经在他的博客里这样解释道:"1980年代中期,我突然意识到街上随处可见的创可贴铁罐很快会消失。那时在包装上明显有一种趋势,金属会被逐步抛弃。而创可贴罐是一种设计精美的容器。为了向它致敬,人们做了一些复古装饰罐,里面的创可贴被设计成培根和泡菜的样式。是的,我有一些这样的罐子。我喜欢实体店,喜欢零售业。当你想到一些城市,你或许会想到它们的棒球队或地标性建筑。而我想到的是年代久远的零售商。当我见到地区性食品和药品连锁店发展迅速时,我慌了……于是我开始收集罐子。反创可贴罐的趋势让我想起了现在那些预言家对书本的宣判。而我拥有的这些罐子不知为何让我回忆起地区零售业以前是多么有活力。可以说,以上说的所有事情都是我选择在密尔沃基开一家独立书店的原因……"——作者注

的答案：不，没有更好的方法。

我向丹尼尔道谢，感谢他为我们多走了一英里路，然后我们俩都笑了。在作为店主的这段时间里，他多走的距离已经超过了一个超级马拉松的赛程。我所说的路某些时候指的就是真正的路，比如他会跟我一起驱车前往密尔沃基西南部，去参加为期一小时左右的"图书馆之友"①特别朗读会。因为图书馆建议我带上一些自己的小说过去卖，所以我向丹尼尔请求借用一些他的库存，他立马应允，并且主动提出要跟我一起过去，帮忙负责售书。

朗读会进行得很顺利，虽然最后我的嗓子哑了。听众们年纪都比较大，他们不怯于要求我讲话大声些，再大声些。到了买书的时候他们倒羞涩起来了。这样的现象在图书馆活动中屡见不鲜。不像我女儿，图书馆的访客们十分清楚图书馆和书店之间的差别，那些常客尤其明白。在图书馆，书是免费的。我们只卖出了两册书。我买了一本送给邀请我过来的图书馆馆长，接着又买了一本送给馆长母亲，她一直都在翘首期待这场朗读会。

那天，我将丹尼尔送到他家门口时，已是深夜了。我不愿去想这一趟花费了他多少。即便不是金钱上的，时间也耗费了不少。我也不愿去想第二天他还要多早出现在书店门口。我极尽所能地向他致谢，而他只是笑笑，转转眼珠，不以为然地说："当然，我该做的。"

当然丹尼尔应该在天刚亮的时候为我女儿开店营业。当然

---

① "图书馆之友"（Friends of the Library），美国许多图书馆都在实施的非营利性项目，招募志愿者和合作伙伴来帮助图书馆募资、推广、举办活动。

他应该开几个小时的车陪我一起去卖两本书，直到深夜。所以，当然除去唐纳大道，美国图书业的救星也非他莫属。因为丹尼尔不仅爱书，还爱卖书。他热爱零售。他可以像约翰·马登[①] 在橄榄球场上那样兴奋而事无巨细地跟人讨论几乎任何一家百货商店或者他自己书店的布置：什么东西最适合摆在桌上，什么东西最适合摆在架子上，店里被偷的第一本书是什么（是伊恩·K. 史密斯的《减肥四日食谱》），还有在店里卖机器人是否明智。

我们对最后一点予以肯定。其实对每一点都一样。我曾经主持过一场诗人马蒂娅·哈维的本地朗读会。就在活动开始前的几分钟，有人告诉我马蒂娅是一个机器人爱好者（哪个来自布鲁克林的诗人不是呢？），我立马冲到丹尼尔店里，车也违章停靠在唐纳大道上。我跑进店里，大声喊道："我需要一个机器人！"约六十秒后，我拿到了一个可活动的小型蓝色木头机器人。不必说，马蒂娅收到这个礼物很开心，一直把它摆在自己身边的讲台上。

说到底，这个世界对书商的要求并不多——只要他们的书架上摆着一系列精心挑选的书和机器人，只要他们的书店全天营业，只要他们随时准备好踏上或长或短的行程，只要他们不论遇上正在节食的偷书贼、图书馆馆长的母亲还是预言图书业末日的人，都能笑对每一个困难。这其实就意味着，我们要求他们无所不能。让他们为了我的朗读会把今天空出来，让他们为我把这本粉色公主书留出来，让他们拯救我们全人类。

之前说到的那个朋友现在已经是一名医生了。他的婚姻十

---

① 约翰·马登（John Madden, 1936—　　），前美国橄榄球教练，曾作为奥克兰突袭者队主教练带队夺得超级碗。

分幸福，在教堂地下室度过的那个欢乐的婚礼之夜也一直在我脑海中挥之不去，这些都是靠他那勇敢的母亲从零创造出来的。但不久前，这位母亲过早地离开了人世。

我并不是在要求丹尼尔马上给我办一场婚宴，但既然我朋友的母亲已经过世，他应该知道，如果地球有一天停止转动，不论这一天降临得有多快，我就指望他重启世界了。

我有时会怀疑我们的文明是否在不久以前已经终结。现在我的感觉就是这样。但每当我感到绝望，害怕情况不会好转或继续恶化的时候，我就会和我女儿走几步路去丹尼尔那儿，透过漏出蜂蜜色灯光的窗户看看店里，然后欣慰地意识到：世界还好好的呢。

作者简介：

利亚姆·卡拉南 (Liam Callanan)，小说家，著有《云之图》和《全圣徒》，每进一家书店都会买点东西。

罗恩·卡尔森

易手书店

亚利桑那州,坦佩

　　你一定得知道坦佩以前的样子。那时候它还不是由特许经营餐厅和光鲜商店组成的时尚主题公园,而只是一条普通的大街,街边是两排无甚亮点的老旧门面,店家来来去去无定时;那片浅蓝湖泊还只是个干涸荒凉的河床,一年泛滥两次,而且很可能在你匆忙赶路时泛滥第三次。如今在全美排得上名的亚利桑那州立大学那时更像一所规模庞大的社区大学,而且还在不断扩张。如果你登上主街东侧那座山,你会发现你的东面是沙漠,南面是农田和沙漠,西面有凤凰城隐匿在薄雾后,北面则能看出斯科茨代尔城市群的雏形。这是片荒凉透顶而充满挑战的土地。港口在哪儿? 绿洲在哪儿? 谁会在这样的地方停驻,留下痕迹? 但在那些日子里,每当我走进距离蒙蒂墨西哥餐厅一个半街区之外、位于主街上的易手书店(Changing Hands Bookstore),总能在这个温馨空间里感受到鼓舞和力量。

　　从进门的那一刻起,就好像来到了另一个世界。这里有艺术，有慰藉，有无数本精装书摆放在自制书架和桌子上，另外一些则摆放在通向奇怪夹层的楼梯上。我们的步伐不由得放缓了。在好的书店里，人行走的方式是不同的；不会大步向前，因为我们不愿走得太快，草草经过一卷卷或熟悉或陌生的小说。我几乎每次都能在书店里遇到我认识的人，而不仅仅是他们的作品。店里一楼是旧书，每个书架上都有那么一本我们家里也有的书。我总能在店里碰到书店的创办人盖尔·尚克斯或鲍勃·萨默。他们不会向我推销这本或那本书，但总会问我书写得如何了，如果可以在1月面世的话能不能在春天来店里开场朗读会。人们常在晚上来店里参加朗读会，我们的朋友、学生和陌生人一齐聚在这里，人群熙熙攘攘，通常要围上好几个圈，有些甚至坐到二楼。我也常碰到平娜·约瑟夫，她总是双手各抱一本好书，每次都问我同一个问题：书写得怎么样？在这个被书填满的空间里，一想到我的作品也在其中占有一席之地，我就充满力量。1994年，我在书店里的一本小说集上读到一句话：对我来说，这个岗哨是村庄的心脏。当时顺着这个句子，我立刻即兴说出了心中所想：即使易手书店搬去了别处，从很多方面来看，它也仍是坦佩的心脏。

现在，书店已经被迫搬离了坦佩南部，不过新店也是个很不错的去处。如今美国人都在改造自己的家乡。人们在人行道上垒砖；一条街开上六家咖啡店；啤酒的价格也涨到了两美元，甚至三美元。这就是书店被迫搬迁的原因。不过，虽然我住在加州，我每年还是会去两次易手书店。上次去我收获了一本精彩的自传《海明威之舟》，还看到了我以前的一个学生辛迪·达赫。我听说她现在已经是书店的合伙人之一了。我们在书堆中聊天，在周围成千上万本书的呼唤中努力集中精神，看着对方的眼睛。她也问我书写得怎么样。易手真是个特别的地方，有着自己独特的气质。

作者简介：

罗恩·卡尔森 (Ron Carlson)，在亚利桑那州居住二十多年，现任加州大学欧文分校写作教师。所著最新小说为《信号》。其短篇小说和文章见于《纽约客》《哈泼斯杂志》《纽约时报书评》等。

凯特·克里斯坦森

字

纽约,布鲁克林

书店是一个实体存在,这一点无须赘言。但它同样可以是一种心境。

我住在缅因州的波特兰,但我最亲近的那家书店在布鲁克林绿点区,叫"字"(WORD)。我与它之间就像在谈一场远距离的恋爱。每次买书我都会从它那里订购。每次我回到以前住的地方,也都会去那里看看,跟店里的人——克里斯蒂娜、斯蒂芬妮、珍或是杰米——打声招呼,随意逛逛,签几本书,这时我会感觉自己又回到了家,好似从未离开一般。

字书店是唯一一家被我划作"我的地盘"的书店。它开业时,我就住在旁边的拐角处。第一次去书店时,我发现他们有我所有的作品,还请我给书签名。最后我在店里呆了一个半小时。从那之后,我总会不时光顾字书店,而且每次离开时都抱着几本书。我根本就没法抵挡住诱惑,似乎我每次想要的书他们都有。

从它开业起，我几乎所有的图书活动都是在那里举办的，感觉就像在自己家里举办重要而特别的聚会。婚姻破裂之后，我仍然住在绿点区。那时的我感觉自己曝露在大众视野之中，因而惶惶不可终日。但字书店依旧对我敞开大门，让我得以避开前夫那些爱评头论足的朋友，得到片刻的安宁。如果不小心在店里碰上他们，他们都必须退后，离我远远的，因为那里是我的地盘。店主克里斯蒂娜·奥诺拉蒂也是我坚实的后盾。(她甚至跟我说过，就算有一天我犯了罪，她也会把我藏在她的地下室。我非常感谢她，保证我会尽量不让她处于那种境地。)

　　我的最新小说叫《星芒公寓》，它描写的是一栋真实的建筑，距离字书店只有一两个街区。在给新书做调查时，有一天我在书店问有没有人能联系到那栋公寓的现任和前任租客。结果当天店里有三个人自己或者认识有人曾经在那里住过。我用了几个小时向他们提问，收集故事。我从未踏入星芒公寓一步，我所有的信息都是在书店那里得到的。

　　喜欢字书店的原因有很多，除去私人感情因素不说，它真是一家很棒的书店。在那里工作的每个人都博览群书，并且对书籍充满热情。他们年轻而富有活力，在图书界占有一席之地，同时也友善地接待着每一个来书店的读者。他们不仅与绿点社区亲密融合，而且与更广泛的作家群体也有紧密联系。书店有一个篮球联盟和一个联谊会，人们能在其中以书会友。书店举办的朗读会欢乐有趣、包罗万象，通常还提供红酒、比萨饼和曲奇，有时伴着音乐，让人感觉更像是聚会。

　　很遗憾字书店离我实在是太远了。我一直希望他们能在缅因州再开一家分店。

作者简介：

    凯特·克里斯坦森 (Kate Christensen)，已出版六本小说，最新作品有《星芒公寓》、《美食家的悲叹》和《伟大的男人》，其中《伟大的男人》获得2008年笔会/福克纳小说奖。她常为《纽约时报书评》、《图书论坛》和 *ELLE* 等报刊撰写评论和散文。她现居缅因州波特兰，正在写作新书《每日特餐——一位食客的自传》。欢迎访问她的美食博客：katechristensen. wordpress.com。

卡梅拉·邱拉鲁

社区书店

纽约,布鲁克林

首先,我要介绍一下泰尼。用一只常驻书店的令人生畏的猫来向书店致敬,看起来似乎奇怪,但泰尼不是一只普通的猫。它脾气乖戾,却又令人着迷,这种气质无与伦比,让顾客和员工们又怕、又敬、又爱。只要你打扰到它,不论是出于何种原因,都是以身犯险。所以通常我会与它保持一定距离,以表尊敬,还要压抑住心中那股叫它"长官"的冲动。不过,要是没了这只令人生畏的猫,我无法想象我最爱的本地书店会变成什么样。

社区书店 (The Community Bookstore) 成立于1971年,一直是布鲁克林公园坡社区一处备受珍视的资源。它不仅是布鲁克林历史最悠久的独立书店,也是整个纽约城最古老的独立书店之一。

我喜欢这家店的位置,介于玩具店和酒肆之间,真是棒极了!它所在的街区很热闹,还有一间银行、一家干洗店、一间健康食品店和一家杂货店,所以我时常路过这家书店。我鲜少能抵制住进店的冲动，即使当时我没钱买书，也没时间看书。店内所有书籍都经过精心挑选，员工们也都聪明和善。

像其他优秀的独立书店一样，社区书店不仅是家书店，售卖至少对书迷来说让人相当上瘾的商品，它还像个避风港。我已经数不清楚有多少次因为对自己的写作能力（或无能）感到失望而压力倍增，于是将执笔无果的章节弃之书桌，逃来这里。店里的人都如同老友般欢迎我。当他们问我"最近还好吗？"的时候，我突然就能回答："非常棒！"这话是发自肺腑的。

在店里跟大家聊聊最近读的书，聊聊书店近况，或者分享我可爱的宠物狗弗雷迪最近的趣事之后，离开时我总是备受鼓舞，已经做好充分准备回去工作。（弗雷迪经常跟我一起去店里，它总是能备受关注，得到款待和夸奖。）店里员工很可能都没有意识到自己有振奋人心的作用。他们对每个人都很好，不论你是常客还是初次来店的新客。你会感觉自己的存在是被重视的。而在连锁书店，体验就大不相同了，让人有些沮丧。有一次，我在一家大型连锁书店问店员有没有《流动的盛宴》，却被反问："海明威是怎么拼的？"

社区书店的店员们不但是热情和善的员工，也是知识渊博的读者。在这里，书都由真人推荐，不涉及什么计算程序和算法。他们热切地想与你交谈，了解你喜欢什么书，并为你提供建议。没有人会因为你的文学偏好而激烈批判你。你可以通过发现"作家中的作家"来继续提升自己的文学素养，我就是这样发现了梅维斯·加仑特。但若你快步走向摆着《饥饿游戏》一类更加商业化的图书的柜台，也不会有人向你投以轻蔑的目光。不论你手中拿的什么书，很可能书店员工里就至少有一人读过。

他们的品味兼收并蓄。另外我必须补充一点，这家书店令人印象最深刻的美德之一便是不懈支持本地作家。幸运的是，我就是其中之一。

在社区书店里阅读是件十分愉快的事。当你找一本书时，可能会找到另外一本（或两三本）引人入胜的书。当然，畅销书和新书会摆在显眼的位置，但是图画小说、超大尺寸的艺术书籍、文学期刊和好看的空白笔记本也有一个好位置。还有专门留给类似欧罗巴和达尔基档案等小出版社的书架。

书店在为社区做奉献方面也不遗余力，认真履行了自己名字中所包含的承诺。书店成立了"常客俱乐部"来回馈本地顾客，也慷慨捐助本地学校。书店为邻里提供免费送书服务，员工们还会为书本进行免费包装。实际上，每次我自己包出来的书都跟他们包的大不一样，效果相当令人失望。我包的书总是像出自缺乏动手能力的小孩，或匆忙逃离现场的持械抢劫犯，或者一只猴子。其实我就是经常用太多胶带，而且从来不沿直线剪裁。

斯蒂芬妮·瓦尔迪兹和埃兹拉·戈尔茨坦于2011年买下了社区书店。数年来，他们专注于维护社区文学文化，带着书店继续走在正轨上。在正式成为店主之前不久，斯蒂芬妮向我透露了她的希望和计划。书店会有些变化，但不会太大。她要改善店内装修，铺上新的硬木地板，但不会添加任何华丽之物。她想让书店保持美好的本性。听了她对书店的宏大远景规划，我深感兴奋，同时也被她的善良、智慧和温暖所打动。我那时就知道，在新主人的经营下，我深爱的这家本地书店将不会止步于生存，而是将蒸蒸日上。

事实的确如此。社区书店更加有生机了。才华横溢的员工

A.C.哈克尼斯为它手绘了一个优雅的新标识，门面也有了新雨篷。此外书店还多了新设计的书签、手提袋和T恤。图书库存更多了，活动更多了，顾客也更多了。漫步在店里，你随时都能看见在全神贯注读书的人。另一些人则在书店后方给自己的孩子读书。(我喜欢儿童区，那里摆满了童书，还通向一个可爱的露台。) 泰尼或许窝在某个角落打盹儿，露出一块肚皮。有人在聊最喜欢的作家的最新小说，或者分享近期家庭旅行中的趣闻。读者和作家在这里都能受到启发，社区书店也成了布鲁克林人最爱的聚集地。

每当别人问起我住在哪里，我的回答里总会搭上我喜爱的事物，比如："我住在展望公园，这个社区很有进步精神，也有不少历史性建筑。"我还会自豪地说："那里还有一家很棒的独立书店。"

作者简介：

卡梅拉·邱拉鲁 (Carmela Ciuraru)，作家，全国书评人协会、美国笔会中心会员，纽约艺术基金会 2011 年非小说类艺术家奖金获得者，著有《笔名秘史》(哈珀柯林斯出版社出版)。

梅格·韦特·克莱顿

图书公司

加利福尼亚州,帕洛阿尔托

　　小时候,当我每周一次在帘幕后向牧师忏悔时,有些事情是每次都要说的:承认我没听父母的话,还要把淘气的次数多加上几次,好让事情听起来更真实。我是一个好女孩,有着好女孩的习惯——去教堂做礼拜,即便是在无须如此的工作日早晨。书法考试时,为了在不把试卷倒过来的情况下让我的草书倾斜出适当角度,我稚嫩的肩膀往往会扭曲成诡异的姿势(修女们都对那姿势感到疑惑),不过我从未成功。所以每门课考试我都能带着"优秀"回家,唯有书法除外。是的,我甚至还跟朋友们在闷热的夏日午后一起玩开学校的游戏。这些都是我忏悔的内容。不过,我从未向牧师忏悔我夜里闷在被子里做的事。如果那是罪,我在忏悔室时远没有意识到这一点,要是被抓现行我就供出我哥哥帕特里克。如果他在床单下面藏了一只手电筒和一本书,那他的小妹妹也这样做当然就不算是罪了。为人父母之后我仍然保留着这个不当嗜好。在所有人睡着之后偷偷打开手电筒,这种违禁行为给读书更添了一分乐趣。也正是与这相似的深夜不当行为培养了我对最爱的书店之一——帕洛阿尔托的图书公司 (Books Inc.) ——的感情。

我跟书店的情缘明显分为两个阶段,图书公司就是这两个阶段的中点。我逛书店的习惯发轫于童年骑自行车去伊利诺伊州北溪村的书箱书店的经历 (这家店的店主知道读朱迪·布鲁姆的人下一本会爱看什么)。读大学时,我着迷于安阿伯的博德斯书店,彼时它还是一家乱糟糟的书店,也没有咖啡馆。成年后刚开始的那几年我常去达顿书店 (愿它安息),那里的店员有预见性地给我介绍了爱尔兰裔天主教作家艾丽丝·麦克德莫特,她后来成了我的学习伙伴。之后我又开始利用纳什维尔的戴维斯—基德书店让我的两个儿子也迷上逛书店,我不仅在那里的小说区发现了安·帕切特的作品,还看到了她本人。

我们一家来到帕洛阿尔托的时候,作为作家的我只发表过短篇小说和散文,还没有出版过任何书。我走进一家又一家书店,希望能找到下一本充满魔力的读物,同时也期盼着有一天我能在某家书店的书架上发现自己的书。那时图书公司位于一家购物中心内,与斯坦福大学仅一街之隔。它属于一家本地人所有的小型连锁书店,后者已有一百五十年售书历史,刚进行完店庆。

图书公司的历史就带着一股加州特色:人们在淘金热中发家致富,在售书中立业扬名。尽管经历过火灾、搬迁、易主、市场沉浮,还有脚下这片土地的变迁 (毕竟这里是加州),图书公司依旧焕发出勃勃生机。它逐渐成长为一家连锁书店,战后五十年里一直没有易主,而后却陷入财政困难 (我说过这里是加州了吧?),被交给两位受信任的员工迈克尔·塔克和迈克尔·格兰特。书店在他们手中进行了破产重组，成为一家拥有四家分店的连锁书店，于1997年重新出现。十五年后，分店数量增至十二家，每家都经营良好，书店老板变成了迈克尔和玛吉·司各特·塔克，他们都是最好的图书人，雇用了另外两百名充满热情的图书人。书店每月接待三十多个阅读小组，每周还有几十场文学活动，作家与读者可以进行面对面的交流，这在线上是无法实现的。

偶然发现图书公司时，我刚搬来帕洛阿尔托没几天，正在购置新家用物品。搬家的箱子都还没清空，新书架上的书也还没按照字母顺序排列好，但我刚得到一个绝好的消息——我的经纪人把我的第一部小说卖给了一家风头正盛的纽约出版社。那时我就站在书店外面，带着渴望的目光朝里看，后悔刚刚买了杯咖啡，不知道商场里还有家书店。接待处的销售员邀请我进店看一看，我表示我可能需要先找一个垃圾桶把咖啡倒掉，但他说我可以带着咖啡进去看书。那天下午离开时，我的背包里装满了好书，但我却把购物袋落在了店里。我总是把袋子、咖啡杯或钱包落在书店，甚至完全没有察觉。无疑这是潜意识在作祟。无疑我正在找一个轻松的借口再来书店。

一年后，我丈夫在商场用公共电话打给我，说那边有个东西想让我看看。他带我到图书公司门口的那张桌子前，那时我满脑子都是近乎贪婪的期待，希望看到我的小说就摆在那儿。

我第一眼并没看见它。我太过兴奋，以至于自己的小说就摆在我面前都没有发现。当我终于看见它时，我放声痛哭。我的书——我的书！——真的成了会被陌生人阅读的东西。我又哭又笑，完全不能自已。

马克把我扶起来，转动着我的身体，就像当初在教堂里牧师宣布我们成为夫妻时他做的那样。"这是她的第一部小说。"他向愣愣地看着我们的顾客解释道,"这是她第一次看到她的书。不光是在书店,她也从没在其他地方看到过。"

一个推着婴儿车的年轻妈妈询问小说是关于什么的,然后买了一本,并请我在上面签名,就在柜台那边。我记得她来自普莱森顿,在海湾对岸。销售员递给我一支笔,我写了那个女人的名字,再加上一些话和我的签名,这是我写得最好的左斜体。销售员问我介不介意为店里剩下的书也签个名。介意?当然不。在自己书的扉页写上自己的名字,这可是作家最享受的写作时刻。

可难的是控制住自己的眼泪。

我开始重新在家练字——二年级时的我在这方面做得太失败了。把自己的名字写上一百遍,当然能让它变得更好看!当你把小臂悬在一本书的边缘给它签名,想着它即将被另外一个人拥有,那种感动让你更难忍住眼泪。

问问图书公司的员工都在读什么书,他们会告诉你一大堆,也许甚至还有你自己的书。某个周日,我端着一杯皮茨咖啡走进书店,听见贾森在收银台问我,是否皮茨夫人(《周三姐妹淘》里的一个小角色)就是以这家咖啡店命名的。皮茨咖啡店跟图书公司只有两个门面之隔,我常去那里写东西。明显这其中确实有些关联,但也不是刻意为之。就是这样的书商,广泛阅读、深入思考且乐于分享想法的书商,才能帮助新的文学声音找到听众。没有他们的支持,没有他们把我的小说摆在书店门口,亲手推销,我很可能就回去做律师了。如果他们消失了,我们读者选择的范围将变得狭窄,我们的生活同样也将变得无味。

图书公司现在搬了新地方，就在我家一英里开外，店里有那么多书我还没能读过，但我不应该再买新书了。通常我都骑车或步行去店里，并不是因为我没有驾照，而是我自己喜欢。这种感觉就像小时候踩着自行车去书箱书店买朱迪·布鲁姆的新书。每次进店我都把我的狗弗罗多拴在店外的一张长椅边，如果我只是进去买本书，它会安静地坐在那里等我回来；但如果我跟店员聊了会儿天再出来，它通常就又咬断了一根皮绳。店员建议我把它带到店里去。但带咖啡进店是一回事，而带一条七十磅重的金毛寻回犬进店又是另外一回事了，它甚至都不会读书。

我最爱在书店里呆着的时间是每个月的第四个星期二。那天我们晚上七点集合，跟玛吉一起讨论"第四个星期二图书俱乐部"当月该读哪本书。投机的同伴，美妙的谈话，还有绝好的书。有时也会碰上不那么好的书，或者一些人爱而另一些人不爱的书，或者让大家都失望的书。我们会喝点东西，吃些饼干和杯子蛋糕，或很多其他我们不该吃的东西，尤其是在这样一个整洁、一尘不染的书店。在朗读会上，我们从来不缺同伴和话题。

书店大门上的提示清晰表明书店八点关门，但我们从没在那个点离开过。有时候我们会一直呆到九点，店员应当锁门回家后的一个小时我们还在店里。这真是太令人羞愧了。

"我多呆了几个小时。"在黑暗的忏悔室里我可能会这样忏悔。只是现在让我找到慰藉的地方有许多书架，而不是教堂长椅。人在忏悔时，应该承诺要做得更好，但我却丝毫没有按时离开书店的打算。如果玛吉也超时了几小时，这当然不算是罪。在书店逗留到规定熄灯时间之后才离开，那种感觉尤为美妙。

作者简介：

梅格·韦特·克莱顿 (Meg Waite Clayton)，全美畅销书作家，著有《布拉德维尔四姐妹》《周三姐妹淘》等，小说《光之语言》获贝尔维德文学奖提名。她的小说被译成德语、立陶宛语和中文在世界范围内发行，所作散文和短篇小说被公共广播选为读物，也发表在《洛杉矶时报》《圣何塞水星报》《作者文摘》《跑步者世界》《文学评论》等一系列商业及文学报刊上。她是密歇根大学法学院优秀毕业生，现居加州帕洛阿尔托。(个人网站www.megwaiteclayton.com)

乔恩·克林奇

北郡书店

佛蒙特州，曼彻斯特

当我听到班卓琴声的那一刻，我知道我到了。

说到了，我的意思是感受到了。

这一定已经是我第一百次踏入佛蒙特州曼彻斯特的北郡书店 (Northshire Bookstore)。我记不清第一次是什么时候，距离现在应该有十年了，距离我在店里听到班卓琴音乐也有五年了。那时我和太太常住宾夕法尼亚，但一有空就去佛蒙特的家里。北郡书店是我们旅途中的重要一站，北上时看到它，就标志着我们已经到达一个比费城郊区更好但冷很多的地方；南下时看到它，心中永远留在那里的想法便强烈得几乎无法抑制。

我们最终留在了佛蒙特。统计学家或许会告诉你，人们会聚集在工作机会、交通中转站或高速网络周围。但也有一些人聚集在更重要的事物周围，比如说，书店。

无论如何，我从没见过一家书店像北郡书店这样，让每件事物都如此"北郡"。跟许多来自郊区的读者一样，我曾经是连锁书店的常客，流连于商场里逼仄的巴诺书店、沃尔登书店可怜兮兮的低档摊点和安可书屋之类的末流书店。那个时候，博德斯书店都是不得了的地方。还记得博德斯吗？它提供的书籍都是一流的，这一点完全可靠。有点像亚马逊，只是没有那些闪来闪去的横幅，告诉你别人最近都买了什么，书也好，双肩包也好，烧烤架也好。

北郡书店不一样。当然它很大，大到走在里面会迷路。(不过，它所在的地方原来到底是什么建筑？是一座楼房？还是两座？一个商业区？或是其他？我现在还是无法得知。恐怕这整间书店有一种博尔赫斯的气质，让人无法参透。)但大小和范围还不足以描述它一半的特质。重要的是，从踏入书店的那一刻起，你就知道这是个以书为荣的地方。每件东西背后都蕴含着对知识的尊敬。顺着走廊向前走，你就如同在与这些东西的陈列者对话。

这里不会像连锁书店那样，挂着马克·吐温和福克纳的画像，存有一大摞关于吸血鬼的书。在这里，文学不是装饰品，而是渗透在每一个角落。踏入北郡书店，你便开始了发现之旅。

书店总是挤满了人，有本地居民，有游客，当然还有真实的、活生生的、完全符合书店人这个高贵头衔的店们。这里总是在进行着无数场对话。无须遵守传统的图书馆式的嘘声要求，也不用理会商场里那些动感嘈杂的背景音乐。店里的人都明白，书就是用来讨论的。你越讨论书籍，就越了解跟你一起讨论的那些人。就是那么简单。

说到这，我很快发现北郡书店的店员很容易对两样东西产生兴奋之情：他喜爱的一本书，或是他很肯定你会喜爱的一本书。怀抱着一小摞书慢慢靠近自己的朋友，而且你很肯定他会非常喜欢这些书,谁不会对此感到兴奋呢?这是一件礼物,真的,对任何人来说都是。这能给赠送和接受的双方都带来快乐。而这个过程能发生的唯一途径就是依靠对话。

那时候我从未料想"我写了一本书"这种可怕的对话会发生在我身上。但当《费恩》出版,我从出版社那里得知北郡书店的人对它评价颇高时,我知道我没办法回避了。我只能重新以一种完全不同的方式跟人交流。不过我不想扫兴。你看,北郡书店举办的作家活动都受到众人追捧,不论朗读会或是签售会。各类大作家在新英格兰进行巡回签售时都将这里作为其中一站,我也曾经希望自己有一天能这样。所以当我以"我写了一本书"作为开头与你交谈,但表现得有些害怕时,请相信我。我已经准备妥当,不论如何也会将对话进行下去。

但你知道后来发生了什么变化吗?

没什么变化。这很不错。

我由此知道了以前帮助过我的一些伙计的名字,遇见了一些之前没见过的人。而随着时间流逝,不知为何有一天我发现自己居然在和北郡书店的销售经理埃里克·巴纳姆聊音乐。埃里克和我都对民谣音乐人感到失望,但同样对已过世的伟大作曲家、小提琴手、密西西比河蒸汽船驾驶员约翰·哈特福德情有独钟。

这让我想起了班卓琴,以及我在北郡书店第一次开朗读会的那个夜晚。

那是《费恩》巡回签售的最后一站。这本书以马克·吐温笔下的密西西比河为背景。我跟一群读者一起坐下,刚开始预热讨论不久,书店广播开始播放哈特福德1976年的专辑 *Mark*

Twang。对我来说，这是最地道的美国音乐，没有什么比这更适合当我写《费恩》时的背景音乐了。而它就这样出现了，萦绕在我们周围。因为有一个出色的书店人将我的话记在了心里。

正如我开头所说的，我感受到了北郡书店的灵魂。

再一次。

作者简介：

乔恩·克林奇 (Jon Clinch)，作家，著有《费恩》、《地球之王》和即将出版的《奥斯维辛的小偷》。

米克·科克伦

叶语图书

纽约州,布法罗

　　我们所有人都会受到周围环境的影响,不光是作家。许多地方会让人感到紧张、孤独和忧郁,比如医院候诊室、大部分快餐厅、所有商场,尤其是美国购物中心①。但也有不少地方让我们觉得安全、放松、无须防备,还可能像我一样觉得更有趣、更乐观、更开放。

　　已故的 A. 巴特利特·贾马蒂跟我一样是文学专业出身,他是一位学者,也是一个热情的棒球迷。在他的写作生涯中,他曾生动描述过三个迥异却都富有独特而持久的吸引力的地方,分别是文艺复兴史诗中的花园,自由而有序的大学,绿草如茵的棒球场。这是三种不同类型的天堂,很大程度上只存在于想象中。我呆在教室和球场看台的时间应该不比大家多,但还有一个地

---

① 美国购物中心（Mall of America）,位于明尼苏达州的布卢明顿,是美国最大的购物中心。

方也是我眼中的天堂，是贾马蒂从未提及过的。我常去那里补充精力、提升自我。它不是教学楼，不是棒球场；它是一家书店，不过并非一般的书店，而是我的书店——叶语图书 (Talking Leaves Books)。

乔纳桑·韦尔奇是叶语的联合创始人，也是现在的店主。他解释说店名来源于那些不怎么看书的人对书籍背后不同寻常的力量的描述："书页就像会'说话'的'叶子'，传授智慧、传播知识、传递精神。"这家书店的格言是"始于1971，独立独特"。

从书店就可以看出店主乔纳桑是个什么样的人，也可以看出我们这些忠实客户、会员，以及喜爱且经常光顾书店的是什么样的人。我们是叶语族人。书店橱窗上现在贴有本地音乐会、朗读会及其他文化政治活动的海报和传单。但在1989年春，当阿亚图拉霍梅尼对萨尔曼·拉什迪发出追杀令，连锁书店几乎在同一时间纷纷将他的小说撤架，而叶语仍将其作品摆在橱窗边。

在过去的两三年里，书店进门的位置一直立有一幅真人大小的斯蒂芬·科尔伯特[1]的纸板，他脸上带着夸张的笑容，欢迎进店的每个人。我现在还会被他吓一跳（他实在是太，好吧，太逼真了），也会被他逗笑。店里不放送企业广播，大多数日子里播的是全国公共广播电台，或者法兹·多米诺和鲍勃·马利的深沉音乐，随肯和其他店员当天的心情而定。有时店里还会出现动物——一只蜷缩在哲学区椅子里的猫。

---

① 斯蒂芬·科尔伯特（Stephen Colbert, 1964—　），美国喜剧演员、电视主持人和作家。

叶语有很棒的文学杂志和明信片，收藏了不少很酷的纽扣，但最主要的还是书：主街店里约有五万册。谢天谢地，它没有变成电子产品或玩具商店的危险。书店一直以收藏连锁书店里没有甚至在其他任何地方都找不到的书为使命。这里轻尼古拉斯·斯帕克斯和心灵鸡汤式书籍，重文学小说和各类声音，任何独创性十足、富有挑战、古怪和边缘化的文字都受到欢迎。这儿没有一本安·库尔特的书，但拥有我所知道的最多数量的诗歌（布法罗一直是诗歌之乡）。从阿多尼西奥到扎加耶夫斯基，这里是一座由现代诗人铸成的长城。叶语的目标是让人们接触到更多改变人生的书籍，那些能"为我们打开通向新世界大门的，或将我们现在的世界照得更亮"的书籍，那些"扩展我们的视野，加深我们对宇宙及其生物、文化和运行方式的理解"的书籍。

布法罗是一座宏伟、脏乱而包容的城市，有时极为聪明，有时愚蠢，而且总是被误读。而无论叶语在主街的总店还是在埃尔姆伍德的分店都地处这座城市的中心。书店六千多名会员遍布纽约州西部每个区，从东至西，从湖滨住宅和大学城公寓到每个郊区，从奇克托瓦加到东奥罗拉。所有人都有一个共同点——大家都爱叶语。市长和《布法罗新闻》的编辑是书店会员，我儿子的棒球教练和我大学写作课的大部分学生也是书店会员。人们对军刀队守门员和比尔队四分卫的喜爱时强时弱，但我每次在文学活动上对着麦克风说出乔纳桑·韦尔奇这个名字时，都有热烈的掌声响起。

叶语图书也许是世界上唯一一个我将一直定期前往的地方，也是唯一一个我承认我爱它的地方。乔和他太太玛莎，还有店里大部分员工接电话时都能听出我的声音，我也听得出他们的。乔比我更早知道我想读什么书，还会专门为我留出来。

在我需要的时候，叶语就会在那里等着我。去年11月的一天，我急需一本《赌徒》，在关门时间钻进了主街店（这是一场陀思妥耶夫斯基危机！）。而乔给我找来了两个版本，还给我简短清晰地介绍了多个不同的译本。

我觉得我似乎已经认识乔纳桑·韦尔奇很久了。我记不清是什么时候遇到他的，就像我记不清是几时认识我自己的亲兄弟一样。我很确定的是，我第一次在他那里买书是在八几年，那时我刚从明尼苏达搬到布法罗不久。我买的是一本加里·吉尔德纳的回忆录《华沙火花》，很棒的一本书，讲的是一位诗人在富布赖特奖金资助下前往波兰执教一支棒球队的故事。我记得那场朗读会在帕代雷夫斯基街上的波兰社区中心举行，乔也在那里。他每年都会出席城里许多朗读会和签售会，带着一箱子书和信用卡刷卡机。似乎不论哪儿有三两人以文学之名聚会，乔和叶语都会出现在那里。

乔的办公室就像教授的办公室一样，尽是书。纸张占据了大部分空间，我怀疑都快要引起消防局长的重视了。成书、样书和图书目录从地板堆到天花板。电话也不停地响，客户、销售代表以及想办朗读会和签售会的作家轮番来电。他左手手背上通常写满蓝色字迹的提醒，办公室里也满是便利贴。

但无论如何，乔都会为我留出时间。他欢迎我，告诉我斯图尔特·奥南出新书了，我一定会喜欢。他跟我说他在格罗夫出版社的朋友摩根·恩特雷金接下来有什么打算，向我解释"世界图书之夜"是什么。他向我询问我大学的作家系列活动进行到谁了，他好标记日期。他就像你遇到过的最好的教授：他从不看表；他让你感到你比自己认为的要更聪明；他身上体现出一种对信仰的激情，这也是他赖以生存的，让你想要靠近。

我想，乔和我有许多共同点。我们都来自中西部，他是威斯康星人，我是明尼苏达人。我们都是父亲，都是政治上的绝大多数派，都对科技给人际关系带来的改变留有疑问。我们都爱写作、爱讲故事、爱看书，喜爱程度如此之深以至于无法用言语表达。我们都是教育者，是书本的传道士，但用的方法各不相同。我是一个小说家，乔是一个艺术家，一个很棒的艺术家。我对这一点深信不疑。约翰·加德纳曾经这样描述真正的小说家："这不是像瑜伽一样的职业，不是在这个世界上生存的一种方式，也不是对日常生活的逃避。它的作用是宗教式的。改变思想和心灵，带来满足感，这些都是非小说家所不能理解的。它严酷到只能给精神带来益处。而对那些真正受到这项职业召唤的人来说，精神上的满足已经足够。"这段话也适用于真正的书店人。

叶语是乔的书店，是我的书店，是我们的书店。叶语是造物主的伟大杰作，是宇宙中一首博大充盈、包容万象、无穷无尽的史诗，是世界的《草叶集》，勇敢、不拘小节、独立而独特。这家位于主街上的店铺干净、明亮，一周营业六天，是零售业中的梦幻之乡。在这座神奇的岛屿上，我们迷失自己，却又找回自己。

作者简介：

米克·科克伦（Mick Cochrane），作家，著有两部成人小说《皮肉伤》《运动》，两部青少年小说《扔蝴蝶的女孩》《菲茨》。他是纽约布法罗凯尼休斯学院罗维利常驻作家，写作老师，指导创意写作专业学生，并担任"当代作家系列活动"协调人。

小罗恩·柯里

朗费罗书店

缅因州,波特兰

坦白说,我的文学素养不是很高,因为我对书店从不过多关注。长时间以来,对于身边其他作家对自己最爱的书店表现出的那种支持和感谢,我一直都很欣赏。相比之下,我不知为何自己在这方面如此匮乏。提到独立书店,我并不感觉特别兴奋,也不理解它有什么了不起的。我经常在亚马逊上买书,原因也没什么特别的:便宜,省了跟人说话的时间,而且买完书就能自慰,在实体书店这样做难度可大多了。

按照近年的惯常做法,我把原因归结于我的成长教育。但责任并不在我父母,而在我长大的社区,那里从来没有过一家真正的独立书店。小时候,我常从图书馆借书,或者在学校组织的书市上买书。老师把那些油墨印刷的图书目录薄纸发给大家,我们在上面勾出自己想要(或买得起)的书,然后怀着甜蜜又苦涩的期待等上六个星期,某天这些书就会魔法般地出现在教室,发到每个人手上。

天哪，还记得我们需要等待某件东西的时候吗？那是种多么美妙的体验，不过现在我们已经永远失去了它。

不管怎样，稍微长大后的我有所改变。十六七岁时，我意外发现镇上有一家书店。由于财力有限，我在这家店只买二手书。书店环境简陋，像地下室一样。虽然我常去那里买书，也有些很棒的发现，但我从未对那里生出类似感激的情感，更不用说忠诚了。很大程度上是因为我本能上就不喜欢那个店主。他看起来很古板，有些装腔作势，我看不惯他留胡子的样子。而且我总感觉他把我当成个小偷，尽管那些年我已经从他那儿买了几百本书。有一次，我想跟他买一本有签名的初版《追寻卡西艾托》，他要价太高。我试着跟他讲价，他不愿意让步，脸上还带着一副轻蔑的神情，让我真想把他的指甲全部拔出来。这是压垮我的最后一根稻草。从那以后，我再没去过那家书店，但我不时还能听见那些隐匿在一堆堆书中的宝藏向我发出的清晰召唤。

之后的事你也知道了，我养成了"亚马逊—自慰"的习惯。这种购书方式对我来说足够了，我永远不用注意去控制自己攻击他人的冲动。

不过，就在我的第一本书面世之后，我遇上了一个人。他叫克里斯·鲍，是缅因州波特兰朗费罗书店（Longfellow Books）的主人之一。这个伙计短小精悍，来自波士顿边缘无数个贫穷社区中的一个。大家都知道那些地方盛产短小精悍的人。他很喜欢我的书，还想尽自己所能确保全世界都喜欢我的书。

遇见克里斯的特别之处在于，我从未以那样的方式跟别人聊过书，不论是经纪人、编辑，还是其他作家。克里斯从一个作家谈到另一个，从一本书谈到另一本，转换速度极快。他抽着烟，吞云吐雾间饱含激情地表达着自己的喜好和厌恶。他是我人生中遇到的第一个书商。尽管克里斯可能是书商里特别敬业、热情的那种，但从他身上我发现，不论是名义上还是实际上，书商都是这世上最把书当作生命根本的人。如果一个优秀的书商喜欢你的书，他会拼尽全力帮你卖书。他会给每个走进书店的人塞一本你的书，在他们发出抗议之前推着他们去收银台，就算这些顾客说自己只读有关狗和吸血鬼的书。为了保证店里有充足的现金维持库存，他甚至会把自己的母亲卖给人贩子。他会让你签上几百本书，再亲手一本本搬走。除此之外，不论是建设社区、加强作者与读者间的直接交流，还是给大家带来快乐，只要理由正当，他都愿意去做。总之，因为卖书就是桩有益的生意，既能挣钱，又有助于人类进步。

这是我在了解书商的过程中受到的第一次教育：他们是什么，他们做什么，他们为什么重要。第二次教育发生于我在朗费罗的第一次朗读会期间。在那之前，我在连锁书店办过很多次朗读会，效果不一而足。有的书店准备充分，工作仔细；而有的在朗读会开始前五分钟才在广播里播送通知，然后把现场秩序留给我自己维持（有一次特别扯淡，我不得不中断朗读会，从台上走下来，礼貌地请一位正在对着电话叽叽喳喳的女士闭上她的嘴）。在朗费罗没有发生这样的事。那是一个晴空万里的夏日。在经历了一个漫长而湿冷的春天之后，我们第一次遇上了这么好的天气。朗费罗组织了五十多个观众。除了迈克尔·沙邦和尼尔·盖曼之外，任何一个作家都会觉得五十个人已经是满满一屋子了。而且这些观众并不是来看热闹的，也不是正好就在书店看书。早在朗读会之前，他们就在克里斯和他同事的强行推荐之下读了我的书，成了我的书迷。我们共度了那年第一个美好的周五夜晚。窗外，有人在街上庆祝节日，还有现场音乐表演和啤酒派对，热烈喧闹。而这些观众心甘情愿地、开心地挤在书店里，听我给他们读书。说实话，这跟我写的东西没多大关系，更多要归功于克里斯和朗费罗的员工们，是他们的不懈努力才让大家来关注我的作品。

等到约定时间，克里斯上台了，带着他一如既往的强势和坚定，就像平时跟我谈话时表现出来的一样，滔滔不绝地向台下观众介绍着我的书。他说能见证一位作家（也就是我）开始他漫长而重要的职业生涯，是在场各位的荣幸。说得好像这是个明显而必然的结论，只待时间去证明。他告诉他们："你们看到的这个人将来会成为第二个冯内古特。"这让我尴尬不已。夸完我之后他便下了台。但下去之前他做了一件直戳我内心的事——他确认了一遍台上确实有一罐新鲜的蓝带冰啤酒，好让我在读书间隙可以不时喝一口。

故事就是这样。在这之后，克里斯和朗费罗让我做什么，我都愿意做。我给不计其数的书签过名，参加过朗费罗发起的许多假日促销和图书馆活动，也跟朗费罗图书俱乐部的会员交流。平日在店里看书时，我会跟其他顾客聊很久的天，有时店员带人过来跟我打招呼我也欣然接受。只要他们说，哪怕是去打扫厕所我都愿意。而最重要的大概是：现在我所有的书都在朗费罗买。因为我现在知道了——知道书商远比我重要得多，知道与他们每日的操劳相比，我的贡献小多了。当然，书是我写的，但给它整理好衣服，梳好发型，在它屁股上轻轻一拍，将它送到整个世界面前的是这些书商。克里斯·鲍这样的书商是现代美国文学跳动的心脏。没了他们，我做任何事情都没有意义。

作者简介：

　　小罗恩·柯里 (Ron Currie, Jr.)，作家，著有《上帝已死》和《一切都重要》等，曾获纽约公共图书馆幼狮小说奖和美国艺术和文学学院艾迪生·M.麦考夫文学奖。新书于 2013 年年初出版。现居缅因州。

安杰拉·戴维斯－加德纳

鹌鹑岭图书与音乐

北卡罗来纳州，罗利

鹌鹑岭图书与音乐 (Quail Ridge Books & Music) 位于北卡罗来纳州罗利。可亲可爱的南希·奥尔森就是这家店的主人。她平均一周读四本书，定期通过电子邮件向四千个人推荐好书。二十八年来，作为一个书商，南希一直以将自己对书的热情传递给顾客为使命。"我真想把书塞进他们的喉咙。"她大笑着说。

其实她是个性格温和的人。她有一头银发，一双蓝色的眼睛，还有一对酒窝。她总是面带微笑，整个脸庞透出勃勃生机，身上无法抑制地散发出一种幽默感。今天她佩戴了一枚人造钻石胸针，上面的"READ"字样闪闪发光。

我们坐在一家咖啡厅里，像往常一样聊书。她提到刚读完的一本书。她说这本书一旦为人们所知，就能成为一部美国经典。文学舆论界的出版前风向标《出版人周刊》居然没有给这本书写书评，她感到很愤慨。她亲自给杂志社打电话，问他们能否考虑做一期出版后的书评。(她曾在2001年被杂志提名为"年度书商"，在《出版人周刊》有一定声望。）周刊同意看看这本小说；现在两本书正在送往杂志社的路上。

"噢，安杰拉，你一定要读读这本书。"她说着，身体往前倾了倾，"我把我这本借给你。我想了解你的看法。"

她的话仿佛催眠咒语。我们一分开，我就开车去了书店，那天跟南希见面之前我就在书店里。我买下那本书，回到家，一头扎进了书中。她是对的，我很喜欢这本书。

在为读者挑选图书方面，南希有惊人的天赋。人们常常问她："我该读什么？"她十分了解店里常客的喜好，所以一般立刻就能给出建议。如果她不太了解眼前的顾客，或是他们的赠书对象，即他们的朋友或阿姨，她先会问问喜好，有时在店里绕上一圈，跟提问者细细讨论，直到她得到答案。

她一辈子都是一位如饥似渴的读者，心里有一份丰富的书单可供参考。她也了解自己的库存；店里每本书都由南希和她的员工亲手挑选，来自大大小小的出版社。

南希还拥有罕见的强大注意力。当她在店里或是其他地方问候某人时，她的身体反应和感情都集中在那一刻。她的注意力全在你身上。她想知道你怎样，你最近在读什么。

E.M.福斯特说过，只有连接最重要。

连接是这家书店的原点。它的座右铭"让读者和作家相聚"不是一句空口号。

很多人，包括我在内，都将它视为第二个家，店里员工就像自己的家人。我去店里的次数很频繁，如果我几天没去，会有店员问我是否生病了，话语中透着真切的关心。偶尔会有人把午餐带来店里吃。曾经还有位处于化疗恢复期间的女士在某个午后躺在书店沙发上睡觉。有些人每晚都来参加作者朗读会，见到许多著名作家；这家书店是作家们巡回宣传的重要一站。(而他们亲笔签名的照片也挂满了盥洗室的墙壁。)

书店里没有咖啡吧。在最近一次店面扩展之前，南希曾问顾客们是想要更多的书还是咖啡。所有人都选择了前者。

南希的目标是为顾客提供别处都找不到的书，以及他们想要的书。(畅销书都放在远离门口的一个架子上。)店里设有世界小说区，也收藏了大量写作和出版类书籍，还有一张桌子用来展示各类平装书。(最近我在那张桌子上发现了一部伊朗作家沙赫纳什·帕尔西普尔的小说《没有男人的女人》和伊莱·帕里泽的《过滤泡沫——新型个人化网络如何改变我们的阅读内容和思维方式》。)经典小说与当代英美作品在同一个书架上。有一个书架的大半壁江山都被简·奥斯丁的小说占据；安东尼·特罗洛普的作品与乔安娜的作品比邻；《战争与和平》也有好几个版本。偶尔我还会在各种知名作家的书之间意外发现一本诱人的新型实验性小说。

店里有一个宽敞、独立的儿童阅读区，由儿童文学专家卡罗尔·莫耶照看。音乐区则经营大量古典音乐CD，数量为罗利之最，爵士和美国传统音乐也在经营范围之内。

阅读区里有一张桌子和四把扶手椅，可以迅速布置成公共区域来举办阅读会和其他聚会。

书店举办讨论会(涉及话题多种多样，既有《古兰经》、医疗，也有弗兰纳里·奥康纳)；接待作家群体，其中有一个青少年作家群体；开展无数个儿童项目；举办音乐会；还召开三个月一度的市政厅大会。书店与本地古典音乐电台WCPE合办音乐节目，邀请北卡罗来纳交响乐团的指挥和助理指挥来店里介绍他们接下来的演出；音乐总监格兰特·卢埃林用马勒《第九交响曲》的选段来跟观众进行音乐会预热；还有场讲座是以莎士比亚对从门德尔松到伯恩斯坦等一系列作曲家的影响为主题。

书店每年都会举办二手书促销活动来筹款，捐给南希创办的为贫苦家庭孩子买书的非营利性组织。自1999年起，已有五万名儿童通过该项目收到书。(促销工作几乎全由志愿者包揽。热忱的志愿者们也参与到书店日常运营中，给图书分架和包装。)

从一开始，南希·奥尔森就给予北卡罗来纳作家和南方作家以大力支持。她邀请的第一位来店里办朗读会的作家便是吉尔·麦克科尔，他那时刚刚通过阿冈昆图书出版社出版了两本小说。

南希把那场活动安排在一个下午，时间正好跟北卡罗来纳州立大学对北卡罗来纳大学的橄榄球比赛冲突，导致朗读会上没人出现。

"自从那次之后，我学到了很多东西。"南希大笑道，"但吉尔没有生气。我们在店里逛了一个多小时，聊各种各样的书。我们的生命有了契合。"

她和无数位作家有过生命的契合，将他们从被遗忘的危险中拯救出来，包括我在内。

作家的职业生涯有起有伏，速度之快堪比过山车。我的前两本书出版得很顺利，但第三本书《梅子酒》却在纽约的出版社之间来来回回好几年，一直没卖出去。最终我把它托付给了一家大学出版社。他们做出了一千册设计精美的书，但没有资金做推广。《纽约时报》、《华盛顿邮报》和《洛杉矶时报》都为我之前的书做过精彩的书评，然而这次他们忽视了这本书。

南希·奥尔森有很多作家朋友，她坦言说自己并不一定会被他们的每本作品所吸引，但她碰巧对我这本书很感兴趣。新书发布会之后，书店给我这本书帮了个忙，用他们员工的话说，就是来了一次"大助攻"。几乎所有进门的顾客都在店里听说了《梅子酒》这本书。南希提名这本小说进入"书感"[①]榜单。它入选了，接着在全国各地的书店里得到推荐，开始大卖。南希把这本书寄给一位纽约的经纪人，他十分喜爱这本书。于是突然间我就有了四本书的合同：《梅子酒》平装版、我前两本书的平装版以及一本新书。南希·奥尔森拯救了我的职业生涯。

她还支持过另外数十位作家。在一次全国公共广播电台的采访中，她称赞了初出茅庐的北卡罗来纳小说家罗恩·拉什，当天后者就接到了好几个编辑的电话。（从那时起，他的小说获奖无数，根据他小说改编的电影也正在拍摄中。）简·卡伦的处女作《在密特福德的家中》本来只是由一家小型基督教出版社出版，但南希看到了它在读者中的巨大潜力，将书寄给了一位经纪人。现在简·卡伦已经著有密特福德系列小说，销量达数百万本。

早在查尔斯·弗雷泽出版《冷山》的十年前，他就经常来书店，他和南希很熟。南希对查尔斯那本处女作是有些担忧的，但当她读到小说时，她震惊了。那本书在鹌鹑岭发行当天，销量就相当可观。查尔斯·弗雷泽凭借《冷山》获得了全国图书奖，而那时南希就在他身边。

---

① "书感"（Book Sense），美国书商协会创办的一个营销和品牌项目，又名"独立书商联盟"（IndieBound），项目旗下有畅销书、当月选书和年度选书多个榜单，都由独立书店成员选出。

尽管南希现在已成了图书业内一个不容忽视的声音,但1984年她和丈夫吉姆创立书店时,手中预算其实有限,而且两人在图书销售,或者说任何形式的零售方面,经验值都是零。

南希刚从华盛顿的政府职工岗位上退下来,便和吉姆开始认真考虑要开一家书店。这是南希一辈子的梦想。他们对全国范围内的二十四家书店进行了实地考察。"我看见了喜欢的,也看见了不喜欢的。"她说道。罗利拥有七所高等院校,其中包括一所大学,却还没有一家独立书店,于是南希决定让这里成为她实现梦想的沃土。

到现在,书店已从最初的一千二百平方英尺扩展到一万平方英尺,存书七万册。顾客从全国各州驱车前来,还有来自国外的顾客到店里下单。(一名科学家或教授从罗利迁往瑞典或意大利并不一定意味着他或她会将自己的图书家园抛在脑后。)

鹌鹑岭图书与音乐取得了惊人的成功,最近被《新闻周刊》评选为美国最佳书店之一。即便是在如今经济如此困难的时期,这家店仍然保持向前之势。

但随着时光流逝,文化发生转变,图书业和书店已愈加脆弱。

要是鹌鹑岭图书与音乐消失了会怎么样?

这是个难以想象的问题,但我听很多人都问过。如果我们失去了这家出色的书店,我和无数其他人都将失去一间避难所,一处知识家园。

这家书店对我们社区非常重要,它很有可能将以这样或那样的方式继续维系数十年。

但就是因为有结束的可能性,才让所有生命都显得更加珍贵。书店就是有生命的实体。

所以阅读吧，读者们，阅读吧。还要记得买书，到书店里买。

作者简介：

安杰拉·戴维斯－加德纳 (Angela Davis-Gardner)，作家，已出版四部小说，《蝴蝶的孩子》为最新作品。她的小说《梅子酒》受到美国全国公共广播电台推荐；鉴于该小说对东西文化交流的贡献，桐山环太平洋图书奖委员会将其提名为"杰出图书"。她现居北卡罗来纳州罗利。

伊万·多伊格

大学书店

华盛顿州,西雅图

"到家了,到家了,进门我便知晓。"这句话对商业场所来说是一句很难超越的赞美之词。它出自理查德·雨果之手,我这位已故的伟大诗人朋友初次造访蒙大拿的一间酒吧便被完全吸引,从此矢志不渝,并在《纽约时报》上发表了诗歌《迪克森唯一的酒吧》。尽管理查德是在向一家酒吧致敬,但我无法自抑地也想用这句带着100个酒精纯度①的话来向我的书店——位于西雅图的独一无二的大学书店 (University Book Store) ——致敬。经过这些年在店里的阅读和交谈,我已经将书商 (和图书馆员) 奉为提供信息服务的侍者。在大名鼎鼎的华盛顿大学旁的这家大名鼎鼎的书店,你可以尽情沉醉在阅读的快感中,这种畅快在其他任何地方都体验不到。

1900年时,现在标志性的大学书店还只是校长办公室旁的

① 美制酒度用酒精纯度 (proof) 表示,1 个酒精纯度相当于 0.5% 的酒精含量。

一个杂物间。而1960年代，当我来到西雅图校园时，书店已占据了大半个街区，对我来说完全是一个新世界，充满书籍和智慧。我在西北大学求学时，可以接触到的（两家）书店只有用五十美分以上的价格回收课本才能引起人们注意。但在绿意盎然、灿烂美丽的西北地区，有个令人兴奋不已的书市正等着我这个有些超龄的研究生。① 我从（花旗松大小的）学术小树林走出来，在大学书店的书架间，而非我登记入学的华盛顿大学校园，开始了精彩充实的三年全日制阅读生活。大学书店可能是面积最大、存书最丰富的书店。我对照着手写清单在这里找到了塔西佗的《编年史》和默里·摩根的有关大古力水坝的当代长篇故事《水坝》，还有许多小说和诗歌，满载而归。

我与大学书店的文学情缘日渐深厚。我和妻子卡罗尔曾经是杂志编辑，我们在职业中期抛下一切离开中西部，驱车来到普吉特海湾。我们本来只想等我拿到博士学位，成为一名新闻学教授后就离开。博士学位如期而至，我们却一直没走；挡在前方的似乎是我所写的那十四本书。第一本书《天空之屋》是我的蒙大拿生活回忆录，一出版便得到了当地"图书先生"李·索珀和他直觉敏锐的大学书店贸易部采购员玛丽莲·马丁（达尔）的支持。对一个刚出版处女作的作家来说这是多么大的帮助。这本书在大学书店销售火爆，噢，占到全国总销量的百分之十五左右。我也一路过关斩将，最终与卡津、博尔丁、马西森一同被提名全国图书奖，荣誉就近在咫尺。作为一名顾客，我对大学书店很满意。

---

① 西北大学位于芝加哥，就今日美国本土总体而言，其实属于中西部；而华盛顿大学所在的西雅图正处于西北地区。

从第一本书到我的最新小说《酒保的故事》，一路走来，大学书店给了我既舒心又刺激的体验。下面各举一个例子：

　　——书店后面有几个房间，员工可以任意进出，想象也在其中自由流动。那里是进行巡回宣传的作家们收获快乐的秘密地点之一。就是在那里，被机场和宾馆折腾得筋疲力尽的作家们可以坐下好好休息，感受细致入微的必需舒适环境，从而更好地面对之后的朗读会和问答，以及拿着书排成长龙（希望如此）等候签名的顾客。也是在那里，你可以见到成堆的样书，墙上挂着卡通画，还有类似"书本是唯一一种即使掉在浴缸里也不会危及生命的带电物品"之类的留言；当然，那儿还有为文字痴狂的书商们。应他们的请求，我曾在海报、墙壁、门、桌子上签过名，还不止一次在他们身上签过名。不过，我最想去的是一间更安静的休息室——马克·穆斯尔和活动经理斯特莎·布兰登的办公室。他们是李和玛丽莲的接任者。我知道办公室里会有一扇窗，透过它能看到郁郁葱葱的校园，那是我职业生涯开始的地方；还会有高高的一摞书，等着我来签名。在我眼里，书林和树林都是熟悉的充满爱的风景。

　　——如果没记错的话，在我最新的两本还是三本书出版之前，我在大学书店精致的阁楼里举办过一次朗读会，排队签名的一位年轻女性问我，如果她要在脚踝上文一句我的文字，哪一句比较好。她不是在跟我开玩笑。她向我展示了她的脚踝，相当漂亮，上面的确已经有了一圈蓝色字迹，真的挺好看。她接着解释说她想从我的书里摘一句话来搭配这个文身。确定用哪句话还真的花了些时间，不过我们最终还是想出来了。我一想到曾经，甚至直到今天，有一位神奇的女子在某个地方走着，一只脚踝上文着诺曼·迈克莱恩的《一条从中穿过的河》里让人难忘的结尾句"水波萦绕在我心头",另一只脚踝则文着我的《在瑞斯科集市上跳舞》的主题曲里的一句歌词"感受无处不在的爱之旋律",我就感觉无比美妙。

幸运的是,我与大学书店的情缘还在继续。在店里,我是作家,是顾客,时不时还会充当阅读者,去书店二楼放小说的某个书架看看,架上的作者恰好是狄更斯、多克托罗、多伊格、陀思妥耶夫斯基……

作者简介:

伊万·多伊格 (Ivan Doig),作家,著有三部纪实作品和《酒保的故事》等十一部小说。西部文学协会终身成就奖获得者,六度囊括西北太平洋书商奖,还曾获得华莱士·斯特格纳奖和其他多项荣誉。他朗读的有声书《一条从中穿过的河》也荣获美国有声书奖。他现居华盛顿州西雅图,以写作为生。

劳伦·迪布瓦

监管者书屋

北卡罗来纳州，达勒姆

"我们能去监管者吗？"我每次去接九岁的儿子安东放学时，他总会问我很多问题，而这个问题是迄今为止我最喜欢的一个。他现在已经知道，在周二下午五点，与去郊游的请求相比，这个问题总能得到一句轻松、毫不犹豫的回答："行！"当然，去监管者还有额外的诱惑：可以到我们最爱的第九街酒馆"戴恩家"吃晚餐，最后来一道这家店唯一的甜点（奥利奥饼干和一杯牛奶），或者去"公牛与兔子"喝一杯奶昔。"公牛与兔子"之前是一间汽水店，现在成了潮人天堂。漫步在路上时，很有可能会碰上一些朋友。但这只是铺垫，接下来才是主菜：我们悠闲地迈进监管者书屋（The Regulator Bookshop），安东跑向后面的儿童区，我则停下脚步，跟万德（他曾在荷兰一所青年足球学院度过了人生中的一段时光）或亲切的书屋主人汤姆聊聊最近的足球新闻。

很多时候，书屋里都有厚厚一摞书在等着我，它们是我在书屋网站上预订的。我拿起它们时总会被一些问题逗乐，因为有人会认真地问我为什么要读自我反思式的西非民族志、介绍墨西哥足球的新书、海地非政府组织的最新评论文章合集以及阿米塔夫·高希的经典作品。除非赶时间，否则我不会傻到一到店就先把钱给付了。我很难对门口的那张桌子视而不见，那上面永远摆着种类繁多的新书，其中很多都有作家在店里的亲笔签名。过去这些年，监管者帮助定义了我们这个时髦、多变、知足的后工业城市的知识文化。在许多作家眼里，这间书屋是宣传途中不可或缺的一站。

监管者于1976年开门营业。书屋的创立者之一、现任店主汤姆·坎贝尔在2006年描述道："它面积狭小，或许还显得奇怪。"① 当时达勒姆的第九街虽然离杜克大学只有两个街区，但很大程度上被更近的邻居——几乎就在街对面的纺织厂——影响着，街上熙熙攘攘都是来觅食或者办事的工人。1976年第九街上的所有商店现在都已消失了，包括一家麦克唐纳药店、一家五金店和那些供应早午餐的烤肉餐馆。监管者是现存的最古老的一家商店。这条街现在服务于杜克大学学生和达勒姆市民。人们可以在这里喝咖啡，练瑜伽，买玩具、潮流T恤和唱片。当然，还能买书。

那时监管者所在的楼房是一家小型印刷出版社——监管者出版社——的总部所在地。"监管者"这个名字也许是一位曾在书屋工作的杜克大学毕业生从他上过的某节历史课上拾来的，以纪念一群闻名本地的北卡罗来纳反叛者，他们在独立战争数年之前就进行了一次反抗英国人的起义。汤姆·坎贝尔最近跟

---

① Tom Campbell, "The Story Begins Like This," http://www.regulatorbookshop.com/localbestsellers/286278.——作者注

我总结道，那时"植根本地和叛逆"二词正好抓住了书屋的精神所在。而现在依然如此。

不仅书屋名字蕴含着些许本地历史，书屋本身也以为读者提供大量有关北卡罗来纳州的书籍为使命。自从五年前我搬来达勒姆起，监管者就一直是我了解我这个第二故乡背后故事的地方。这座城市的过往被烟草充斥甚至主宰。尽管这里不再弥漫着风干和烤制过的烟叶的味道，但红砖工厂依然随处可见，只是大部分都被改造成了公寓、工作室、办公室、商店或者餐馆。达勒姆在内战后才诞生，在这里工厂比植被更随处可见。从达勒姆走出了许多杰出的非洲裔美国中产阶级，这里尤以拥有"黑人华尔街"闻名，还被布克·T.华盛顿①赞誉为模范城市。美国最大非洲裔公司之一北卡罗来纳互助保险公司就在此创立，它的创办者曾是一名黑奴。美国最古老的黑人大学之一北卡罗来纳中心大学的主校区也在这里。达勒姆与一个名为海地的社区比邻。自达勒姆建立起，这个社区就一直叫这个名字，有非洲血统的人们可以在这里实现自治，建立自己的文化，正如在那个同名的加勒比国家一样。碰巧，我是一名研究海地的历史学家，呆在达勒姆就让我感觉像呆在海地一样，所有来拜访我的海地朋友也感觉在家里一般，这让我特别高兴。达勒姆一直欢迎像我这样的游子，有着错综复杂的故事的移民们在北卡罗来纳州寻到了魂牵梦萦的家的感觉。

同任何一个正在迅速变化的社区一样，达勒姆的自我意识近年来也愈加强烈。T恤衫和汽车保险杠贴纸上印上了"达勒

---

① 布克·T. 华盛顿（Booker T. Washington, 1856—1915），美国教育家、作家、演说家，曾任总统顾问，1890—1915年间非洲裔美国人领袖。

姆——并不适合每个人"的口号，这纽约式的傲慢话语透露出些许攻击性。还有"让达勒姆保持肮脏"。近年搬到达勒姆的人害怕下一批来到这里的人将会毁掉他们为之而来的东西。的确，有时我感觉达勒姆就像布鲁克林某个正在迅速贵族化的社区。不过，仍有一些人怀着真诚美好的希望，想维护好本地特色。令人惊讶的是，在达勒姆城里你几乎找不到一家连锁商店（除了无法避免的麦当劳）。这座城市由于其日益繁荣的饮食文化而名声在外，似乎每周都有一辆新快餐车出现，几个月之后它就变成一家店铺，接着又出现一辆新快餐车。现在人们买一个杯子蛋糕或者一块巧克力面包都要进行艰难抉择，更不要提在某个特定的日子挑一家餐厅来享用一顿全部用本地食材烹饪的美味了。

　　但在所有这些本地商铺中，监管者尤其占据了核心地位。从很多方面来说，杜克大学和它周围更广阔社区的交会点决定了达勒姆的内涵。而监管者书屋就是中间的枢纽。达勒姆的生活大部分都围绕它进行。它以一种漩涡式的开放姿态将人们聚集到一起，让他们来店里读书、交谈。

　　我儿子的阅读生活也以监管者为中心。《大内特》最新一部发行的那天，我们从学校一路火速赶到书屋。车刚在第九街上停稳，他就冲了出去。当我追上他时，他已经站在柜台前，从说着"安东，给你"的店员手中接过那本书。然后他又冲回车上，当即就读了起来。如果店里没有书等着，他就会很快地走过柜台，只简短地说声"嗨！"几分钟之后，我会在书架间找到正在专心看书的他。以前我们还一起看书，现在对他来说我基本上是多余的（当然除了我的钱包）。但我确实开始看他正在读的书，里面会有一些特别好笑或值得注意的内容。有时他会以他们学校图书馆十分需要为理由来游说我买某本书。每年他们学校都会在书屋里办一场为期两天的活动，孩子们可以到店阅读最喜欢的书和他们自己的作文，父母们也可以应老师的要求买一些书。我儿子了解到在这个由挑选、赠送、阅读和写作支撑起来的温暖的图书大网络中，我们各自都发挥作用。我很喜欢这点。因为父母同为作家，我儿子或多或少已经被阅读和写作的概念所包围，但监管者将这两个概念的影响最大化，使其真正成为整个社区的共同体验。

在监管者后方，站在儿童青少年区和非虚构类新书区"社会"部分的交会处，人总会有一种二十一世纪沙龙的感觉。那块小地方有一张舒适的长沙发、一把椅子和一条有软垫的长凳。你常常能看见几个人一起坐在那里读书，偶尔交流一下正在读的内容。安东和我在那里一呆就是几个小时，低着脑袋翻阅不同书籍，和也在做同样事情的人聊聊天。

有时在店里正好遇上一位作家，我们就会买一本书让他或她签名。有时楼下办朗读会，或许会传来一小段布鲁斯乐曲，一段激烈的政治辩论，或一阵阵潮水般的笑声。政治集会，读书小组聚会，还有更多没那么正式的会议都在这里进行。店里的日常生活很充实，值得常驻。当然，监管者的最终任务是通过这些活动，周复一周地将大量出色的作家和思想家带来店里。但它同样也创造出一个空间，告诉每一个人：进店来，别着急，呆上两分钟或两小时。在书屋里停留一段时间后再出去，你会感觉整个世界跟你进去时有些不一样了。

作者简介：

劳伦·迪布瓦 (Laurent Dubois)，生于比利时，成长于马里兰州贝塞斯达。1992年毕业于普林斯顿大学,1998年在密歇根大学获得人类学和历史学博士学位。之后曾在哈佛大学和密歇根州立大学任教,现在是杜克大学马塞洛·罗蒂荣誉教授,以罗曼语地区为研究方向。著有《海地——历史的余震》(大都会出版社,2012年)、《足球帝国——世界杯和法国的未来》(加州大学出版社,2010年)及《新世界的复仇者——海地革命的故事》(哈佛大学出版社,2004年)等。目前正在进行有关班卓琴历史的写作。

蒂莫西·伊根

艾略特湾图书公司

华盛顿州,西雅图

　　书店的地板踩上去当然得嘎吱作响。里面应该有些冷,但不潮湿,足够让人想蜷缩起来,与一册书为伴。要是书桌展示、至爱首选和其他类似推荐书单有一种独特的随意性,不顺从出版社推荐最新书目的要求,那更好。把情色书安排在宗教大部头的不远处体现出爱书者中罕见的社会工程技巧。

　　上述所有这些特征,西雅图的艾略特湾图书公司(The Elliott Bay Book Company)都符合。至少当它还在普吉特海湾的时候是符合的。当书店主人决定搬迁到山上新址以谋生存之后,很多人都担心书店会因为环境改变而失去一些魅力。不过我很开心地告诉你,它的个性没有丝毫改变。

　　但随着这次搬迁你会发现,就跟所有伟大的书店一样,店面也只是艾略特湾的一部分。就算忘了书店曾经在哪个位置,你仍然会记得在店里度过的每一个夜晚。

　　那边是特里·坦皮斯特·威廉姆斯在向布满光滑岩石的美

国西南部峡谷致敬，这边是舍曼·亚力克西正让你笑得上气不接下气。1月的每周二晚，书店里聚集起许多无名诗人，他们来了以后才发现自己并非无人知晓，至少在这里是有读者的。艾略特湾图书公司是作家们获得肯定的圣殿。

优秀作家、同时也是《纽约时报》的执行编辑 (完全披露：乔曾是我的上司，讨人喜欢的那种，也是我的朋友) 乔·莱利维尔德不久前在这里告诉现场观众，他们十分幸运。为何？他说在曼哈顿，几乎从头走到尾你也找不到一家书店像艾略特湾一样拥有如此热诚的读者。

他不用说服我来相信他的话。我曾经花了一年时间穿行于美国西部，行走了五万英里来寻找故事。许多城市即使再一无所有，也会有一座卡内基图书馆，经历一个多世纪依然矗立在一片草原之中。但我却很少看到受到悉心照料、藏书丰富的独立书店。这样的书店不只是一处避风港、一个避难所，它几乎是一个奇迹。回到家乡，看到艾略特湾图书公司容纳了这么多故事，晚上还聚集了这么多讲故事的人，我就成了独立书店的坚定拥护者。

我们常常有些自鸣得意地将我们所在的西雅图视作全国居民文化程度最高、阅读量最大的城市。看看人均购书量，看看受高等教育的人数比例，看看对来访作家的支持力度，西雅图在全国都名列前茅。

这全是艾略特湾图书公司的功劳吗？不，当然不是。但这两者是密不可分的。一个见多识广、开明、博学的社区需要一个支柱。人们移居至西雅图是为了更接近自然，在美国的大城市中，西雅图还是唯一一个这样的城市。正如英国旅行作家乔纳森·拉邦所说，触手可及的自然世界是人类生活的核心。但同样重要的还有室内空间，因为我们聚在里面互相倾诉故事。气候无疑能促进后者，尤其是雨季。[①]

在数字革命中，科技实验室里走出了各种各样的文字形式和"内容平台"。尽管那间"公共机构"(我谨慎地选用了这个词来指代艾略特湾图书公司) 必须跟随时代而改变，但有些东西应该保持不变。在艾略特湾的世界里，书写的文字是至高无上的。理应如此，也将一直如此。

作者简介：

蒂莫西·伊根 (Timothy Egan)，记者、作家，普利策奖获得者，已出版六部著作，最新作品《大燃烧：泰迪·罗斯福和拯救了美国的大火》是《纽约时报》畅销书，并获得西北太平洋书商奖和华盛顿州图书奖。旧作《最艰难的时代》获得全国图书奖，并被提名为《纽约时报》编辑之选。他是《纽约时报》网站舆论板块专栏作家，每周一次撰写"Opinionator"专题。他是第三代西部人，现居西雅图。

---

① 西雅图属于温带海洋性气候，降雨频繁，被称为"雨城"。

戴夫·埃格斯

青苹果图书

加利福尼亚州，旧金山

　　我很难在旧金山湾区只选出一家书店。我在这里生活了二十年，不同时期常去的书店有很多，像伯克利的黑橡树书店、珀加索斯图书、寇迪书店、莫书店，马林县的书之廊和仓库书店，还有旧金山的图书公司、摩登时代、折角书店、城市之光，以及许多其他的。湾区拥有的独立书店数量居全国——甚至可能全世界——之首，但考虑到这本文集的目的，在此我想介绍与我结缘的第一家旧金山书店——青苹果图书 (Green Apple Books)。这家书店的人也提到过这本有关独立书店的书，也就是你现在正在读的这篇文章所在的文集，所以我优先介绍它。

　　我和我的兄弟托弗曾在月桂村/列治文地区住过几年，我们那时去的就是青苹果图书。它像许多优秀的书店一样，外表看似简单朴实，甚至让人觉得有些简陋。第一眼看上去，你会以为这是一个水果市场。当然，它的名字也有些误导性。而且它有一个绿色的雨篷，这在全世界都是农产品的标志。店外甚至摆了几只箱子，一般都是用来放水果的。刚开始我好几次开车或走路经过这里，心想：哈！又是一个水果市场。接着我继续往前走。但这是一家书店，一家世界级的书店。人们深爱着它，我也深爱着它。

青苹果图书由退伍军人理查德·萨沃伊创立。1967年，理查德找一家信用合作社借了几百美元，在旧金山列治文区——一个以中国人和俄罗斯人为主的非常多样化的社区，也叫大街区——的克莱蒙街租了一个门面。最初，店里只卖二手书、漫画和杂志，但它起步便取得了成功，一年年稳步成长，到现在还经营新书和藏品书，各种类型应有尽有。它的占地面积也不断拓展，营业空间延伸到二楼，甚至隔壁店铺，从七百平方英尺增加到八千五百平方英尺。对于一家由商业经验为零的人创立的独立商店来说，这样的发展已是不错。

2009年，在经营书店四十二年之后，萨沃伊先生将它交到了三位老员工凯文·亨桑格、凯文·瑞安和皮特·马尔维希尔手中，他们三个共同拥有这家书店并且一道经营。我认识这三个人差不多有十五年，我得说世界上再也没有比他们更纯正的图书人了。他们熟知自己的书店，熟知自己的顾客；当然，他们还熟知图书。青苹果的经营范围十分广泛，新书、旧书、古董珍品书、趣味怪书、茶几读物、平装恐怖小说……应有尽有，而店主们也了解所有这些东西。不可思议的是，在这家书店里，在他们手中，任何东西都比在其他地方看起来更有趣、更让人想要拥有，哪怕只是一本猫咪日历。

书店氛围温馨，管理周到且充满启发，呈现出一种美感。首先简单说一下它的氛围。青苹果的地板大部分都有百年以上的历史，你走到哪里都会发出嘎吱嘎吱的响声。当你走上楼时还会微微扬起一阵灰尘。这是个古老的地方，气味也是古老的。它闻起来像平装书，像阳光，像在阳光里褪去颜色的平装书。它闻起来有1904年这座楼房刚建起来时的味道，它也有从那时至今每一个年代的味道。它闻起来像墨水，像皮鞋。你会看到有的书架隔板中间变弯了。店里通道很窄，楼上的房间通常较小。它像街道错综复杂的街区。它像迷宫。它让你想到温切斯特神秘屋①，不断出现超乎可能与逻辑的方向和空间，似乎永远走不到尽头。但它从不给人逼仄的感觉。相反，走进书店，你会感觉走进了教堂，头顶有五十英尺高的天花板，四周彩色玻璃上绘有《圣经》故事，有一种恢弘、无限之感。

店里有人求过婚，书店的前员工互许终身。至少有一个人在店里死去（那人心脏病突发，接着就在他没了呼吸之后，一只鸟飞了进来，停留了一小会儿，然后从窗户飞走了。那是店里第一次发生这样的事，所有人都印象深刻）。小孩、游客、寻找帕特丽夏·海史密斯作品的年长女性、学生、二手书卖家（店里有六名全职采购员）、热情的年轻人都是店里常客，有拖到节日前最后一分钟才来购置礼物的人，还有罗宾·威廉姆斯。

我的非正式调查显示，没有一个人空手离开青苹果。或许我需要再进一步核实数据。但至少我自己每次来书店都会买些东西。

我在这里学到了一课。通常我认为书店应该布置得井井有条，有清晰独立的分区，人们能自助寻找自己想要的书，不论是哲学书、纪实书还是讲跑车的书。但其实，就算各个分区混合在

---

① 温切斯特神秘屋（Winchester Mystery House），位于加州圣何塞的一座大厦，因规模庞大、建筑奇特、缺乏规划而闻名。

一起，甚至有重合，效果也不会差，甚至可能更好。当你走进青苹果，最先映入眼帘的是新书和畅销书；稍往左你会看到超大本的艺术书，那一块总会有些吸引眼球的东西；而就在几英寸外摆着五十来本全新平装书，它们由店员精心挑选而出，没有哪两册是重复的，它们提醒着你，要是错过了一些书的精装版，现在再错过平装版就太傻了。关于僵尸和勇斗鲨鱼的热门幽默类书籍摆在几英尺外。我不得不再一次感叹，青苹果图书里所有的东西看起来都是必需品。就算店里没有上千张手写的荐书标签（店员们的真诚建议让人心动不已），这栋建筑里也有股神秘力量，给店里的所有商品都打上了奇迹般的光芒，让人无法回避。这股力量或许来源于建筑的悠长历史，这座楼从1906年和1989年的地震中幸存，有一种迷人的创伤气质；或许来源于书店的悠长历史，它创立于美国小型家族生意时代之后；又或许只是来源于一种感觉，当你觉得一间书店很另类，像书、像作家、像语言一样奇怪，那这感觉就对了，你就会在里面买东西。而若你这样做了，这家书店便能延续下去，小型出版社便能延续下去，纸质书便能延续下去。任何不愿意这些事情发生的人都是傻子。

作者简介：

戴夫·埃格斯（Dave Eggers），畅销书作家，著有《泽图恩》和《国王的全息图》，《泽图恩》获得美国图书奖和代顿文学和平奖。他还著有小说《什么是什么》，入围全国书评人协会奖，获得法国麦迪西文学奖。

路易丝·厄德里奇

马格斯与奎因书店

明尼苏达州,明尼阿波利斯

　　2004年11月,乔治·布什刚刚连任。沮丧,末日式的悲伤。但令人高兴的是当时我可以自力更生,和我亲爱的女儿们呆在混乱邋遢的家里,写着一本我爱的书,开心地生活。房子四周的高大榆树从旱灾中劫后余生。我也重新开始跑步。然后有个男人约我出去喝咖啡。我从没有被朋友之外的男人约过。我问我的朋友S,我该怎么做?她是个约会大师。她说在我们这个年纪,跟一个对自己有兴趣的男人喝咖啡是一垒。她建议我提前几分钟到咖啡厅侦察一下,选一张灯光最为柔和的桌子。她说等他爱上我,他就不会在乎我长什么样了。我并不想让他爱上我,不过我还是选了一张对我有利的桌子。就在我点了一杯印度茶拿铁,在邓恩兄弟咖啡厅等他的时候,他到了。他个子高大,虽然有些年纪却不显老,十分迷人;他露齿而笑,典型的南达科他州笑容,一边脸颊上还有一个酒窝。不过他不是我的菜,他是个生意人,做瓷砖进口生意,供应给建筑工程。

当然我喜欢瓷砖，但瓷砖里没有讽刺。我准备回家了。这时他说，接下来做什么？想去马格斯与奎因书店（Magers & Quinn Booksellers）吗？

我记得当我们走在书店过道里，我会时不时瞄他一眼。在两人专心看书的间隙，我们偶尔抬起头来对视一眼，确认对方还在，然后重新沉浸到书本里去。他当时穿了一件黑色灯芯绒夹克，一条熨过的牛仔裤。天哪，熨过的牛仔裤？事实上，我正好喜欢熨衣服的味道。我很多年没熨过衣服了。我们继续看书。人们喜欢独立书店无非跟喜欢人一样的道理——喜欢其外表、性格、有趣的思想和气味。自从我搬来明尼阿波利斯，马格斯与奎因书店一直扮演着我男友的角色。我不知道这个男人是否察觉到他正在变成我喜爱的风景的一部分。

我第一次造访马格斯与奎因是来这里签售，虽然书店廉价出售我的书让我很是伤心，但我仍然担心亨内平大道另一边的博德斯书店会不会让丹尼·马格斯没生意可做。奥尔图书也在街对面，店面很小但管理有方，招人喜欢，有一批热情的追随者。当我创办自己的书店时，我向丹尼讨教。他并没有让我去尝试什么十二步计划，以此阻拦我。相反，他让我去他的地下室浏览那一堆堆的存书，挑选新书，还愿意把这些书卖给我，实际上是一分钱都不赚。我发现图书人真的十分真诚，他们很高兴看到其他小书店的存在，愿意支持任何足够疯狂的人去开一家书店。就算我把店开在丹尼隔壁，他很可能依然会这样支持我。当我亲手挑选我要放在书架上的第一批书时，不知为何我有种感觉，我们两家店都会生存下去。

我初次约会的对象买了他的书，我也买了我的。我们一起走回车上时，他递给我一本书。那是一本有关德鲁伊教徒的书，他挑选了这个作为礼物。我有点被吓到了。但他凝视着我，问我是否也钟情于树木，我说我种了一些榆树。他看到了我的车，那是一辆福特风之星厢式旅行车，绝对的约会杀手。他似乎有些疑惑。然后他很有男人味儿地递过来他为我挑选的另一本书，是西奥多·罗特克的诗集。我们站在停车场里时，他开始吟诗："我曾认识一个女人，从骨子里透出的可爱⋯⋯"我看进他的双眸，寻找讽刺。一丝都没有。但其实我自己已经拥有了很多讽刺。或许我弄错了，或许我需要的不是一个会讽刺的男人，而是一个会熨衣服的男人。四年后，我做了我唯一能做的事情。

我嫁给了他，我们成了书店爱人。

现在他仍然熨牛仔裤。

而马格斯与奎因已经到了可以给奥巴马投票的年纪了。

十八岁生日快乐！

作者简介：

路易丝·厄德里奇 (Louise Erdrich)，作家，她的作品《圆屋》、《羚羊夫人》(修订新版) 以及儿童书《山雀》于2012年夏末和秋天出版，其中《圆屋》获2012年美国全国图书奖小说奖。她是位于明尼阿波利斯的桦树皮书店的店主。

乔纳森·埃韦森

鹰港图书公司

华盛顿州，班布里奇岛

我在这个小岛上生活了大半辈子，过去几十年里它发生了相当大的变化。我们十几岁时常去晃荡的保龄球馆已经不见了踪影，吉菲集市和小岛集市也一去不复返。我超重的体育老师开的凯林汉堡店被夷为平地，取而代之的是一家购物中心。我母亲工作了二十九年的美国海洋银行关了门。"乡村老鼠"不见了，易凯尔鞋店不见了，托番格尔加油站不见了。一直跟这些本地店铺联系在一起的那些名字、那些面孔、那些人都消失了，再也见不到商店的国庆花车，少年棒球联盟再也得不到它们的资助，《评论》杂志上也没了它们的广告。

现在岛上开了一家西夫韦，一家来爱德①，一家麦当劳。大桥另一端的波尔斯波有一家沃尔玛。在希尔弗代尔还有一家巴诺，甚至一家好市多。人们可以在岛上买到任何东西，不论是30

---

① 来爱德（Rite Aid），美国最大的药店连锁公司之一。

重量级①机油还是麦乐鸡，三百六十五天每天二十四小时供应。见鬼。一旦亚马逊开始以不可思议的低价卖快餐，我们甚至都不需要出门就可以吃上一个芝士假牛肉汉堡！哇，真开心！想想：我们都会变得越来越胖，越来越懒，心中那种无法描述的不满足感越来越强烈，我们也将不用跟其他人类交流！我们再也不需要走遍整个镇子去光顾本地商店，多付一两块小费，跟人面对面地聊天，这样我们一天就能多出二十分钟来看电视广告，多出几块钱来买彩票和手机应用！

絮叨了这么多，其实我想说的就是：感谢老天赐予我们鹰港图书公司 (Eagle Harbor Book Co.)！感谢老天赐予我们那些名字、那些面孔、那些人，让鹰港如此有本地特色，如此的班布里奇。维多利亚、贾妮斯和莫利，安德鲁、简和艾利森，还有珍、保罗和玛丽，他们都以向上的精神和积极的能量带领着我向前。谢谢你，鹰港，谢谢你是一家砖瓦建成的实体书店，让我能置身其中感受你的氛围，能流连忘返于书架间，还能趁没人注意的时候把自己的书摆到书架上更显眼的位置。

谢谢你，鹰港，谢谢你让我需要开上十分钟的车来看你，让我多花一点钱来买坐在家里不费劲就能以更便宜的价格买到的东西。因为努力很重要。努力是所有健康和有意义的事物存续的关键。再次谢谢你，鹰港，你把我因为没在网上和你后面那家小店买东西而多花的几块钱投入到社区建设中，你把资源带进我们的教室，你赞助本地活动，你支持本地作家，你鼓励图书俱乐部，你为你所在的社区提供了一个对话和讨论的场所。谢谢你为我订购晦涩难懂的书。谢谢你回答我的提问，向我提出建

---

① 机油黏度指数的一种说法，即 30 黏度。

议，允许我的孩子每周去你们的儿童区捣乱三次，还让他痴迷于你们的推荐书目。

总之，谢谢你，鹰港图书公司，谢谢你在这个日益趋同、人情渐逝的世界里，仍然保持着自己原本的样子：独树一帜，温暖亲切。

作者简介：

乔纳森·埃韦森 (Jonathan Evison)，《纽约时报》畅销书作家，著有《有关露露的一切》、《西面》及《护工故事》等。与妻子和儿子现居华盛顿州班布里奇岛。

范妮·弗拉格

书页与调色盘

亚拉巴马州,费尔霍普

亲爱的读者:

　　作为一个资深作家和一个终生爱书人,在过去这些年里,我出于个人需要和职业需要造访过上百家书店,或大或小,或独立或连锁。知道这些,你也许会觉得要我从中只挑出一家书店来写会很难,但实际上,这项任务对我来说很简单(不像写书)。

　　我可以轻而易举、毫不犹豫地说出这世上我最爱的书店,它就是位于亚拉巴马州费尔霍普的书页与调色盘(Page & Palette),一间由家族经营的历史悠久的独立书店。我很幸运,它离我家不过两分钟的路程。

　　不过,在向你介绍这家书店之前,让我先简单说说费尔霍普。这绝对是一个充满魅力的城市。它位于亚拉巴马州南部,坐落在一处断崖上,俯瞰美丽的莫比尔湾。幸运的是,不像国内其他许多小镇的本地商店因受到大型商场的打击而纷纷倒闭,费尔霍普的中心城区仍然人来人往、充满活力。若你能碰巧造访塞克恂街，走在路上，不久你便会发现这个城市的活动中心就是书页与调色盘书店。若你走进书店，或许你很快还能发现另一个事实。在费尔霍普的人，不论是游客还是本地居民，就是喜欢阅读。为什么？

好吧，这不是因为他们有超高的智商和强烈的好奇心。我想这一切都始于1968年，源于一个叫贝蒂·乔·沃尔夫的女人和她对书的喜爱。

事实上，现在费尔霍普之所以还有这么多人读书和买书，可能就是因为贝蒂·乔。在我的记忆里，顾客们总是进门便呼喊："嘿，贝蒂·乔，我需要一本好书，你有什么推荐吗？"而贝蒂·乔，这位有着一头深褐色秀发的可爱女子，一双浅绿色眼眸笑盈盈地望向每一个人，似乎总是有时间为你找出最适合你的那本书，不论你是六岁还是七十岁。

虽然书页与调色盘只是一座小城里的一家小店，它却是我所知道的所有书店中心胸最为广阔的一家。贝蒂·乔的顾客们欣赏这一点，他们都非常忠实。即便是今天，守旧的费尔霍普人也不敢于死亡之际在身边带一部Kindle或一本从亚马逊订购的书。我曾经听到市长夫人说："呀，我甚至都不愿意读不是书页与调色盘推荐的书！"

我认识贝蒂·乔就是因为去她店里买书。后来在1981年，我的第一部小说出版时，贝蒂·乔主持了我的第一场签售会，我永远不会忘记那天。我之前提到书店是家族经营的，那天贝蒂·乔的两个十岁的骨瘦如柴的双胞胎孙女凯琳和凯莉就在店里搭把手，帮我翻开书，派发饼干。三十年后的今天，我已经出版了七本书，那里依然是我签售时最爱去的一站。

对作家来说，图书签售会可能会是漫长而疲惫的，但在书页与调色盘里，签售总是美妙而特别，充满趣味。你从来不知道接下来会发生什么。比如当我的小说《等不及上天堂》出版时，我完全没有料想到书店居然让所有来参加签售会的人都打扮成了天使，头上顶着光环，身上披着白色长袍，背后还有翅膀！

当然，时代已经不同了。书店里多了一间餐厅和咖啡馆，现在一些活动可以吸引八百到九百人参加，不过店里的感觉还是一样。贝蒂·乔已宣告退休，但她每天都会来店里看看。最棒的是，她那两个双胞胎小孙女已经长大成人，各自都有了家庭。凯琳和她丈夫现在经营书店，凯莉和她丈夫则在隔壁开了一家艺术商店。两家店都继承了贝蒂·乔的一贯风格。所以如果你来到费尔霍普，而且你也喜爱书籍的话，那就走进书页与调色盘，在美妙的南方作家区读读书，或到餐厅里坐下，享用一杯咖啡和一份三明治。我可以向你保证，你肯定能碰上在店里进进出出的本地作家，比如我，或者温斯顿·格鲁姆、马克·奇尔德雷斯、卡罗琳·海恩斯、W.E.B.格里芬、吉米·巴菲特，还有里克·布拉格。时至今日，当低价和便利成为人们购书的首要考虑因素，你也许会惊奇地发现费尔霍普人仍然亲自到纯正的实体店买书，跟收银台后的人当面交谈。

为什么这些顾客和作家们多年来都如此忠实？我觉得是因为书页与调色盘从开始到现在，从店主到员工，一直都在用爱经营这份事业。他们关心顾客，关心作家。在这个时代，美国每天有越来越多的实体书店闭门关张，书页与调色盘书店的成功说明了很多。我们知道他们爱我们，我们也爱他们。就这么简单。

范妮·弗拉格

谨上

又及：就像我说的，你永远不知道在书页与调色盘的签售会上会发生什么。就在我最近一场签售会开始前的几分钟，凯琳错手把我锁在了杂物间，最后叫了一个锁匠才把我弄出来。不过幸好我出来了，签售活动也相当成功。我等不及要进行下一场了（我的出版社也等不及了），不过那又是另外一个故事了。

作者简介：

范妮·弗拉格 (Fannie Flagg)，作家，著有《纽约时报》畅销书《小镇餐厅的炒青番茄》等多部小说，最新作品是《宝贝女孩，欢迎来到这个世界！》。她现居加利福尼亚州和亚拉巴马州。

伊恩·弗雷泽

沃昌书店

新泽西州，蒙特克莱尔

　　蒙特克莱尔是纽约城外一片狭长的郊区。它的地形高低起伏，镇区大部分位于山谷，大一些的房子则建在山上。这里历史十分悠久，是纽约最早的几个郊区之一。1854年开始，前往市里的火车便从山谷中穿行。火车汽笛声响起，(在我家)常常伴随着冰块与鸡尾酒杯碰撞的声音，标志着郊区一天的结束。这里的山丘是古老的沃昌山脉的余脉。沃昌的发音读"WATCH-ung"，说出来很好玩，像"Watch it!"，但是后面还跟着一个"ung"。它是你能想象索普拉诺一家[①]会说的那种新泽西词，不过，尽管那部电视剧部分是在这里拍摄的，我并不认为他们中真有人说过这个词。

　　通常我都呆在家里写作，但偶尔进城时，就在沃昌广场搭

公交车或火车。这是一个普通的广场，里面立有一根纪念镇上一战士兵的旗杆，设有几张长椅、一个公交车站、一些围栏，还有一片草坪。广场一边是一排商店，其中有一家名为"Wah-Chung"的中餐馆。我曾经问过餐馆里的人"Wah-Chung"在中文里是否碰巧有什么含义，他们说没有。沃昌书店（Watchung Booksellers）就在广场的一角；它在那里已经有十六年，比我们在蒙特克莱尔生活的时间还要多三年。

要说我们是因为这里的独立书店才搬过来的，也不算太夸张。蒙特克莱尔过去有五家独立书店，遗憾的是现在仅剩两家。不过对于一个只有三万四千人的镇子来说，有两家独立书店也不错了。沃昌书店很快成了我的最爱。有时我晚上从城里回来，广场上所有店铺都关门了，但如果我走下车站的台阶时注意到书店窗户里还有灯亮着，便会过去看看橱窗里在展示什么书。尽管来车站接人的汽车可能趁这片刻就开走了，但离开嘈杂的纽约、回到这个宁静小镇的愉悦仍在我心中蔓延。在这夜半时分，关门后的书店空无一人，在角落里静静地散发出温暖而智慧的光芒，不知为何，此时我对它喜爱更甚。

作为一个靠写作谋生的人，我对书店店主玛戈·赛奇－EL有一种亲切感。写书和卖书似乎都不是消磨时间的明智方式，所以做这两件事当然是因为喜爱。罗伯特·弗罗斯特曾经写道："只有将喜好和需求完美地结合／使工作成为凡人的游戏和赌注／这样一个人才真能干出点名堂／权当是冲着天堂或遥远的未来。"正如写诗来挣钱付房租的诗人，独立书店也是一种将喜爱与需求融合的让人心跳加速的存在。沃昌书店里的灯光总能给我鼓励，告诉我至少在目前，我们这份前途未卜的共同事业正在成功的路上。

我在书店买书。作家们是否将成为最后的买书人？我不这么认为。看看玛戈店里攒动的人头，看看作家照片和书本纸质，看看店里产品的整体质量。你必须触碰到书才会发现这些事情。我出书时会去书店里签售。我太太是这样，我们在蒙特克莱尔的作家朋友们也一样。书店办朗读会的地方只有单车位车库大小。如果观众超过十八个人的话，有些人只能坐到书架中间去，要么他们看不到作家，要么作家看不到他们。对我来说，这样的观众是最好的，我去书店参加朗读会时，一点都不介意看不到别人或者别人看不到我。我之所以成为读者和作家，部分原因就是这个。最重要的是，即使缩在角落里，我还是这场宏大的文学之旅的一部分。

我在书店里时，我是在蒙特克莱尔镇沃昌广场的一个实体公共场所里，而不是游离在某个无名的网络空间中。在现代，书以及它们的未来已成了无法避免的话题之一。最近，在一场这样的讨论中，我认识的一位非常有智慧的作家说道："书能产生连接。"我说不清为何我认为这个说法很精辟，但我知道它是事实，就跟笑话是好笑的一样显而易见。书能连接人和人，是因为它承载了作家的内心，将之呈现给读者，读者再将之融为自己内心的一部分。直到这种转换发生，写作才算存在。写作不只存在于作者一边，也不只存在于读者一边，而是在两者中间某个闪着微光的点上；这个交会点就是书。书是现实中实实在在的东西，就像你偶然在街上遇到的一个人那样真实。你可以从网上搜出一本书，在电子阅读器上读它，但那样的体验太私密，中间没有产生真正的交流。读一本书要拥有实体的它，并把它带出去。某一时刻，应该有人看到你在公共场合带着这本书，好像它是你为之骄傲的一个朋友，或者你并不羞于露出的一道伤疤。

在沃昌书店，每天你都会听到书本生命的节奏。有孩子们在店里跑来跑去的声音（这样一个书店是带领孩子们进入广阔阅读世界的首选），有读者讨论书的声音，有看书时低声自语的声音，还有柜台传来的撕折包装纸的清脆响声。店里有种书本的清新味道，淡淡地诱惑着你。像沃昌书店这样的独立书店与写作的联系很亲密，相比之下，网络售书看起来只是零售而已。独立书店就是书本产生连接的地方，书本在这里才算真正完成了出版。我常去全国各地为我的书做宣传，有时在朗读会上会有观众问我书和书店的将来会怎样。我的回答通常是："嗯，我们现在都在这里，不是吗？"书里蕴含着未来，但我们写书，我们读书，书开始产生连接，这些就发生在此刻，而不是在什么未知的未来。沃昌书店勇敢地为我们所有爱书人提供了一个容身之所。

作者简介：

伊恩·弗雷泽（Ian Frazier），作家，出版十部著作，包括纪实作品《大平原》《重回印第安》《西伯利亚之旅》，喜剧小说《诅咒妈咪的岁月之书》。他的作品常登载在《纽约客》等杂志上。

戴维·富尔默

鹰眼书屋

佐治亚州,迪凯特

　　我去过许多独立书店,它们散布三大洲,还是四大洲?其中一些已经久享盛誉,如城市之光、哥谭书市、莎士比亚书店;还有一些没那么传奇但体验并不逊色的书店,如纽约的伙伴与罪书店和神秘书屋,新奥尔良的福克纳之家图书。我曾经差点在一家书店卷入一场斗殴,在另一家书店则被一位守株待兔的女粉丝堵在角落。不过不要误解我的意思,这些事情都发生在过去几十年间,并非进入每家独立书店都是一场疯狂的经历。

　　我在鹰眼书屋 (Eagle Eye Book Shop) 度过了最长也最快乐的时光。这家书店位于佐治亚州迪凯特,与我生活的亚特兰大城相邻。这些年来,随着我的角色从顾客变成出版作者,再变成写作导师,我在书店里度过的日子本身就是一个故事。相比之下,我作为爸爸的身份始终没变。

　　故事开始于一个早晨,我正在从巧克拿铁咖啡馆 (我的驻点之一）去找苏库鲁的路上。苏库鲁是位电脑修理员，好几次拯救了我电脑里的图书文件。经过鹰眼时，我停住了脚步。这家店有两个正常店面大小。它一直在这儿吗？我之前怎么没看到过？

到了电脑店，我发现电脑还病恹恹地躺在桌上，各种电子部件暴露在外面。而苏库鲁正用土耳其语喃喃自语。我想他可能更希望我离开，于是我漫步走回了鹰眼。

我发现这不是一家街边小馆，也不是一间无菌候诊室。刚迈进去我就注意到这是一个宽敞、明亮、通风良好的地方。漫步在长长的走廊中，我看到了上千本各式各样的书，新的、旧的或半新半旧的，任君挑选。角落的儿童区里，孩子们像小鸭子一样七嘴八舌地叫嚷着。接着我走进了书店深处的一个房间，这里的三面墙从地板到天花板都摆满了稀奇古怪的藏品书，比如一套1911年的H.欧文·汉考克的"迪克与公司"系列（我说真的），一本巨大的有关造船的俄文书，还有一本咖啡桌大小的地图集，里面的地图色泽丰盈，让人想咬上一口。重点是，与其他独立书店相比，这家书店毫不逊色，甚至可以成为你口中的那间更加包罗万象的"我的书店"。

我成了它的常客。一开始是因为我需要为自己和女儿伊塔莉亚买书。在成为职业小说家之前，我一直都只是一名普通顾客。我的小说事业逐渐起步后，我在那里办了几场新书发布会，我朋友以及朋友的朋友也因此都成了常客。

换言之，我成了这个大家庭的编外人员。书店员工的组成也很多样，男女老少兼有，偶尔还会出现一条狗。我是说一只犬科类动物。他们堪比电视剧的演员阵容。我希望自己能多说一点，但他们不是照纸板剪下来的图形，并非语言能够描述完整的。他们都是真实存在的人物，走出书店后都有自己有趣的一面。你可以自己任意想象。

就是在鹰眼，我曾与臭名昭著的珍本书窃贼擦身而过。他总是徘徊在亚特兰大的书店里。作为一个悬疑小说家，我对这个家伙的作案手法很感兴趣。城里的每个书商都能一眼就认出他，但他还是能得逞。一天下午，他和我同时在鹰眼书店，但直到他消失后我才发现这个事实。他只是一种人，书店里还会出现许多其他类型的人。独立书店吸引各式各样的人。

我组织了一个写作班，取名叫"小说商店"，开办已有好几年。一直以来我都是在自己家里上课，因此私人生活常被打扰。于是我跟鹰眼达成协议，借用他们后方的阅读室作为上课地点，就像在店里举办沙龙之类的活动。这个方法行之有效。来自各地的有趣的人出现在书店里。虽然有时会有些尴尬，但书店员工们都对这些学员表示欢迎。课间休息中或课前课后，学员们会出来走走，花钱买些东西。这样一来一回氛围也渐渐融洽起来。

好吧，大部分时候是融洽的。偶尔也会有意外发生。在一个为期八周的写作班里，我曾经有一个，要怎么说呢，爱叫板的学生。她那时有些失控。用最近的流行语说，就是化学上不平衡。有些晚上她就是个标准的淑女；但其他时候，她不是在那里不停地自说自话，就是跟别人窃窃私语。当我让她朗读我之前布置的练习时，她要么定住不动，要么当场开始重写。我没管她，让下一个学生继续，可她还会喋喋不休，明显没有意识到自己给他人造成了困扰。课间休息时她就消失了，有时一消失就是半个钟头。我也不知道她去了哪里。

同学们和我忍了她六周。第七周时，她一到教室就处于一种狂躁状态。那天晚上她好几次都抢着发言。于是我像一条被链子拴住的狗，冲她喊了起来："安德烈娅（这不是她的真名）！够了！"（我可是一个向来反对激烈情绪的人，连看到学生用感叹号都会批评。）教室里每个人都惊呆了，我听到房间外的书店也是一片死寂。那时我觉得自己就是一头禽兽，居然欺负一个可怜的女人。毕竟她身上带着药片是有原因的。

好消息是她没有当场崩溃。整堂课顺利结束，没有再出什么意外。下课后，我去前台向收银员和在场的顾客们道歉，对自己在店里有顾客的情况下还大喊大叫的行为深表歉意。

没想到的是，大家居然给了我一小阵掌声。收银员说："我不能相信你居然忍了这么久。"想想这样的事要是发生在你们的大型书店里结果会怎么样。

另外一个故事跟现代家庭有关。我女儿逛鹰眼书店已经有好些年。我们在这里买了很多书，有她在家要读的，也有在学校要用的。书店碰巧位于她妈妈家和我们家的中点，是每周她都要经过的地方。伊塔莉亚爱这个地方，还说将来想要在这里工作。也许她真的会。她爸爸会因此感到开心。鹰眼就是这样一个地方。

以上所有这些事情都只可能发生在独立书店。独立书店从本质上就是独特的，它们凭自己珍贵的特质，被上帝赐予了美丽的灵魂。让我们祈祷它们不会消失。

因为它们将成为纸质书的救星。

作者简介：

戴维·富尔默（David Fulmer），作家，著有七部历史悬疑小说，均广受好评。他的作品曾被提名夏姆斯奖最佳小说、《洛杉矶时报》图书奖、巴瑞奖、鹰奖，获得夏姆斯奖最佳处女作小说和本杰明·富兰克林奖，多次登上各类最佳榜单，如《纽约杂志》评选的"你读过的最佳小说"。他现居亚特兰大。

小亨利·路易斯·盖茨

哈佛书店

马萨诸塞州,剑桥

　　通常哈佛毕业生们回到母校时,总是对一些变化唏嘘不已。他们为那些家庭作坊式小店的消失而感到遗憾,独立书店的消失更让他们无限感伤。一直以来,著名的哈佛广场都是书虫和爱书者(读者和收藏家们)心中的圣地。返校的学子们依着记忆,几经寻找也无法觅得曾经。他们想知道,自己青年时期的那些传奇书店都去哪儿了。这是个合情合理的问题。毕竟,如果求知圣地都不再支持独立书商,还有谁能呢?真的,谁能?

　　每天我都感谢上帝,感谢他让哈佛书店(Harvard Book Store)得以保留,而且还蒸蒸日上。我在剑桥工作至今已有二十一年。过去十年里,我就住在离书店几个街区之外,步行过去不到五分钟,所以我参加店里久负盛名的清晨讲座和签售活动真的很方便。我已经记不清二十一年来在这个实体店里买了多少本书。事实上,早在1970年夏天,我还在读医学预科的时候,就来这里买过书。(耶鲁觉得暑期学校会拉低自己的声誉,后来发现这真是个创收的好办法!)不过,我之所以重视哈佛书店,不光是因为自己在那里买了很多书,还因为那里有数千本我曾经拿起翻阅、考虑要不要买,然后放回书架……再次考虑的书。

我常思考,一个看起来为阅读而生的地方如何能挣到钱。哈佛书店安静地矗立在马萨诸塞大道和普林普顿街相交的转角,书店墙上有很多窗户。几乎不论你站在哪一条走道上,当你从如饥似渴的阅读中偶尔抬起眼时,都能看到店外街道上静默闪过的各种居民和游客。或者当你捧起一本书,你就能轻易地忽视掉身边走过的人群,以书为入口,前往浩瀚时空中的任意地点或时期,成为现实中完全不可能成为的人或事物。这间书店给人一种空间感。如果我能把语法结构弄对,更准确的应该是"多空间感"。网上购物甚至无法让人有近似的感觉。再加上员工受教育程度高、学识广博,整间书店给人一种独特的空间感。可以说自从在耶鲁读书开始,我就一直在"收集"书店。我去过许多国家,足迹几乎遍布每一片大陆,但没有其他任何一家书店让我有这样的感觉。

哈佛书店坐落在哈佛园大门对面,在自己的小角落营造出了一种社区感。它是一间包罗万象的书房,吸引了哈佛师生、剑桥本地居民及来自世界各地的游客。哈佛书店位于马萨诸塞大道上,隔壁就是哈佛广场的另一间标志性店铺——巴特利先生的美味汉堡店(我很荣幸店内有一款以我的名字命名的汉堡)。再隔一家店则是传说中的香港楼,五十年以来不知有多少醉醺醺的大学生来这里享用过一顿油腻的宵夜。在普林普顿街那一侧,书店则与格罗里埃诗歌书屋为邻。格罗里埃也许是整个街区最"有教养"的成员,是哈佛书店在上流社会的贵族表亲。在这些商铺中,哈佛书店对久负盛名的哈佛广场来说至关重要,因为它不仅欢迎作家和学者,也对所有喜爱学习的人和来自各行各业的思想者敞开大门。有时我会想,自己是比较喜欢坐在巴特利的吧台边,透过两家店之间的墙听隔壁在举办什么活动,还是喜欢悠游在另一边的书架间,闻着不断从巴特利飘来的诱人的烧烤香味。

不论是漫步在二楼的走廊里,还是在地下室里细细读着那些了不起的二手书藏品,你都能生出一种自豪而欣慰的感觉——我们终于成了读者。这家神奇而伟大的书店创造出了一个生机勃勃的思想世界,而我们每一个自由徘徊在这里的人都是其中一员。

哈佛广场的历史感显而易见,岁月的痕迹铭刻在它的每一个角落。马萨诸塞大道对面有一面砖墙,绕哈佛园蜿蜒而行,墙上有两块被常春藤围绕的纪念碑,纪念的分别是罗伯特·培根(美国第三十九任国务卿,哈佛大学1880届毕业生)和西奥多·罗斯福(美国第二十五任总统,同样是哈佛大学1880届毕业生)。顺着马萨诸塞大道往下走,在与昆西街和哈佛街相交的拐角,有一个向哈佛第十五任校长约塞亚·昆西致敬的公园。而就在街对面还有一个向香港楼的创始人李森[①]致敬的小公园。李森于1929年从中国移民美国,彼时十三岁。他在美国上公办学校,参加了第二次世界大战,开过洗衣店,并在1954年创办了这家餐厅。这一角是哈佛历史的缩影,是剑桥这座城市的缩影,也是彼时被称为马萨诸塞联邦的殖民地的缩影。它代表了美国,代表了我们奇妙多样的世界,也代表了思想本身的生命。而

---

① 音译,原文为"Sen Lee"。

一直矗立在广场中心的哈佛书店就是这段历史最好的伴侣。

在过去的二十年间，哈佛书店对我这样一个作家一直非常友善慷慨。我想告诉优秀的书店店员们，每次我受邀来到书店在舒适的左侧区域办朗读会，或是每当看到店员推荐我的书，或是我的某部作品足够幸运入选书店的"精选七十本"，我的内心都生出一种溢于言表的愉悦。若正如蒂普·奥尼尔那句精辟之语所言，即所有政治都是地方政治，那么以上几项就代表了我能获得的所有荣誉。作为一个作家，在这家令我魂牵梦萦的书店里，没有什么能比读者和书商温暖的拥抱更令我满足了。

作者简介：

小亨利·路易斯·盖茨 (Henry Louis Gates, Jr.)，哈佛大学阿方斯·弗莱彻荣誉教授，W.E.B.杜波依斯美非研究院院长。已著16本书，拍摄12部纪录片，如美国公共广播公司制作的《跟着小亨利·路易斯·盖茨寻根》，这部纪录片探寻了一系列名人的家族史。他被授予51个荣誉学位和无数奖项，如麦克阿瑟"天才奖"。他于1997年被《时代》杂志提名为"25位最具影响力的美国人"，在2009年被《乌木》杂志提名为"最具影响力的150名黑人"，2010年被提名为"最具影响力的100名黑人"。于2012年出版散文集《小亨利·路易斯·盖茨读本》。

彼得·盖耶

密考伯书店

明尼苏达州,圣保罗

　　小时候,我祖母总在我生日那天带我去逛街。我们搭公交车前往市中心,我会把我的十元限额花在低价商店玩具区的一些小玩意儿上。很多时候,我选好东西后,她会带我去IDS大厦[①]顶层买热巧克力和饼干,或者带我去代顿百货商店[②]的餐厅吃午餐。那些美好的日子是我记忆中最快乐的时光之一。

　　奇怪的是,经过这些年,在这么多礼物中(我确定从我六岁还是七岁开始每年我们都会去逛街,直到我高中毕业后好几年),我只记得一份礼物。那是我高中毕业第二年,当时我正刻苦学习,一心想要成为"严肃的文学人士"。我们去了巴克斯特书店,同样是十块钱,我没像以前一样买那些玩过就忘的玩具,

---

① IDS大厦(IDS Tower),明尼苏达州最高建筑,1972年完工。
② 代顿百货商店(Dayton's),美国知名连锁百货商店,1902年成立于明尼苏达州明尼阿波利斯。

而是买了梭罗的《瓦尔登湖》和但丁的《地狱篇》。它们是"西涅经典"[①]，它们的书脊上是这样写的。我把它们带回了家，在那个夏天一点一点看完了，然后我人生中第一次感觉到自己正在成为想要成为的那个人。它们成了我私人藏书中最早的两本，或者说是我最早凭着自己的真实意愿挑选的两本书。现在它们还在我的书架上。

经过这些年，如今我已成了一个不折不扣的藏书家。五年前我和太太搬家时，我有五十箱书。我喜爱书的理由有很多：它们向我展示了不同的世界；它们教了我很多东西；它们在我手中或书包里很有感觉；它们的封壳装饰了我的房间；它们引导我的孩子向我提了很多问题；它们神秘；它们蕴含着或冷或暖的真相；它们说谎；它们给出承诺。但最重要的，我就是爱它们能把我带去一个日常生活之外的地方。

作为一个书呆子，如果我喜欢上街买书，那是合情合理的，事实上我也的确如此。你可以问问我太太，(在一起十五年后)她现在仍然不能理解我们的约会之夜最后为何总是以逛书店告终。

这些年来，随着我的文学品位逐步提升，我挑选书店的眼光也有所进步。以前在明尼苏达大学读书时，我去的是丁奇城的图书之家，或就在东南四街的比尔迈尔书店。就是在那些书店里，我发现了加缪和陀思妥耶夫斯基那类的作家。现在比尔迈尔书店已经不在了，但图书之家仍在营业，我每次经过丁奇城都会悄悄进去看看。

大学毕业后，我的生活和工作都在明尼阿波利斯市中心。

---

① "西涅经典"(Signet Classics)，现为企鹅集团旗下出版品牌。

每天走回家经过购物中心时，我都会去逛逛那里的詹姆斯与玛丽·劳里书店。这家书店后方的稀有书房间是天堂一般的存在。每到周五，我薪水的一大半常常都花在买那些我觊觎数月的稀有初版书上。

我和太太刚结婚时，我们住在明尼阿波利斯的上城区。我们常常从租的房子走到"亨内平与湖"餐厅吃晚餐，一周至少两到三次。而每次饭后我们都会去马格斯与奎因书店或者奥尔图书。为了安放我在那些约会之夜带回家的书，结婚第一年我不得不新买了两个书柜。尽管现在奥尔图书已经跟随比尔迈尔书店的脚步消失不见，但马格斯与奎因书店还在，我依然认为它是一间优秀的书店。

但那段日子里，双子城里还有另一家书店让我魂牵梦萦。它位于明尼阿波利斯市中心和圣保罗市中心之间，偏居在圣保罗最古朴的社区之一里，它叫密考伯书店（Micawber's）。密考伯就是我在过去的书店生涯中一直追寻的答案。它跟我极为合拍，就像那双我最爱穿的特别合脚的鞋子。

密考伯书店温暖迷人，地理位置优越。抛开这些优点不说，它也是一家十分厉害的书店。这很大程度上要归功于两位店主——汤姆·比勒贝格和汉斯·魏安特。每次去店里我都能看到他们其中一个（或者两个人都在）。他们没有窝在后面的房间里，而是站在收银台后，或者在儿童区跟顾客聊天。我承认，老板在店里并不足以保证会有很好的服务或体验，但在密考伯书店，这两位在场就意味着我能享受到比我曾经去过的任何一家书店都更好的服务。说实在的，可以说是好过任何商店。

上次去书店时，汉斯看我在一桌新书旁边打转，就走过来打了声招呼，我们聊了聊棒球和生意，然后是我们的孩子、我的新书，就跟往常一样。不过接着他就换上了书商脸。他绕着桌子走了走，从一小摞书上拿起一本。

"你看过这本书吗？"他说，"M.艾伦·坎宁安出新书了。"他递给我那本书。

我看了看封面。"没看过，有什么特别的吗？"

"他自己开了家出版社。这是限量版的故事集，不论是里面的文章还是书本身都很棒。你很喜欢他，对吧？"

"是的。"我说道，"谢谢。"

这段对话听起来似乎没什么特别，但是想一想我们聊到的几个点。第一，要想起我是坎宁安的书迷，汉斯得记得我们好几年之前的一次聊天。我自己都忘了，直到他给我推荐了《消失之日》这本书我才想起来。光这点就让人印象深刻了，毕竟汉斯每天肯定要跟不下二十个人谈论他们喜欢看什么书。但更让人印象深刻的是这本《消失之日》居然一开始就摆在桌子上。这是一本限量版的书，只有三百册，由一个小出版社发行，我敢保证全国有很多书商甚至都不知道这个出版社。然而它在密考伯书店出现了，这不仅表明这家书店的伙计们知识渊博，还表明他们在不遗余力地支持小型出版社和不知名的作家。

站在桌边读那本书时，我逐渐感觉好像汉斯是专门订了这本书，以便当面推荐给我。我知道这不是真的，但我就是有这样的感觉。事实上，作为一个顾客，我在乎的就是这份想象中的美好感觉。但这一点还不能很好地说明密考伯那些伙计们是多有力的支持者。

当汉斯读完我最新小说的校订稿之后，他没有发邮件告诉我他有多喜欢这本书。他没有在某个贸易展会的某个讨论会上谈论它。他没有等着我去书屋再给予我他的赞美之词。他在电话簿里找到了我的号码，打到我家，在电话那头告诉我看完这本书他很激动。他说他很期待书出版时可以亲手推销它。我知道这样的故事听起来好像在夸耀我自己，但我只是想通过它来描述密考伯书店的伙计们的日常工作是什么样的。他喜欢那本书，而且想要在它出版后亲手推销它，这对我来说当然意义重大。如果我说不在乎，那才是无耻的谎话。然而更重要的是，这一事实又一次印证了他们有多努力地为顾客提供一种独特的购书体验。汉斯无疑已经打过无数次这样的电话，正因如此，我才如此钟爱他的这间书店。

在过去几年里，随着我作家事业的起步，我非常幸运地遇到了许多这个国家里最好的书商。他们普遍拥有良好感觉，充满激情和热忱，非常慷慨，我常常为此感到惊异。我相信密考伯书店提供的东西别的书店或书商也能提供；我肯定其他书商也联系本地作家并支持他们的事业。我相信图书采购员在采购一本书时一定会想到某位特定的顾客。我肯定他们多年来一直保留着书架上的某本书仅仅是因为他们喜欢这本书或它的作者，并且知道有一天会有一位对的顾客走进书店找到它。我只是觉得，密考伯书店离我只有十五分钟的车程，我真是太幸运了。我书架上大多数的最新书籍都来自密考伯。它们跟着我一起跨过河流回到家里，然后安坐在那些二十多年前的"西涅经典"旁。

若我太太偶尔对那些书籍的数量表现出忧虑（她的确这样），我会告诉她情况本可能更糟糕。我说要是我没有收藏书，并且花大把的时间去读书，我可能就去玩摩托车或者奇异宠物了。通常来说这个理由已经足够，但再加上一句会更好——正是那些书我才成为了现在的我。因为一般来说，我太太对现在的我还是很满意的。我要感谢梭罗和但丁，还有介于他们和M.艾伦·坎宁安之间的上百位作家。

我还要感谢密考伯书店的那些伙计们。

作者简介：

彼得·盖耶 (Peter Geye)，作家，著有《海上脱险》和《灯塔路》等，曾多次获奖。他生于、长于明尼阿波利斯，现在仍和妻子及三个儿女生活在那里。

艾伯特·戈尔德巴思

水印图书与咖啡

堪萨斯州,威奇托

我尝试过劝说斯凯勒不要结婚。"我们现在这样就很好,为什么要破坏现状?"但显然我的话像是火星语,而她来自金星。

婚礼事宜中最容易决定、最无可争议的部分就是场地,肯定是水印图书与咖啡(Watermark Books and Café)。它是威奇托最好的(好吧,也是唯一的)提供全方位服务的独立文学书店。1987年我到威奇托的时候,这家书店就已经存在了十年光景。我在这座城市生活这么多年来,一直受到它潜移默化的影响。而它也在一天天地丰富着社区居民的生活。这个社区既有极多共和党参议员鲍勃·多尔的支持者,也有一大群摇滚辣妹佩特·班纳塔的粉丝。如果不是这个图书港湾,三十五年来堪萨斯人赖以生存的社会和知识土壤早就变成一片更加贫瘠的、不可持续的荒地了。

有时一个事物若有与其本身截然不同的背景,人们会更重视它，不然就会视其为理所当然。最近，我们无知的州长不幸受到误导，决定取消对州立艺术委员会的资助（除此之外，还有类似的决定来限制言论自由），这更加突显了水印图书存在的必要性——保留随意读书的特权和快乐。不过就算没有以爱书者为代表的正义力量大战虎视眈眈的高压强权大军这样寓言般的背景，谁又不会在踏入书店、浏览店员推荐书目和查看每日新书的时候自然而然地扬起嘴角呢？

某天下午，有一本烹饪书在书店发行并举办签售会，吸引了大批家庭主妇，全程一直有人向作家提问，气氛热烈；另一天下午，一列列摩托车手们排成笔直的队伍从三州交界的地方骑行而来，参加一场复古电吉他表演。这边，在奥利维亚①系列丛书旁，一个五岁小孩举着一只奥利维亚娃娃在书堆上模拟汽车发动机的声音；那边，一位二十五岁的女士全神贯注地读着黑塞的《悉达多》。有人在独奏；有人来参加图书俱乐部。《纽约时报》畅销作家们愉快地聊着本地诗人雅尼娜·海撒韦的新诗集。墙上挂着艺术作品，壶里煮着咖啡。卡罗尔·科奈克在这儿！丹·劳斯尔在那儿！嘿，蒂姆在这儿！最近过得怎么样？在这里你沉迷于被书围绕的舒适感，还有一群跟你思想和而不同的人。以后你会理解我的意思。

萨拉·巴格比曾经是威奇托女子摇滚乐队"不可避免"的前吉他手（弹着一把酷酷的小吉布森SG②）。那时的她并不知道随着时间流逝，经历一系列变化之后，她会成为水印图书的店主，然后成为美国书商协会理事。但美国最不缺的就是这类故

---

① 伊恩·福尔克纳（Ian Falconer）塑造的儿童图书主人公。
② 吉布森公司（Gibson）1961年推出的电吉他系列。

事。在白宫近期公布的一张照片中，她就与奥巴马总统一起，微笑着站在一本打开的书前。

时间回到1989年11月27日那天，在水印图书里有一小群人决心要干一件大事。萨拉就是其中一个。还有她的丈夫埃里克（那时他管理着枫园墓地，为了这件事他还悄悄从墓地借来了几把折叠椅）。雪莉和罗伯特·金夫妇站在新娘一侧。约翰·克里斯普从得克萨斯州的圣安东尼奥赶来，和我站在一边。我们放了1930年代的动画，里面米奇对梦中情人米妮深情吟唱，向她求爱。我们放了邦尼·雷特的歌曲《我的宝贝》。斯凯勒·洛夫莱斯说了"我愿意"，艾伯特·戈尔德巴思也说了"我愿意"，周围几千本见证这一时刻的书好像也肯定地点了点头。

时光荏苒，悄然无声。不论你相信与否，其实我并非一直都是一个完美丈夫。不过有少数那么几次，我确实做对了事情。我最新的一本书于2012年1月出版。当然，我的小型巡回宣传开始于水印图书的一场朗读会。按照威奇托的标准来看，到场情况很不错，有一百五十来个人。那时斯凯勒不知道，在这场两小时的活动进行到一半时，从得克萨斯赶来的约翰·克里斯普会突然出现，像是不知道从哪儿冒出来的，快步走上讲台，打断我在读诗间隙的闲聊。这暗示我该说出那句关键台词了："斯凯勒·洛夫莱斯，下来吧！"雪莉·金也在恍惚间被带上讲台，还有斯凯勒的朋友辛迪和稀有书商克里丝·斯特罗姆。萨拉担任主持。美丽的头纱准备好了。贝丝·戈利保证酒到位了。接着，在我们的水印图书婚礼二十二年之后，下半场的朗读会开始之前，斯凯勒和艾伯特再一次说了"我愿意"，在凡·莫里森的歌曲《为爱着迷》里延续了我们的誓言。

我知道世事多变。现在约翰一边的髋关节已经变成了塑料的。2012年水印图书所在的位置是1989年的水印图书经历三次搬迁之后的结果。但我们都还在，书店也还在，比威奇托的博德斯书店和巴诺书店坚持得更久。不论贫穷还是富裕，都将水印图书架上的书视作永恒的伴侣，让它们提升我们的生活品质，带给我们喜怒哀乐，在黑暗中为我们送来光明和希望，减轻我们的痛苦，我们愿意这样做吗？

我们愿意。

作者简介：

艾伯特·戈尔德巴思 (Albert Goldbarth)，作家，写诗已有四十年，出版过多本名作，其中两本获得全国书评人协会奖。最新作品为《常人》(灰狼出版社)。他还出版了五本散文集和一部小说。他是坚定的电脑抵制者，手指从未碰过电脑键盘。

约翰·格里森姆

布莱斯维尔的那家书店

阿肯色州,布莱斯维尔

1989年,我的第一部小说出版时,我载了满满一车尾厢的书上路,想要打出点名声,开启一段新的职业生涯。然而这是个英勇的错误。接下来一个月里,我的小说销售惨淡,我因而惨痛地认识到,卖书远比写书要难。尽管图书馆、咖啡店和杂货店普遍挺欢迎我,但大部分书店都不愿费心来销售一本不知名作家的处女作,而且它还出自一家穷到连图书目录都做不出来的小型出版公司。第一次印刷的五千册书大部分都没销出去,就别说第二次印刷了,平装版或外文版更是想都别想。我的新职业刚起步便遭遇了瓶颈。

然而,有少数几个明智的书商看到了其他人没看到的东西,给予了《杀戮时刻》热情支持。他们一共有五个人,玛丽·盖伊·希普利便是其中一个,她来自阿肯色州的"布莱斯维尔的那家书店"(That Bookstore in Blytheville)。我一直怀疑玛丽·盖伊之所以帮我是因为我的家乡在阿肯色州的琼斯伯勒,离布莱斯维尔并不远。我小时候去过我祖父在布莱斯维尔主街上的乐器店，所以玛丽·盖伊跟我算是有些共同点，虽然这些共同点不怎么可靠。

我很快放弃了幻想，不再指望自己的第一部小说能登上畅销书榜。我厌倦了叫卖车后厢的书。于是我转而专心创作第二部小说《陷阱》。玛丽·盖伊读完这本书的样书之后，说转机要来了。我答应去她店里做一场签售会。1991年3月17日，周日，我来到了书店。那天是圣帕特里克节，她丈夫保罗弄了一些绿色啤酒来搭配绿色爆米花和其他类似的东西。

那是一个阴冷多风的三月天，天气并不十分怡人，但玛丽·盖伊已经做了充分准备，因而书店里人头攒动。我给书签名，摆姿势拍照，跟每位顾客聊天。总的来说，我度过了愉快的一天。书卖得挺好，我欣喜若狂。还有一件事也使得那天成了一个重要的日子：《陷阱》在那天第一次登上了《纽约时报》畅销书榜，排在第十二位。我猜我的生活即将发生改变，虽然不可能知道变化会有多大。

在玛丽的书店的后方有一个大腹便便的旧炉子，周围摆着儿童书和摇椅。那天晚些时候，我们聚在炉子旁，我朗读我的小说，讲述它的创作过程。我回答观众们提出的问题，毫不在乎时间长短，而大家也没有要离开的意思。

《陷阱》一"打上榜单"，潮水般的邀请便向我涌来。许多书店请我去签售，我都一一拒绝了。这并非出于报复。我更愿意把时间花在写作上，况且图书巡回宣传也不是那么令人享受。不过，我始终忠于之前提到的那五家书店，这对我来说并不难，尤其是布莱斯维尔的那家书店。

第二年我带着《鹈鹕案卷》回归，之后又写了《终极证人》。

到1994年《毒气室》出版的时候，我的签售会能持续十小时以上，每个人都忙得累死累活。我们改了规则，缩小人群规模，但一场场签售仍像马拉松一样漫长。于是我们最终取消了所有的签售会。过去几年里，每本新书出版后，我都会走后门偷偷溜进玛丽·盖伊的店里，签上两千本。这总共只用花几个小时，而且安静得多，我们都喜欢这种模式。布莱斯维尔城里流传着许多故事，我不止一次从中获得灵感来创造书里的人物。在那里我会拜访一下老朋友们，偶尔也会和我的母亲及三个姨妈吃饭。

布莱斯维尔历史悠久，盛产棉花，但现在正走向衰落，主街上的很多店铺都已人去楼空。但玛丽·盖伊依靠自己的勤奋努力和坚强意志一直维持着书店的运营。如今独立书店正在以惊人的速度消失，我不知道她还能坚持多久，是否会有人来接替她的位置。她和她的一些同行在我职业早期起到了十分重要的作用，他们同样也帮助了其他许多菜鸟作家。没有他们的鼓励和支持，许多处女作恐怕都不会有出头之日。

回想起当初那个寒冷的三月天，我们围坐在炉边，饮着绿色啤酒，庆贺着爱尔兰节日，向美国的新兴畅销作家举杯。虽然已经事隔二十多年，但那天仍是我作家生涯中最钟爱的时刻之一。

作者简介：

约翰·格里森姆 (John Grisham)，作家，已出版二十四部长篇小说、一部非虚构纪实作品、一部短篇小说集和三部青少年小说。他现居弗吉尼亚州和密西西比州。

皮特·哈米尔

斯特兰德书店

纽约州,纽约

　　1957年夏,我在墨西哥呆了一年之后回国,按照《退伍军人权利法》给予的福利,找到了一处天堂般的临时住所。那是一间位于纽约城第四大道和第十一街交会处的公寓,就在"书街"① 里面。我跟一个朋友的朋友合租,他在公寓南边几个街区之外的库珀联盟学院上学。我们喝着啤酒、聊着艺术,度过了很多个夜晚。那时我已踏上了成为一名作家的路途,书街就是我的大学,我的私人教室则名为斯特兰德。

　　斯特兰德书店 (Strand Book Store) 位于第四大道81号,几乎就在我公寓正对面,它两侧还有其他一些书店。从我公寓的前窗望下去,这些书店都一览无余。在雨雪天里,我可以埋头于书店的书架和桌子之间,探寻无穷无尽的文学宝藏。在那里,我买了

---

① "书街"(Book Row),指纽约第八街与第十四街之间的第四大道,上世纪三四十年代曾云集众多二手书店,六十年代起渐渐衰落。

自己的第一卷叶芝诗集，第一本巴尔扎克的《幻灭》，并跟随舍伍德·安德森走进了俄亥俄州的瓦恩斯堡。我还发现了海明威向安德森致敬的戏仿之作《春潮》。当时我在一个广告公司的艺术部门做助理，而所有这些书的价格都在我的承受范围之内。

之后，我想去普瑞特艺术学院进修，提升作为设计师的技能（并学习很多其他东西）。为了离学校近一点，那年晚秋我搬到了布鲁克林。于是我去书排和斯特兰德的时间就只限于周六了。

1958年的一个周六，斯特兰德书店消失了。有人买了第四大道东边的那处房产，于是斯特兰德每月一百一十美元的租约被取消了，它旁边的阿卡迪亚书店、友好书店、路易斯·舒曼书店和威克斯书店的租约也通通被取消了。我们要这些廉价的书到底有什么用？房地产才是纽约真正的上帝，它胜利了。

那一阵子，我感到孤独和无助。随着斯特兰德和它邻居们的消失，我意外发现珍宝的机会也消失了，我再也体会不到那种走进书店寻找一本书却意外发现另一本书的特别的惊喜感。你来找欧文·舒尔曼的《安博伊拳头帮》，却带着一本艾米莉·狄金森的书或这两本书离开。你在地铁上弄丢了马尔科姆·考利的《流放者归来》，于是来到书店迫切地想要再买一本，却发现了精装版的福克纳的《我弥留之际》。现在每当我走进一家书店，我都还有同样的感觉。就像二十一岁的你去参加一场舞会，感到眼前充满了无限可能。

不过后来又传来消息，说斯特兰德还活着。它要搬到百老汇和第十二街的交会处去。那时，我们许多人已经经历过1957年布鲁克林道奇队和纽约巨人队迁往西海岸的创伤，[①] 纽约每个

---

① 1957年，这两支棒球队因修建新球场而分别迁往洛杉矶和旧金山。

街区都弥漫着小村庄（或犹太人小社区）式的悲剧气息。因此这个消息像一个奇怪的不祥之兆。但我们的不安很快就被抹去了：斯特兰德书店迅速重焕光彩，在街上拔地而起，建起了四层楼房，像是垂直版的书排书店。

1960年6月，我在《纽约邮报》得到一次试用机会，担任记者。于是我开始关注伟大的记者前辈们的故事，这时斯特兰德又一次在那里等候着我。我在《邮报》上夜班，这让我有空（尤其是在发薪水那天）去斯特兰德，并且找到一个光线昏暗的地方，我的左手边就是许多前辈们的作品。A.J.利布林、约瑟夫·米切尔、海伍德·布龙、韦斯特布鲁克·佩格勒、玛莎·盖尔霍恩、戴蒙·鲁尼恩、H.L.门肯、吉米·坎农、I.F.斯通、W.C.海因茨、约翰·拉德纳、保罗·加利科、丽贝卡·韦斯特……这份名单似乎可以无穷无尽地列下去。我从他们身上学到不少东西。

在《邮报》我遇到了很喜欢的专栏作家默里·肯普敦。我在斯特兰德书店找到了他出版于1955年的非凡作品《我们时代的一部分》，并让他为我在书上签了名。后来当我漫步在斯特兰德书店的侧面过道里时，我又一次见到了他。寄居于书架间的无穷可能性真是让人着迷。我的另一位义务教师是乔·沃什巴，他也在《邮报》工作，后来成为《60分钟》的创始制片人之一。乔跟我一样，去过的书店他都喜欢，但更加偏爱斯特兰德。当他建议我读某本书时，不论是新书还是旧书，我都会去读。活到这把年纪，我终于见到我自己的书摆上了那些神圣的书架。但在我早年离开斯特兰德的那些日子里，我也曾加入许多其他人的行列，他们并非都是骑在巨人肩头回家的作家。

作者简介：

皮特·哈米尔 (Pete Hamill)，资深新闻工作者、专栏作家、编辑和小说家，已出版二十二本书，其中包括畅销书《八月雪》《永远》《小报之城》等十一部小说和回忆录《饮酒人生》。他和妻子富纪子现居翠贝卡。

埃琳·希尔德布兰

楠塔基特书屋

马萨诸塞州,楠塔基特

　　过去十九年里,我一直以一种最特别而奇妙的方式被保佑着:我生活在一座拥有两家独立书店的岛上。没有亚马逊,没有巴诺,没有哈德逊新闻①,没有百万图书②,没有苦楝网③图书目录。以前在纽约城时我会去逛莎士比亚书店,在波士顿时则去水石书店,我也将永远敬畏艾奥瓦城的草原之光和丹佛的破烂封面……但说实话,我跟这些书店都不如跟楠塔基特的书店那般亲近。

　　考虑到今天的目的,我就讲讲楠塔基特书屋 (Nantucket Bookworks),虽然米切尔图书角也是一间独特而充满魅力的书店。相信我就对了。

----

① 哈德逊新闻 (Hudson News),哈德逊集团 (Hudson Group) 旗下的连锁书店及书报摊等。
② 百万图书 (Books-a-Million),美国第二大连锁书店。
③ 苦楝网 (Chinaberry),美国图书购物网站。

楠塔基特书屋坐落在一栋独立的一层建筑里，外表像一座村舍；很可能它的起源并不是一间书店。几十年前它也许是一家冰激凌店，或是像安吉拉·兰斯伯里这样的人的私人住宅。它位于古雅、树木繁茂的布罗德街上，被夹在有名的贾里德·科芬大厦酒店和盗贼兄弟会餐厅之间。事实上，第一次发现它的时候，我正排在兄弟会餐厅外长长的队伍里，等着一张吃饭的桌子。这间书屋是有助于看书的，而我又是一个刚入道的作家；好好看次书是我最爱的免费娱乐活动。楠塔基特书屋是个惬意的去处，它像个兔子窝。里面有一架架的书，有僻静的角落，有坐的位置，有民间艺术品、礼物和贺卡，还有漂亮的珠宝和时尚手提包……但大部分还是书。

　　1994年的夏天是我在楠塔基特岛度过的第二个夏天，我不是去参观，而是去定居。每周我要骑着我的十速（一辆自行车）去书屋好几次。除了写作，我没有其他工作。而写作是艰难的，时常让人灰心丧气。跟真正的写作比起来，我更愿意做其他任何事情，所以我常常阅读、骑车、闲逛。那个夏天，我读了洛里·穆尔的短篇小说，然后变得更加沮丧和伤感，因为我永远也不可能写出那么好的东西。我站在文学区里作家名字以H开头的那一块，试着想象我眼前有薄薄的一本书，书脊上写着我的姓，就摆在海明威和席勒曼的作品之间[①]。我更愿意站着想象，而不是真正去写某天可能会摆上书架的作品。

　　几年过去，事情发生了改变。我参加了艾奥瓦大学的作家工作坊（在那里我常常造访草原之光书店，但一周最多去一次；

――――――――――――――――――

[①] 作者的姓（Hilderbrand）与海明威（Hemingway）和席勒曼（Hillerman）同为H开头。

我还有正经的写作任务要完成）。然后我返回了楠塔基特，有出版社接受并出版了我的第一本小说《沙滩俱乐部》(是的，我开始发威了)。不久之后，楠塔基特书屋被一位带着几个小孩的年轻女人(跟我差不多大)买了下来。她叫温迪·赫德森。温迪作为一个独立书店店主不断成长，而在此过程中我也作为一个小说家不断成长，这真是人生奇妙的同步性之一。我们成了朋友，然后是好朋友，现在她在我的密友圈里已稳坐一方珍贵席位。很难说我们到底是个性上更合得来还是职业上更合得来。

我们都知道书店就是砖块和混凝土建成的，连巴诺书店都努力做到了这一点。一家好书店是一个热情的空间，有员工精选图书，偶尔有朗读会和签售会。但我想表明的是，一家书店真正的伟大之处在于在里面工作的人。当温迪接手楠塔基特书屋时，她吸引来了一批员工，他们的和善友好与渊博知识都是无与伦比的。要挑选出一个最喜欢的可能很难，不过我的确有一个最爱的员工。

迪克·伯恩斯看起来像电影《回到未来》里的疯子教授。他有一副浑厚的嗓音，很可能非常适合大声朗读 T.S. 艾略特的诗。他对书了解很深，但大部分称职的书店员工都是如此。迪克的特别之处在于他的直觉跟我一样敏锐，我一直重视他的意见。几年前，他向我推荐了约翰·奥哈拉的作品《相约萨马拉》。这部小说年代久远，几乎快要被忘却，但立刻成了有史以来我最喜欢的三本书之一。迪克和我谈论艾丽斯·门罗和玛丽莲·罗宾逊，就像在谈论我们的邻居，有时带着敬畏之情，有时也口无遮拦。曾经难得有一次，我帮了迪克一个忙。我们俩都在读汤姆·拉赫曼的小说《我们不完美》。我们读过《纽约时报书评》头版推荐文章之后都一直热切期待这本书。我先买并且先开始读。迪克同时也在读。但他沮丧地发现自己买的版本不是第一版。我提出跟他交换，他可以拿我那本第一版的书，我拿他的。我从来没有看到过有人那么高兴！我也从来没有看到过一个人为了一本初版书那么高兴。但这就是重点：对迪克来说，书很重要。它们不能被下载和删除。书该被热爱和珍藏。楠塔基特书屋的空气中弥漫着的，正是这种对书面文字的爱与珍视。

最后呢，我想说：我不是一个关心政治的人。我从来没有为别人助选过，从来没有去华盛顿游行过。我不在乎你是把购物车送回超市大门口还是把它丢在停车点旁边堵下一个人的路。我不在乎你是买了一个过季的西红柿还是舍弃了价格过高的有机牛奶。但我会诚恳地请求你去独立书店买书。楠塔基特书屋这样的书店，迪克·伯恩斯这样的人，有着现世难寻的美好品质。

他们是真实的。他们使这个世界对骑着十速自行车、心怀大梦想的新手作家来说不再危险。

作者简介：

埃琳·希尔德布兰 (Elin Hilderbrand)，作家，著有十一部小说，包括 2012 年 6 月出版的《盛夏之地》。她居住在楠塔基特岛上已有十九年，现在是三个孩子的母亲。埃琳热衷于跑步、国家橄榄球联盟赛事、烹饪、旅行和好香槟。她最喜欢的小说家有简·斯迈利、理查德·拉索和蒂姆·温顿。

安·胡德

岛屿图书

罗得岛州，米德尔顿

我人生中去的第一家书店，是位于罗得岛沃威克商场的瓦尔登图书。我，一个初次进书店的人，当即对它一见钟情。那是1971年还是1972年，距离能从网上买书还早得很。在那之前，我读过的书都来自图书馆或是教室后面的书架，所以我并不知道连锁书店和独立书店的区别。我只知道走过收银台边的贺卡、杂志和那个绿眼睛的帅哥，有成百上千本书在等我。只用花上几美元，我就能拥有一本平装版的《局外人》，把它带回家，在我最喜欢的部分下面画线，折起我想要返回重读的那一页的角。没人等着我归还它。没人在乎我怎么对它。这本书是我的。

我那时看书的口味很杂，各类兼有。我区分不了高雅和浅薄，所以买书时很随意。这周是《安娜·卡列尼娜》，下周是詹姆斯·米切纳的《夏威夷》。我表姐格洛丽亚－珍生日时，我买下了人生中第一本精装书《爱情故事》。在把它包起来送走之前，我读的时候半张着书本，怕把书脊折坏了。当我站在那些书前面时，商场里的所有声音都渐渐消失了，我抚摸着它们的书脊，盯着作者的照片，读着开头和封面上的文字。几年后我才知道这就是爱的感觉：在它面前所有其他东西都会消失。

长大后，我搬到了波士顿。周末我会走去华盛顿街上一家巨大的巴诺书店，在它的走廊里逛上几个小时。我的读书品味没有多大提升，不过在那里我发现了斯蒂芬·金和约翰·欧文。那时我是环球航空的一名空乘员，喜欢厚书，它们能够伴我度过持续的时差、航班延误和阵阵袭来的孤独。所以我买了《悲惨世界》和《日瓦戈医生》，还有许多詹姆斯·米切纳和哈罗德·罗宾斯的书。在一个下雨的午后，我正要离开书店时瞥见了一本精装版的E.E.卡明斯的《诗集》正在打折。我把这本书纳入了我的收藏。那几年间，我的书架上摆了大概十几本书，它就是其中一本。其他书有的是从大学时期保留下来，有的是其他人的诗集，如埃德加·爱伦·坡、奥格登·纳什，都是打折时在那间巴诺买的。

后来我搬到了纽约城。漫步在格林威治村附近的街道上时，我无意间发现了一间小书店，叫三生。我差点就没进去。这里面能装多少书？但它的橱窗里自豪地展示着许多签名本，还有第二天晚上德博拉·艾森伯格和劳丽·卡尔文的朗读会的通知。在那之前，我都不知道世上还有这么些美妙的事情：作者会在自己的书上签名，还会去小书店朗读作品片段。

书店里面同样让我感到好奇。店里的桌子上堆着我从未听说过的书，它们的作者都是我从未听说过的人。旅行、烹饪和诗歌类的书都有自己的小角落。巴诺书店摆在门口架子上的畅销书在这里似乎根本寻不到踪迹。作为一个资深读者、一个图书爱好者，我却完全不知道如何在这样一家书店里挑选一本书。

事实上,我逃走了。

然而,第二天晚上我又来了,没有被倾盆而下的冷雨给吓倒。我走进了这家拥挤的书店,里面混杂着书本、蒸汽和湿羊毛的味道。店员指引我坐到了地上的一个位置,就在两位作家脚边。当她们两人读着自己短篇小说集里的文章时,我抬头盯着她们,仿佛被催眠了。在那里你很容易就会被别人带动着买下那两本书。但我太害羞,没有找两位作者签名就迅速离开了。我把装书的袋子裹在我的大衣里,害怕它们被淋湿了。

在那个久远的晚上,我怎么能知道日后我也会成为那些作家中的一员,站在书店里拥挤的人群前,朗读着从自己刚出版的书里摘出的片段?我怎么能知道在全国(甚至全世界!)范围内,有许多类似的小型独立书店帮助读者挑选接下来要读的书,将一个个社区凝结在一起,为作家提供造访和签售的机会?我只知道尽管我在家乡的瓦尔登图书和巨穴般的巴诺书店度过了那么多个小时,但那晚在三生的短短一个小时内所体验到的兴奋是我从未有过的。

从那以后,我放弃了我的环球航空职位,开始出书。二十五年来,我去过的书店数不胜数,每当我走进一家,都会有初恋般的悸动。不过岛屿图书 (Island Books) 是所有这些书店中最突出的。严格意义上来说,这家书店位于罗得岛的米德尔顿,却离纽波特很近,纽波特人甚至可以将其据为己有。它不如有的书店漂亮,不如有的书店华丽,不如有的书店大,不如有的书店安静。它的走廊有些倾斜。它藏身于一条小购物街中。但它很完美。

对我来说,岛屿图书拥有一家书店应该拥有的一切东西。店主朱迪·克罗斯比了解图书,热爱图书。事实上,每次我在店里看书时，她都会塞一本她近期最爱的书到我手里，告诉我需要读一读。如果她读到一本觉得适合我七岁女儿安娜贝拉的书，她会寄给我。当朱迪不在店里时，帕特会站在收银台后，安静地处理着所有事情。甚至当朱迪在时也是这样。还有哪家书店的店员会在你去书店办朗读会时刚好读了一篇你的短篇小说或是《纽约时报》专栏文章，还剪下来并给到场的每个人都复印一份？还有哪家书店知道你喜欢霞多丽葡萄酒胜过灰比诺，而且总是为你备着一些？

岛屿图书的粉丝们都忠实，且占有欲强。有一次，当我提到我刚去了岛屿图书，一位女士便皱着眉头跟我说："那是我的书店。"岛屿图书的朗读会永远都只有站的位置。即使从未听说过你，人们也会前来，因为你是朱迪邀请的，而大家都相信朱迪。她和帕特把书架挪开，增加一些椅子。他们烘焙曲奇，供应芝士、脆饼干和红酒。在暖和的日子里，他们会在店外布置起小灯、摆上零食，每个人都会在此流连。因为岛屿图书就是一个让你想要在此流连的地方。

这里有一个很好的例子来证明岛屿图书有多棒。一天下午，我收到了一封邮件，它来自第二天晚上我要参加的一场活动的协调人。"带一些书来卖。"邮件里说。但作家们没有书能卖，出版社赠送的二十册书都给了父母和朋友，很快就没了踪影。我要怎么在二十四小时内弄到几箱书？我发了一封救急邮件给朱迪，提出了一个可笑的想法：我能不能向她"借"尽可能多的我自己的书？我屏住了呼吸。虽然朱迪和她的书店都很棒，但她真的会愿意让我不出钱拿走几箱书，并且相信我能拿回对应数额的钱，然后带回离我家有四十分钟路程的米德尔顿吗？

现在，你已经知道答案了。她当然愿意。我把书都卖了出去，然后我们俩坐在一起算的账。我给她店里剩下的书都签了名。之后我并没有马上回家，我在店里流连了一会儿。因为那就是你在岛屿图书里要做的。

作者简介：

安·胡德 (Ann Hood)，作家，已著十三本书，畅销书《编织真情》和《红线》是其最新作品。

比科·伊耶

乔叟图书

加利福尼亚州，圣巴巴拉

　　狭窄的走廊两边摆着成堆的书，每个架子顶上都有几座书塔。桌子上陈列着书，橱窗里展示着书，店铺中心的几个特制的箱子里也装着书，被称为"店员最爱"。有的书出版于多年之前，早已绝版；有的书要是在公司化的书店早就被送回去搅成纸浆或低价处理了。这里有七个版本的《白鲸》，价格全都低到让人不好意思。

　　书的周围是贺卡。在贺卡上方，惊艳而出人意料地挂着九幅框裱起来的照片——身穿金色纱丽、戴着手镯的女人，穆斯林头巾下老妇人的眼睛，在瓦伦纳西河堤上刷着空荡阶梯的女人——这些照片都是店主马莉·克里在最近的一次印度之行中拍摄下来的。店里有你在公共图书馆找不到的书。有一个跟一家普通书店差不多大的房间，里面摆满了儿童书，还有玩具和游戏。房间里有一个和蔼的女人，她会带你找到最适合你远在伦敦的教女的十三岁哥哥的那本书。

这里有我一个来自亚洲的老友，哪怕是最小的平装书他也要用礼品纸包装好，让它看起来就像刚刚出自京都的一座庙宇。我另一个充满活力的朋友在主桌上布置了格雷厄姆·格林的微型展览，还告诉我她小时候从肯尼斯·雷克斯罗特那里学到了什么（写一个旧爱时，只写她身上你爱的部分）。还有一个朋友，在我买尼科尔森·贝克的书时说他想知道我对这本书的看法，因为他父亲是二战期间的因良知拒服兵役者[①]。店里最年轻的员工之一，一个刚大学毕业的优雅的小个子男人（早些时候他跟我讲过一本有关沃纳·赫尔佐格的非常晦涩的书），现在把一本托马斯·伯恩哈德的《维特根斯坦的侄子》塞到我手里。"你应该读读这个。"他说。我很多更权威的文学家朋友都曾试着向我推荐伯恩哈德，没有一个成功。但当一个来自乔叟图书（Chaucer's Books）的人向我提出这样的建议，我怎么能拒绝？

我买了两本这位奥地利小说家的书，并且答应收银台后面另一个博览群书的员工，我会回来告诉他这两本书跟W.G.泽巴尔德的作品相比如何。

本质上，一家书店就像你或许会在其中购买的一本小说。店铺本身就是标题页。毕竟任何你想要的作品在其他很多地方也能找到。店里的东西则是内容目录，是通向真实体验的大门。最终让这个地方发出美妙歌声，让它住进你心里的，是其他深刻得多的东西：是你在里面遇到的人物，是你身处其中时

[①] 因良知拒服兵役者（conscientious objector），指在强制义务兵役制下，由于思想、宗教或道德等原因拒绝服兵役的人。

内心涌起的感情，是模式化又摆脱模式的感觉，它们将一家书店的故事变成了一个生命的故事。当我走出一家书店时，我回想起的不是我手里拿到的书——刚刚前台那两个爱书人如钟表报时般把杰拉尔丁·布鲁克斯的《马奇》塞到我手里，因为他们记得我以前喜欢《亚哈的妻子》；也不是那个带我去美食区找《美食、祈祷、恋爱》，由此让我被M.F.K.费希尔的文字迷住的前文学研究生。

那么，自从我年少时狼吞虎咽地读下厄休拉·勒吉恩的《地海传奇》开始（现在我买下它们送给我教女的哥哥），乔叟图书，这家位于圣巴巴拉的"我的书店"，三十七年来一直是我的避难所，我的护身符，我的精神、社会、文学家园以及灵感之源，这有什么奇怪吗？它是我真正的办公室，我的教室，我的朝圣地，我的约会场所，（不无关联地）也是我忘却自我的理想之地。以上这些话的意思就是，比起商店，它更像是一个老朋友的家，一个能让千千万万个我们感受到欢迎，融入一个圈子，并且被相似的思想和灵魂包围的地方。过去这些年里，我见过优秀店主马莉的儿子，他从温哥华前来看望自己的妈妈；我在签售桌边碰见过她丈夫（现在已经去世了）；我去她家吃过晚餐，发现她家里的藏书几乎可以媲美她店里那些与世人分享的书。有时候，她甚至在前台给我留一些她觉得我会喜欢的书的试读本，让我带回家好好享受。

故事第一章要说的是，乔叟图书或许自己就可以向一个对它一无所知的新顾客描述自己的模样。顾客走进店门就会看到一沓沓聚焦文学和本地事件的免费报纸和杂志；若她想了解最近出版了什么新书，那么还有一份当周的《纽约时报书评》，也是供免费阅览的。她会发现店里到处都贴着小贴士，上面记录着全国书评人协会奖和曼布克国际文学奖的最新获得者；她会邂逅来自世界各地的日历、排列在一面墙上的有声书以及西班牙文的书。

同样，很快她也将明白，一家书店不仅仅是卖书的地方，就如同一本书的开头不能只提供事实；人们在里面存放了许多其他的东西，它们以回忆、同伴和照片的形式存在，价格太高没法买，还有的以百科全书的形式存在，太重没法带回家。我在这里的收银台买过俳句骰子，走出去以后又返回来买了关于缅因猫的书（我出门时在橱窗里看到了它们）。

这个地方真的如约翰·索恩爵士在伦敦的房子一样[①]，是外部地形对头脑内部的具体反映。在每个角落你都能找到一些已经忘却的激情、一个异想天开的点子、一条通向更庞大的联想群的小道。只有跟随一条思路你才能到达另一条你从没想过会出现的思路。乔叟图书里许多书都在多个书架展示，所以当我去找亚伯拉罕·赫舍尔的书，却无意发现了塔斯马尼亚禅诗人、智者约翰·塔兰特的书《黑暗里的光》。我让人带我去找一本阿瑟·米勒的自传，而在它旁边就是一本引人入胜的有关古巴导弹危机的书。乔叟图书从来不对书做低价处理，也不打折。不过它组织书市来为学校筹款，并为老师长期提供百分之二十的折扣。这说明它看到了书本的价值，从不只把它们看作商品。

圣巴巴拉有许多优雅的散步小道和时髦、个性化的购物街；

---

① 英国新古典主义建筑师约翰·索恩（John Soane，1753—1837）根据自己的建筑理念建造和装饰了他在伦敦的房子。

乔叟图书则坐落在城里一个相对平凡的区域里，在一条有点普通的购物街上，正如洛杉矶那些传说中的甚至没有名字、只有杰克·尼科尔森和沃伦·贝蒂知道的七星级寿司餐厅。它一侧是出售气球和墨西哥彩色糖罐的格兰达派对小店，另一侧则是一家还没有被CVS①三振出局的小型本地药店。因此乔叟图书可以一边吸取着一个邻居的欢乐氛围，一边为另一个邻居有时没有足够位置来接收的灵魂提供药方。很难找到一个比这更完美的位置了。

所以，第一次来圣巴巴拉的游客可能很少有人能偶然发现它。但在过去的三十多年间，人们从城里的各个角落驱车前来购物（来见朋友，来买《洛杉矶时报》，来听萨尔曼·拉什迪和巴兹·奥尔德林读书，或来找圣巴巴拉人苏·格拉夫顿②签名）。作为一个整体，圣巴巴拉县的图书供应是很充足的。位于市中心图书馆和艺术馆对面的图书私室是加利福尼亚最古老的二手书店，而在南面宁静高贵的蒙特斯托，有为其量身定做的小巧的特科洛特书店，它几乎与图书私室同岁，书商亲手售书的历史已经八十六年有余（而且五年前店主决定退休时，本地人联合买下了它，把它救活了）。但乔叟图书是独一无二的存在，是市政厅，是免费图书馆，是家乡自豪感的来源。每次我去那里都要留出几个小时的时间，因为我几乎一定会遇上失联已久的同学，或者发现一本我必须即时即刻站在过道里看的书（特里·卡瑟尔或西

① CVS，美国最大药品零售商，拥有美国最多的连锁药店。
② 苏·格拉夫顿（Sue Grafton）出生于肯塔基州的路易斯维尔，但大学毕业后曾在圣巴巴拉生活和工作，其著名"字母系列"侦探小说中虚构的背景城市圣特里萨也是以圣巴巴拉为原型。她与圣巴巴拉关系颇深，故作者在此处称她为圣巴巴拉人。

格丽德·努涅斯或伊万娜·洛厄尔的书），或者意识到这里就是查找古希腊语不规则动词"baino"几种主要形式的最合适的地方，比任何网页都要强。

有一名员工每天驱车往返各一百英里，在天亮之前就赶到书店，然后消失在书店后方去帮忙采购那些将拯救我们生命的书。

乔叟图书是我出国旅行回到圣巴巴拉之后去的第一个地方，而且有点不好意思地说，也是我离开之前去的最后一个地方（用书来塞满我要带去埃塞俄比亚或复活节岛的箱子）。本来我母亲住在圣巴巴拉才是我重访这座城市的原因，但我见乔叟图书的朋友们比见她的次数还要多。

我在乔叟图书的收银台边办过很多场朗读会；我自己的首次签售会也是在那里办的，几乎都过去二十五年了。我在前台与他人公开讨论过旅行的本质，还在简·斯迈利朗读会的观众席里见 T.C.博伊尔。我从书店一个老员工那里了解到帝王蝶的季节生活规律，从另一个那里知道了她在秘鲁从小到大的生活。我常常会使前台的朋友们感到诧异，因为我会买上几本我自己的书，临时作为送给牙医或母亲的妇科医生的礼物；有时若有不认识的人想让我签名，我会让他们把书留在收银台。

我曾经在乔叟图书打过电话，在那里消磨过与医生的会面之间空出的一两个小时，在那里匆匆翻阅过范·莫里森一生的故事，在那里订购我出城时需要的杂志。当我身处远方，有时在我日本的公寓里，我会在静谧的秋夜里熬夜列出长长的清单，上面都是下次去乔叟图书我必须买的书。

出生并成长于英格兰的牛津，我着实幸运。在那里的宽街上，似乎每一个拐角都能看见二手书店、艺术书店或童书专卖店，还有世界最大的书店之一布莱克维尔书店的摊点；之后我在波士顿和纽约生活过，它们拥有世界上最大的几家独立书店。作为一个过去二十多年里常常带着新书巡回宣传的作家，从西雅图到多伦多，从科特马德拉到艾奥瓦城，从帕萨迪纳到迈阿密，我认识了北美一些最豪华的独立书店。

我发现它们每一家都有自己独特的色彩和精神，但全都参与到一项共同的事业中。当然，书也一样。它们可以说是伙伴，或是同一个交响乐团里的乐手。正如朱利安·巴恩斯的《终结的感觉》里一名学校教师所说的，一部小说"是关于角色随着时间而成长"。书店也是如此。

从某种程度上来说，书的生命在于冲突。而在有关书店的这个故事里，近年来可一直不缺矛盾。我们生活中每天都会出现不去实体商店的新理由，比如朋友们告诉你有电子阅读器和网站折扣。有时出版商似乎就像泰坦尼克号的乘客，在恐慌中四处奔逃。丸善书店是我在京都的文学家园，过去的二十五年间我在那里度过了许多时光，但它突然间倒闭了，没有任何声响；巴黎的乡村之声书屋，一间拥有独到眼光和非凡品味的书店，近期也遭遇了相同的命运。每次回到马萨诸塞州的剑桥或加州的伯克利这些对文字还算忠诚的地方，我也会发现书店正在消失，同时还带走了老朋友和经典作品。

朋友们跟我说，现在只要轻轻一点，一本书就能到达你的电子阅读器里，价钱是你现在所花的一半都不到。电脑会推荐你下一本买什么。但是，还有些事是电脑不能帮你做的，是会被它们视为异教邪说的。有一次在乡村之声，我问前台的迈克尔要一本乔治·佩因特为普鲁斯特写的传记。他告诉我那本书已经停止印刷了，如果我第二天再来，他可以送我他的那本，我可以自己留着，免费的。（他还问我："要平装本还是精装本？"第二天他欣然兑现了承诺。）

简言之，书店并不只是生意；它是共享的激情。它是一段对话，一次充满活力的交流，是你愿意与另一个刚刚在古挪威文学中新找到一处提及 Vinland 的品钦迷[①]分享的东西。收银台的员工与顾客在手上交换了什么，并不如他们在思想上交换了什么重要。因为看见你买了一本悉达多·穆克吉的《众病之王：癌症传》的那个人会告诉你，她曾经也被诊断患有癌症，但并非所有这种悲惨境遇最终都会致命。

因此，你以为翻过这页之后的第十一章会是一家勇敢的小型独立书店在数字化销售和大型连锁书店的大潮中逆流而上的故事，却在页末发现了意料之外的东西。这个关于我的书店的故事的倒数第二章开始于八年前。那时，一家销售旅行书籍和装备的新店在市中心开张了。我一踏入这个新的奇幻世界，书店经理便迎了上来，跟我说他想把这个店标上地图，去鼓励读者，让大家回想起阅读的私享乐趣。他说他打算组织一些大型朗读会，到处去做宣传，去这条街上的公共图书馆里租一个房间来把它们打造成真正的盛事。

我愿意加入吗？

作为一个作家，一个读者，哪怕仅仅是一个热爱这座城市的人，我怎么可能不去支持这些已经支持了我们这么多人的书？没有它们，我就没有生计可言，也失去了生存的理由。

[①] 托马斯·品钦的代表作有《葡萄园》（*Vineland*），有说法称该作品的标题可能影射 Vinland，即来自挪威的维京人在北美第一个定居点。

所以我立马回答了"愿意"。我们约定四个月后的一天再见，那时我会有一本新书要出版。当那晚来临，我来到了那家刚起步的自命不凡的书店，却发现店里并没有广告，也没有提前在图书馆预订房间。事实上令人遗憾的是，那个经理甚至都忘了准备我的新书来卖。

看着那些放弃了家里暖和的春夜来到这里的读者，他们坐满了几排灰色的折叠椅，我拨打了我的私人911。

"没问题。"我的老友，来自乔叟图书的戴维在拿起电话的那刻便说出了这句话。他愿意把他店里能找到的我的书全部收起来，在二十分钟内开车带来这里，并且帮一个新对手把它们卖出去，因为这个新手懒到甚至没有备货。

重点不是哪家书店能赚钱，而是人们应该能买到他们需要的书，他可能是这样说的。

许多优秀小说的结尾都有一段结语，让你对刚刚读到和了解到的东西有更清楚的认识。因此现在让我也用这样的话作为乔叟图书的故事的结尾。

几年前，博德斯书店进驻了圣巴巴拉的正中心，在我们主购物街的中央十字路口建起了一座巨大而诱人的三层城堡，旁边就是一个大型公共停车场和一家五银幕影院。它营业到很晚。总有小孩在店外来回晃荡，常常还有音乐家即兴演出，吸引人群聚在门口围观。店里有免费的休息室，有时髦的卖咖啡和蛋糕的柜台。它的顶层摆满了CD，就连我不喜欢书的朋友们都开始在这里出没。

这里的杂志放满了一条又一条走廊，还有可供免费使用的电脑来引导你去找到你要的东西；这里有朗读会，有舒服的椅子，狡猾的大零售商知道如何巧妙运用属于独立书店的一切道具，将其转变为自己的优势。

就在博德斯书店对面，在我们最时髦的新购物街上，还有家不断扩张的巴诺书店。

我们都觉察到，显然小小的乔叟图书在与这座城市背道而行。它藏身于购物街深处，没有跨国公司的支持，只有马莉坚定的信念。它是这个以企业为主导的艰难时代的典型受害者。

2011年1月，博德斯书店永远地关上了它的大门。几乎在同一天，对过的巴诺书店也停止营业，可能是被圣巴巴拉恐怖的房租和几十家旅游商店给赶走了。我们公立大学旁边的博德斯书店也关门了。同时，乔叟图书却越来越壮大，甚至我们很多人都怀疑只要它的邻居们说好，它就会吞没大半条街。

马莉和她的二十六名员工上演的也许就是一个寓言，或一部汤姆·汉克斯的电影。这家小店拥挤却令人快乐的空间里存有十五万册书，比市中心的博德斯书店五倍大的空间里储存的还要多。书店员工中有二十四名是全职（跟连锁商店的商业模式截然不同），其中很多人已经在这里工作超过十年，这一定程度上无疑要归功于书店提供的百分之百覆盖的医疗保险和圣诞奖金。而当那两个巨头关门时，马莉却表达了她的遗憾，因为书总是越多越好。1974年，她用所继承的一笔为数不多的遗产创立了乔叟图书。当时它只是一家主售平装书的小型商店，之后她和丈夫不得不掏出自己的人寿保险金来维持书店的运营。

我最近一次造访乔叟图书时，店里来了一个新员工，二十四岁，来自东边，刚搬来圣巴巴拉，想成为一名作家。他看到我买了一本关于伊朗的书就立马兴奋起来。"噢，你就是那个喜欢长句的人。"他说道。然后我们开始越来越激动地讨论节奏和律动，还有不断奏的作品如何能产生梅尔维尔、帕慕克或托马斯·布朗爵士的效果。我的书店就是我找到自我、找到家园、找到激情的地方，也是我努力去做我正在做的事情的理由。

作者简介：

　　比科·伊耶 (Pico Iyer)，作家，著有两部小说和八部纪实作品，包括《加德满都录影夜》、《淑女与僧侣》和《全球灵魂》，最新作品是《我脑海中的人》，探讨了作家如何影响读者。其文章见于《时代》《纽约时报书评》《泰晤士报文学副刊》等。尽管自 1992 年起便定居日本乡村，但他时常出没于从里约热内卢到不丹等世界各地的书店里。

沃德·贾斯特

葡萄串书店

马萨诸塞州,温亚德港

晚饭时有个人不停地说左拉,说他的挑衅、他轻率的叙事、他暴戾而宽容的内心,以及他对争议的欣然接受。我们讨论的那部小说是《红杏出墙》。1867年它出版时便被世人视为不道德的作品,时至今日这种声音几乎未有减弱。小说中有对情爱生活的生动描摹,这些描摹因隐秘而愈发撩人,还有由此引发的谋杀。宗教领袖等人士给予其猛烈谴责,使得左拉不得不在第二版的序言中为自己辩护。他饶有兴趣地写道:"批评家们对这本书致以敌意和愤怒。某些正直的人,在同样正直的报纸上发表文章,用拇指和食指提起这本书,皱起的脸上带着恶心的神情,将它扔进火堆……"

好吧!谁能抵挡得了这个?于是我动身前往市中心的葡萄串书店 (Bunch of Grapes Bookstore)。在那里,《红杏出墙》和左拉的另一部小说《杀戮》紧挨在一起。这还没完。左拉旁边是以色列小说家 A.B.耶霍舒亚,沿着这排再往后一点全是文学界的厉害角色,弗吉尼亚、托马斯、杰弗里等各种大名。我抱着六本书走出了书店,而人们口中的提供全方位服务的"独立"书店的含义就显现于此。

这样的事情常常发生。如果葡萄串书店没有那本书,他们会去订。而这样的订购通常是基于我无用的描述之上。我的记性不如以前好,以前的记性也不完全属于投资级别的,所以店员们不得不运用大量想象,还有相同分量的勇气和好情绪,正如左拉对大主教的有力回击一般。

昨晚我听说了一本小说。但我不记得名字了。

作者是谁?

我也忘了,只记得他是中西部哪个地方的英文教授。也许是堪萨斯。

最近出版的书?

不是。多年前出版的。

嗯……

是平装本。好像《纽约书评》推荐过。

啊!是约翰·威廉姆斯的《斯通纳》!很精彩的小说。

就是那本!

我周五给你。

不论你是身负任务(寻找《红杏出墙》或《斯通纳》),还是只随便看看,走进这样的书店,你的阅读生活就会浮现在你眼前:你第一次在《生活》杂志上读到《老人与海》的时候,是在你父母那间位于芝加哥北部郊区的房子里,坐在大窗户边的一张椅子上。天色渐暗,但你如此沉浸于老人与海的故事,不愿停下来去把阅读灯打开;而六十多年后,在这里,在无数本书中,老人又活了过来。你的眼睛扫过书架,回想着一两个小时前你放到一边的那些书。你知道你没有选择那些书的原因不在作者，而在你自己。你承诺当你年纪更大一些，有了更多耐心，或许能更好地理解这个世界的时候，一定再把它们拿起来。罗伯特·穆齐尔的小说《没有个性的人》，克诺夫出版的美妙的上下册版本，直到今天还摆在我的书房里。这是对我的谴责，这样的谴责还有很多。看到朋友们的书也是令人欣慰的，有基布·布拉姆霍尔对钓鱼艺术的沉思，有乔恩·兰德尔对奥萨马·本·拉登的探究。在这些书堆中呆足够长的时间，你该死的一生都会浮现在你眼前。

作者简介：

　　沃德·贾斯特 (Ward Just)，著有十六部小说，包括《花园里的流放》和《健忘》，作品《回声屋》入围全国图书奖，《危险朋友》获美国历史学家协会库珀小说奖，《未尽之季》获《芝加哥论坛报》中心奖并入围2005年度普利策奖决选名单。

莱斯利·卡根

下一章书屋

威斯康星州,梅库恩

我蹦蹦跳跳地朝下一章书屋 (Next Chapter Bookshop) 走去,汗湿的小手里紧紧攥着《夏夜的哨声》的样书,就像个小孩拿着她的第一张成绩单。

店员们拍着我的背,为我欢呼了好一阵。之后他们便回到工作中,继续着他们出色的事业。我则偷偷溜达到店里的畅销书那边。我越过肩头往后方瞥了瞥,确认没人在看,然后把书放到了那些巨作旁边,就看看效果如何。我从没想过或许有天它也能摆在那个位置。我,获奖或成为《纽约时报》畅销作家? 拜托。我爱我的书,也对它有信心,但我知道想在书架顶端那稀薄的空气里生存下来需要的不仅仅是一个精彩的故事而已。关系很重要。出版社的支持也很重要。如果你是一个来自洛杉矶或者纽约的二十来岁的金发尤物,身材姣好,还是个艺术硕士,那更能帮得上大忙。而我只是一个住在威斯康星州梅库恩、已经五十七岁的、灰溜溜的黑发女人,在不久的将来就需要穿上老年胸衣。在我完成这本小说之前，我所写的东西里唯一有成果的是一篇关于海伦·凯勒的读后感。

几周之后，我的编辑意外来访附近的麦迪逊。我们共进午餐。闲聊时，她一边给她的卷饼涂上黄油一边问我："我很好奇，如果你可以为你的书许个愿，愿望会是什么？"

我想过这个问题。作为独立书店的热爱者和支持者，我已经请求过我的仙女教母①挥舞一下她的魔法棒。我回答道："我最想要的，是让我的书登上'书感'榜单，你觉得……呃……能行吗？"

坐在桌对面的编辑被羊角面包呛住，猛烈咳嗽起来，我把这看作她在以有些夸张但非常有效的方式说"机会很大"。

但局面是可以扭转的。一个月之后，她以震惊的语气在我的答录机里留下了这样一条讯息："我不敢相信……你的书……上了5月的'书感'榜单！怎么可能？我是说……天哪！"

这都是因为拉诺拉·哈拉顿，下一章书屋的店主。通往出版的道路充满险阻，但一路上她都握着我的手。我的手稿遭到上百个著作代理人的拒绝，只有一个出版社给我发了出版通知。尽管一路曲折，但拉诺拉对我和这本小说都有信心。而且她可不是嘴上说说而已。好吧，事实上，她就只是嘴上说了说。在我背后，这个调皮鬼一直在向其他独立书商夸奖这本书，并为它登上"书感"榜单写了一封推荐信，还鼓励其他书商也这样做。

几个月后，当出版后的书运到书店时，拉诺拉给我打了个电

---

① 仙女教母（fairy godmother）是西方童话寓言中常出现的角色。她们通常是仙女，在主人公遇到困难时，以长者的形象出现，使用魔法帮助主人公解决困难。现实生活中人们希望教母也能起到这样的作用。

话，建议我挪挪屁股去店里一趟。她把我带到一张桌子前，塞了一支记号笔到我手里，然后消失了，几分钟后带着两箱《夏夜的哨声》回来了。我就在我的书店里给我的书签名。纵然我是个冷静的顾客，但那一刻我却放声大哭。当然，新书的发布会也是在这里办的，这里是我的另外一个家。考虑到书中的故事发生在1959年，拉诺拉觉得要是供应猪包毯①、纽扣糖，当然还有廉价红酒，会很好玩。这些东西放在任何年代都能活跃气氛。当她站上讲台，要就这本小说发表由衷的讲话时，我不得不捂住耳朵。这场面太让人开心了，我无法承受。

我的周围全是朋友、家人和其他图书爱好者。这场聚会是庆祝我终于到达了目的地。有谁能要求更多吗？我肯定不会。不可能。站在一家书店中是作家最谦卑的时刻。看着这里一架架、一排排满载着其他作者希望的书，我知道就算得到了梦寐以求的"书感"推荐，我的书要是能比这些书卖得稍微多一点，都像是在水上行走一般神奇了。但仅一周的时间，下一章书店的员工们就亲手卖出了五十本我的书；接下来的一周里又卖出了四十本；之后在全国甚至全世界的销量仍在不断增加，一直持续到现在。《夏夜的哨声》最终登上了《纽约时报》畅销书榜单，并获得了中西部独立书商协会奖。现在这个奖杯就摆在我的床边，一起的还有其他许多意料之外的礼物。(想象读者们坐在中国的长城上、荷兰的风车下或者土耳其的不管什么地标旁翻着我的书，就能让我高兴好几个小时。)

五年后的今天，我已经出版了四部小说，但每当我踏入那家

---

① 猪包毯（Pig-in-a-blanket），西方传统配菜小吃，通常以香肠塞入面包卷中烘焙而成。

书店去签售作品、参加作家活动或者跟店员大聊书本时，我依然要很努力才能控制住自己不大声喊出"你照亮了我的人生！"并满怀谢意地跪倒在地。（到目前为止，我都能成功控制住自己只低声说上几句，做个小小的膜拜手势，但我可不能保证以后都能这样。）

上帝保佑你，拉诺拉。

上帝保佑你，下一章书屋。

作者简介：

莱斯利·卡根 (Lesley Kagen)，两个孩子的母亲，演员，开过餐厅，资深女骑手，也是获过奖的《纽约时报》畅销书作家，著有《夏夜的哨声》、《奇迹之地》、《明日之河》及《青睐》。欢迎访问她的个人网站 lesleykagen.com。

劳丽·R.金

圣克鲁斯书屋

加利福尼亚州,圣克鲁斯

任何一个充满活力的社区,书就是它身体里流淌的血液。早在我成为作家之前(可能是二十二本书出版之前?),我就知道这一事实。但最近随着我沉浸于一本以1929年的巴黎为背景的小说中,这一事实又浮现在我脑海里。

第一次世界大战后,曾经去过巴黎休假的美国士兵发现他们的心灵和思想有一部分留在了那里,就像歌里唱的:"你要如何把它们留在农场?"[1]

更实际些来说,这些年轻人还发现在1920年代早期的汇率情况下,手握同样数额的美元能让他们在塞纳河边生活得比在哈德逊河或者俄亥俄河边更久、更惬意,或许甚至足够支撑他们

---

[1] 这首歌曲("How Ya Gonna Keep 'em on the Farm")由沃尔特·唐纳森(Walter Donaldson)作曲,乔·扬(Joe Young)和萨姆·M.刘易斯(Sam M. Lewis)作词,流行于一战后,反映了来自乡村的美国士兵见识过巴黎的城市生活和文化后不愿返乡的心情。

完成一本小说、一卷诗集或一屋子的画。

"迷惘的一代"由此聚集在房租低廉、酒水充足的左岸区，并且立马就在一家书店里找到了自己的心跳所在。

一个名叫西尔维娅·比奇的小个子美国女人也在战争期间爱上了巴黎，还给自己编了一个留下来的借口："光之城"需要一家卖英文书的书店。(噢，书商这个族群总有种乐观精神！) 莎士比亚书店，她的书屋抑或是借阅图书馆，在左岸区开张了 (这里的商业租金也便宜)。对一开始只有一小群、后来形成庞大群体的讲英语的外籍人士来说，它来得正是时候。不论法国人还是外国人都来这里买书，还留在店里聊天。欧内斯特·海明威和安德烈·纪德，T.S.艾略特和埃兹拉·庞德，F.斯科特·菲茨杰拉德和阿莱斯特·克劳利，曼·雷和格特鲁德·斯泰因，各种奇怪的组合在此相遇，在书丛中交往。他们买 (或者更多的时候是借) 最新的小说；他们领取自己的信件 (家里寄来的十分重要的支票！)；他们给西尔维娅看他们的手稿。当然，作为艺术家，他们还向书商借钱，允许她接济他们，并请求在书店楼上的公寓里借住。

接受最多帮助的是詹姆斯·乔伊斯。他是一位失业的英语老师，有妻子和两个孩子，还有一本写不完的书。莎士比亚书店给予他支持，从情绪上、艺术上，而最重要的是在财务上。大家一致认为《尤利西斯》是一部天才之作，但它也是一本如此笨重的书，还被视为十分下流，没有出版商敢碰它。于是西尔维娅·比奇转手开始做出版，将几年生命耗费在这本小说和作者无穷无尽的校订上，要不是朋友相助，她早就破产了。最后离开时她一无所有，只知道她给世界带来了一部英语文学扛鼎之作。

对她来说，这就够了。

值得庆幸的是，不是每个书店都被要求去充当《尤利西斯》的助产士。并非所有的书商都如此……让我们称之为"敬业"，虽然我脑海中浮现的其实是"疯狂"二字。然而，我知道的所有书店都在坚定地支持文学，也坚定地位于社区的核心。

比如圣克鲁斯书屋（Bookshop Santa Cruz）。

这家书屋于1966年开业，我遇到它是在几年后。我来到这座城市读书，闲逛时走到了主街上这座古老的砖结构建筑里。那时它就是一家舒服的书店，为尼尔和坎迪·库那蒂所有。店里的木地板踩上去发出让人开心的嘎吱声，老旧的扶手椅分散在店内各个角落，总是坐满了顾客，这是一座似乎有隐藏通道和神秘洞穴的建筑，像城镇周围的山丘。我怀疑这里的地下室里住着一群魔术师，又或者是炼金术士。

这是我知道的第一个书店。受到本性和根深蒂固的搬家习惯的影响，我们家几乎只光顾图书馆。二十三岁时，我在书屋买了我的第一本精装小说：詹姆斯·克拉维尔的《幕府将军》。图书馆的版本是两卷，但我只能找到第一卷。谢天谢地，圣克鲁斯书屋救了我。

这些年来不知道它救了我多少次。这栋红砖房里保存着圣克鲁斯的宝贝，乐趣在此等候，知识在此潜藏，所有最有趣的人都在这里等着你。

它就是这座城市的心跳所在。

我常去圣克鲁斯书屋。我会买一本书，然后走到书屋后的"一文大学"咖啡馆，在咖啡香里，一边听着涉及各类话题的讨论，一边开始读书。书店每年11月初办生日聚会时，我都会顺便来访。这些年来，我的购买记录就能描绘出我生活变化的过程：从世界宗教到蔬菜栽培和木工，接着是旅游指南，然后是怀孕手册和儿童图画书。(我的孩子是抱着书长大的,不像他们的母亲。)多年来,书屋一直是我生命中充实而必要的一部分。

接着,洛马普列塔地震袭来。

圣克鲁斯遭受重创。1989年10月17日,下午5:04,居民死亡,道路开裂,建筑支离破碎,其中就包括圣克鲁斯书屋这个砖结构的舒适家园。它的墙壁剧烈颤抖。店里所有的珍贵宝贝从架上倾落,成堆地散落在地上,被隔离在城市的红色危险标识后,无法触及。粉碎机的落锤已在待命,只等高速公路重新开放。四周都是受到惊吓的居民,大家烧着自来水,从地毯里挑出玻璃碎片,在黑暗中入睡,在一次次余震中品尝着恐惧。

这个城市的心跳停止了。

而尼尔和坎迪看着彼此,正了正肩膀,带着他们这个族群天生的疯狂乐观精神,宣布书店今年的生日聚会将如期举行。这是自地震之后城里出现的第一缕希望。聚会之后不久,市中心的停车场里搭建起了临时零售帐篷(正式的名字“展棚”从未真正流行起来),数以百计坚定的、心怀感激的朋友现身抢救圣克鲁斯的宝贝。他们戴上安全帽,把书带到安全地带,清理它们身上的灰尘和伤痕。11月底,在这个持续被混乱和负面消息缠身的社区里,圣克鲁斯书棚开门营业了。

我们在书棚里买了三年书,在它稀疏的书架间挑选圣诞和生日礼物,寻找家里没有的儿童故事书,买有关罐头和猫的书……尽一切努力来帮助书屋生存下去。最后当新店终于开张时,居民们再次站出来把书从昏暗破旧的帐篷里搬回到格外明亮、现代而宽敞的新店里,这次是以胜利之名。

圣克鲁斯的心又开始跳动了。

圣克鲁斯书屋的新店开张两个月后,我的第一本书出版了。

从那年起，我在书屋里办了很多次朗读会、买了（并签了！）无数本书。不知道有多少次在晚餐前和看电影前跟人约在那里见面，在隔壁咖啡屋喝下了几加仑的拿铁。这些天我带着小外孙在逛儿童区，虽然我失去了对种菜和罐头书籍的兴趣，但我会买很多本精装小说。

我们这些记得它原来咯吱作响的黑木地板、看着它从废墟中拔地而起并为它感到欢欣鼓舞的人，不把这个地方视作理所当然。我们珍视这家书店，我们参加书店活动，我们让它成为我们生活的一部分。在那曾经满目疮痍的地方，现在站立着一个生机勃勃的社区，充满活力和思想，书是它脉管里流动着的血液。

圣克鲁斯书屋是人们为了书前来，却为了能量而留下的地方。就像九十年前的莎士比亚书店。

作者简介：

劳丽·R.金 (Laurie R. King)，作家，著有《养蜂人的学徒》、《海盗王》和《试金石》等，曾获埃德加奖、阿加莎奖等众多奖项。

卡特里娜·基特尔

土星书店

密歇根州，盖洛德

 我的"故乡书店"在离家四百三十七英里之外的地方。提到书店时我脑海里第一个出现的就是位于密歇根州盖洛德的土星书店 (Saturn Booksellers)，它也是一直以来我最爱的书店。作为一个爱书人和一个作家，它就是我所梦想的那种书店，是我的家乡俄亥俄州的代顿不再拥有的那种书店。代顿有所有的大型连锁书店，我可以买到任何已经出版的书，这很关键，但没有我在一家书店里所渴望的其他全部。

 我渴望什么？最重要的，是充满激情的书商。吉尔·迈纳和她的店员们是我遇到过的最跟得上时代、最聪明、最精准的手工售书者。而且在这里我要说，能与土星书店相遇我真是走运，因为吉尔·迈纳提名我的第三本小说为2006年的五大湖图书奖最佳小说。我在五大湖独立书商协会大会上接受该奖项时，她为我做了介绍。当我们坐在一起吃饭时，她说："我们得请你来我们书店。怎样做能让这件事成真？"这就是吉尔的神奇之处之一——她让事情成真。

那次晚餐后，不到一年，我第一次走进了土星书店的怀抱。从人行道上那句命令你"进来！"的标语到黑板墙，再到店里内置的有着小木屋外形的咖啡馆，土星书店没有给人任何千篇一律或连锁店的感觉。吉尔给我看了报纸上对我这次活动的报道，还有一些有趣的宣传手段，比如把书的封面印在巧克力的包装纸上（真聪明，不是吗？更何况书和巧克力是我最喜爱的组合之一）。吉尔说，他们全都会卖命地亲手推销这本书，他们相信我的朗读会上将有大批观众，但看着那一排又一排的等候座位，我还是感到反胃。我在走廊里随意逛着，浏览着那些引人入胜的展示和员工推荐，定期去检查那些座位……它们还没有坐满。我想："好吧，就算这次活动搞砸了，我还能痛快地买些东西。"

我给"无人看管的儿童将得到一杯浓缩咖啡和一只免费小狗"与"保持友好，否则离开"的标语拍了照，还拍下了员工区大门上那块写着"疯人院入口"的牌子，然后魔怔地看了看手表，再次检查了一下那些（空的！）座位。每一位作者都经历过令人羞愧的"三个观众在场"的朗读会。我担心让吉尔大失所望，毕竟她耗费了这么多精力来宣传。不断有顾客进入书店，但他们都买了书就走了，我压抑着躲到卫生间里去的冲动，打起精神来准备给屈指可数的观众奉上一场精彩的活动。

活动开始前十分钟，我去小木屋咖啡馆拿喝的。顺便说一句，那间咖啡馆棒极了。他们会个性化调配你的饮品，这技巧与书店一对一推荐书目的技巧不相上下。咖啡师当时碰巧正在试调一款冰沙，他给了我一杯样品。我喝下了一杯芒果、椰子汁和朗姆酒的混合物，它严重影响了我的吐词能力。

我转过身，冰沙刺激下产生的头疼让我的身体有些摇晃，我眨了眨眼，不敢相信地看着眼前的景象：所有座位都坐满了。店员们正在加椅子，而且还需要更多。他们在书店装下了这么多读者，我伸手都能摸到第一排观众，他们几乎坐到了我腿上！人们站在过道里，坐在地板上，摩肩接踵地挤在一起。

吉尔·迈纳和她的员工们知道如何开一次好的作家活动。我说"开"是因为这些活动就像派对一样……而且，当有一位了不起的女主人为你掌控一切，每一个最小的细节都被照顾到了，比如朗读会期间咖啡馆停止接单。任何一位与研磨咖啡豆和敲击咖啡勺的声音比赛过的作家都知道这是一个多么亲切而周到的安排。

参加活动的观众告诉你很多有关土星书店的事情。在场许多人都是这家书店的铁杆粉丝，他们愿意尝试吉尔和店员推荐的一切东西。朗读会后的问答环节是一段喧闹而有趣的美好时光。多亏了书店的宣传，观众中有一半已经读了这本书，所以讨论真正到达了一定深度。这一切美妙得让我神魂颠倒，想要昏厥。

活动结束后，我给店里的存书都签了名，还一直与风趣聪明的店员们谈笑（她们真的很好玩，这些女性中的任何一位都可以毫不费力地主持《周六夜现场》①）。这时我告诉吉尔，我需要她的帮助。我提前读完了我的飞机读物，第二天在宾馆里或坐飞机时没有东西可读了。整家书店都沉默了。这些售书人犀利而活力充沛的目光聚焦到我身上。我立马就看出来：他们热爱自己的工作，他们在认真考虑我的问题。

吉尔问道："你最近有什么很喜欢的书吗？"她和其他店员听着，并根据我的答案给了她们绝妙的建议。那天晚上我带走

---

① 《周六夜现场》（*Saturday Night Live*），美国最受欢迎的搞笑综艺节目之一，每周六深夜播出。

了莱斯利·卡根的《夏夜的哨声》和玛丽莎·德·洛斯·桑托斯的《你是我的人》。我之前从未读过这两位的作品。现在，她们不仅成了我最喜欢的作家，也成了我珍贵的朋友。这一切皆因土星书店而起。

我本不应该如此大惊小怪。这就是优秀书商所做的。他们应该知识渊博。即使自己没有看过，他们也应该了解时下最新的书。但是，唉，我已经习惯了在连锁书店里的体验，就像接下来这段真实的经历。我曾经冲进一家巨大无比的连锁书店，想买一本《美食、祈祷、恋爱》送给朋友。当时我时间很紧，眼前也没有看到这本书，所以我找了一个店员（好不容易），问她是否可以给我指个正确的方向。女孩盯着我，眨了眨眼睛，问道："这是一本食谱，对不对？"[①]

嗯，在土星书店永远不会发生这种事情。

至今我在土星书店已经举行过四次朗读会了。那人满为患的场面并不是侥幸。我在那里的每次活动都是这样的情形。我期待带着我的新小说回到那里，像是期待着与老朋友重逢。事实上也的确如此。

作者简介：

卡特里娜·基特尔（Katrina Kittle），作家，著有四部成人小说，最新作品有《陌生人的善意》和《动物的祝福》。她的首部青少年读物《快乐的理由》于 2011 年 10 月发行。她现居代顿，跑步、养花草、教书。

[①] 美国作家伊丽莎白·吉尔伯特的这部作品是一部回忆录，记述了她离婚后的旅行经历。

斯科特·拉瑟

探索书店

科罗拉多州，阿斯彭

　　滑雪，魅力，浮华，美食，文化，自然风光……你有很多个理由爱上阿斯彭，但没有哪个理由能比得上探索书店 (Explore Booksellers)。它是这座城市至关重要的一部分，支持着阿斯彭的标志理念"头脑、身体和精神"。换句话说，没有一家世界级的书店就算不上一座世界级的城市。

　　我第一次造访探索书店是在1983年冬，那是我在阿斯彭度过的第一个冬天。那时的一周里，七个白天我都去教滑雪，还有四个晚上在餐厅当服务员。每周至少有一个晚上休息，我就去探索书店。我当时在攒钱上大学，所以通常什么都不买，但步入店内就像进入了另一个世界。它让阿斯彭变成了我可以扎根安居的地方。在那个还没有巨型书店的时代，探索书店的庞大存书让它脱颖而出。这座维多利亚式的建筑里装满了用心排列的书籍。文学小说、纪实作品和儿童读物等类别都有自己专门的房间，而流行小说全都挤在楼梯旁的一个角落里。最近那里改造成了咖啡角。

我第一次当众读书正是坐在这道楼梯上。(如今爬上这道楼梯你会发现美术、音乐、体育方面的书,还有一家有售酒许可证的餐厅。那就是天堂。)那次朗读会大约是在对拉什迪的追杀令发布一个月之后。书店办了一场活动。我站在房间后面,听着组织者说要从拉什迪先生的作品里选一段简短的文字来朗读。然后她从人群中把我挑出来:"斯科特,你来带我们开始怎么样?"我向前走到楼梯上,她递给我一本破旧的《午夜之子》;接下来的十五分钟里我不停地念错印度地名,但似乎并没有人介意。人们是为了拉什迪而来。

本质上,一家书店应该代表一个社区最美好的事物。就在那一天,探索书店做到了。事实上,它每一天都做到了。

现在你可能在想,这一切听起来美好得令人难以置信。在如今这个构筑于网络之上的电子阅读器时代,这家书店想必已经消失了。

然而它没有。正如你所想的,其中包含了一个复杂的故事。

几十年来,探索书店一直为凯瑟琳·塔尔贝格所有,由她经营。这位女士不仅一手创办了这家非凡的书店,她还积极参与反食肉、反皮草的左翼政治活动(人们经常看见她的狗卧在地板上嚼胡萝卜)。塔尔贝格女士过早地死于癌症,书店便由她的三个女儿继承。她们想按市价卖掉这座楼房,但同时让书店保留下来。按阿斯彭的市价,这座楼的售价约为四百万美元。当人们意识到阿斯彭可能失去探索书店时,一种类似恐慌的情绪在城里蔓延。没有它,阿斯彭将不再是阿斯彭。

然而那是四百万美元！谁愿意做出这样的疯狂购买？只有亿万富翁萨姆·怀利，乔治·W.布什和快船队的赞助者。他不可能是买了书店来赚钱的；他一定是仅仅喜欢书店而已。毕竟他几乎没对书店做出任何改变。而让故事显得更奇怪的是，新任经理叫约翰·爱德华兹，不过不是那个约翰·爱德华兹[①]。

探索书店由此得以生存，仍然像过去一样棒。它接待着外来游客和本地居民，让这个城市值得居住。我的建议是：如果有人让你搬去一个新地方，你只用问一个简单的问题——那里是否有一家很棒的书店？

作者简介：

斯科特·拉瑟 (Scott Lasser)，作家，著有四部小说，包括《说底特律的好话》。他现居科罗拉多州阿斯彭和加利福尼亚州洛杉矶。

[①] 约翰·爱德华兹 (John Edwards, 1953—)，美国民主党前参议员，曾参加 2004 年美国总统大选，输给乔治·W. 布什。

安·海伍德·里尔

河岸广场图书

康涅狄格州，米斯蒂克

他来到我的班级时，已经开学几周了。其他一年级学生早已把他们刚入学时的记忆和兴奋抛到脑后，而雷蒙德又开始了他的另一个第一天。对一个一年级的小孩来说，读过五个学校已经很多了。我从他的社工那里得知这次对他来说将是特别的。这是他离开寄养家庭的第一天。他以后将住在一位亲戚家里，每个人都希望那里会有所不同。不是另一个暂居点，而是一个他能有自己枕头的地方。

我把他带到教室后面的阅读角。他在我的对面坐下来，身子迅速前倾，好奇地睁大了双眼。我把书放到他面前，他粗暴地抓起它，放在桌上，以一种强烈、紧张的节奏敲击着它，但并没有打开它。

"我们一起来读它，"我说道，"到我的时候你就拍我一下。"

他马上伸出手来拍了我一下，温暖、黏糊糊的指尖触到了我的手背。"你读。"他把书推给我，然后向后靠到椅子上。

那天上午晚些时候，到了自由阅读时间，他晃荡在其他孩子之间，迟迟不敢从架子上拿书下来。他在五颜六色的塑料桶里快速翻找着，好像在找什么东西。或许是一块弄丢的乐高。反正不是书。

其他孩子选好了书，纷纷坐定在桌边或者趴在地毯上。他们都警惕地看着他。

就在那时，雷蒙德决定把自由阅读时间从他当天的日程上剔除。然后他开始执行这个决定。他旋转起来，在地毯上磕磕绊绊地跳起自创的霹雳舞，迈开细长的双腿疯狂地追赶其他几个孩子，试图把他们的注意力从书上引开。

一直很热心的杰克决定介入。"如果你想的话，可以从家里带自己的书来。"他得意地举起了自己那本《了不起的狐狸爸爸》。

雷蒙德暂停了短短一秒，思考着。他似乎在怀疑杰克的话，仿佛杰克正试图给出错误的游戏规则。

杰克眯起眼睛看着雷蒙德，然后大步朝我走来，身后还跟着其他三四个孩子。在一年级，告状是一项团体活动。

"他没有书。"杰克紧抓着他自己的书，虔诚地放在胸前。"新来的孩子没有书。"他的后援团也一致点头。

原来雷蒙德从未拥有过一本书。实际上他从未拥有过任何东西。他习惯了轻装旅行。当他前往下一个寄养家庭时，首先需要打包的一直是衣服。然后那个塑料垃圾袋里就不会剩下太多空间来放别的东西了。

我给了雷蒙德二十本不同的书，但他几乎看都没看一眼。我得改进我的计划。

因此放学后我过桥去了康涅狄格州的米斯蒂克，走进了河岸广场图书 (Bank Square Books)。每当我想找一个新的故事并沉迷其中时，我都会去那儿。我知道安妮、佩兴丝和利昂知道如何为雷蒙德找到那本完美的书。

踏入河岸广场图书的前门总是让我觉得像是正在走进我最爱的故事里。他们的"员工精选书目"就像一场热闹派对里经过精心挑选而来的宾客，每个人很有趣，而且很好相处。

书店主人和员工们脸上都带着同一种表情。当知道有人跟你喜欢同一件东西时，你会从心底发出微笑。就是那样的表情。那是一种无言的认可：你是我们中的一员。

我在儿童区找到了利昂·阿奇博尔德。他认真听了雷蒙德的故事，静静地点点头，说："让我们来看看。"

我们绕着书架慢慢走着，利昂不时停下来思考。《头顶十个苹果》和几本"我能读"系列最后入选。利昂每从书架里抽出一本书，就为雷蒙德与一个新世界建立了一个连接点，让他能在他的塑料垃圾袋的故事里加入新的章节。

我打算每周给雷蒙德一本书，并且决定第二天早晨从《头顶十个苹果》开始。

"以后它就是你的了。"我把书递给了他。

他脸上一副"你什么意思"的表情，眯起眼睛怀疑地看着我，好像我在骗他做什么坏事。

"这是你的。"我又说了一遍，"它现在属于你了。"

这本书从来没有跟他回过家。他用助教琳达总是偷偷给他的那些零食的包装袋把书包起来，每天下午都把它安全地藏在自己的书桌里。然后，每天早上他到校后的第一件事就是把它拿出来，虔诚地放到书桌右上角。他打开它，一遍又一遍地看着，嘴巴缓缓动着，拼读出一个个新单词。这些单词变得越来越熟悉，他的身体也变得愈加放松。

在他拿到这本书的几个星期后,它开始被他的零食弄得黏乎乎的,有了一种"最爱的泰迪熊"的破旧模样。某样东西被狠狠喜爱过后都会变成那样。

一天早上,我正在办公桌上找东西,突然感觉到身边有人。

"我得把这个读给你听。"雷蒙德这时应该在他的书桌边做早晨写作练习。但是他却站在我身边,手里紧紧地攥着他的书。"我需要练习。"他的目光从书上移开,紧张地扫了我一眼,又移了回去。"我要把这个读给我妈妈听。"他屏住了呼吸。"她会很喜欢的。"

雷蒙德不能经常看到他的妈妈。她从来没有听过他读书,我知道这对他非常重要。所以我们练习了一遍又一遍。

到了那天下午,他紧张地把书装进书包,同时斜睨着站在衣柜那边的其他孩子,仿佛在内心警告他们不要碰他的书。

那天他还是没能读书给他妈妈听。我之前并不知道他妈妈被监禁的惩教所是不允许带书进去的。但无论如何,他还是"读"给她听了。因为我的书店为雷蒙德找到了那本完美的书,而那些文字也已经进入了他的心里。

为一本书在一个人的心里安家是一种天赋。安妮·菲尔布里克、佩兴丝·巴尼斯特、利昂·阿奇博尔德以及河岸广场图书的员工们在做的正是媒人工作,但他们自己可能还不知道。

作者简介:

安·海伍德·里尔 (Ann Haywood Leal),著有两部小说《我也叫哈珀》和《谁捡到归谁》。安来自太平洋西北地区,如今在康涅狄格州东南部当小学教师，同时教授写作课程。《我也叫哈珀》被芝加哥公共图书馆评为2009—2010年度最佳图书，并被选为美国广播公司《早安美国》栏目2009年夏读推荐。该书目前名列阿肯色州查莉·梅·西蒙总书单、艾奥瓦州儿童选择奖总书单、南卡罗来纳州儿童图书奖总书单，并入围威廉·艾伦·怀特儿童图书奖。

卡罗琳·莱维特

麦克纳利·杰克逊图书

纽约州, 纽约

我曾生活在曼哈顿中心多年。这句话实际上是说我曾生活在这里的书店多年。然而, 当我坠入爱河、结婚并开始渴望有一个孩子的时候, 不友好的曼哈顿地产市场让我们买得起一套所需的四居室房子(两间家庭办公室、一间主卧、一间儿童卧室)的概率堪比火星人出现在第五十七街。因此我们被迫搬去了霍博肯, 从这里搭乘PATH①去曼哈顿只用七分钟。在曼哈顿买一间单身公寓的钱在这里可以买下一栋1865年的三层砖石楼房, 而且还有三家离我们只有几个街区远的独立书店!

当然, 接着巴诺来了, 凶猛地吞噬了独立书店。当然, 几年后巴诺离开了, 而霍博肯只剩下一家二手书店, 这是不够的。于是我们反而开始花越来越多的时间去纽约逛书店。当麦克

---

① 全称 Port Authority Trans-Hudson, 即纽新航港局过哈德逊河捷运, 是联结曼哈顿、泽西市及霍博肯的一个都会大众捷运系统, 自哈德逊河底穿行而过。

纳利·杰克逊图书 (McNally Jackson Books) (那时还叫麦克纳利·罗宾逊图书) 2004 年在苏豪区开张时，我想一直呆在这里，永远不离开。店里亮着迷人的灯光，摆满了各类书籍 (两层楼)，还有一家餐厅。餐厅的菜单上引用文学作品里的佳句，在前菜部分的酸奶和香蕉旁边就可以看到。我常带着我儿子一起，漫步在走廊间，一晃就是好几个小时。随意翻阅让我感到快乐，我永远不知道接下来会发现什么。然而更大的快乐来自看着我的儿子也变成一个资深的、兴奋的阅读者。在我备感压力时，麦克纳利·罗宾逊图书是我的镇静剂 (有什么比一本新的好书更能让人平静下来？)；当我被疲惫侵扰时，麦克纳利·罗宾逊图书是我的提神剂 (观察人群跟浏览书本同样有趣)，是我灵感的来源。

但是以读者身份去爱一家书店是一回事 (必然是件大事)，而以作家身份去爱它又是另外一回事了。你注意的东西不一样。作为作家去接近一家书店时，它整个的感觉、气味和样子完全变了。有时我走进麦克纳利·杰克逊图书，想到我的手稿，甚至我的职业生涯，我就担心极了，不知道我是否不得不放弃写作，转而投向牙科学校的怀抱。但看到店里的其他小说，又更加让我坚定了决心。

对于作家来说，朗读会是我们与读者保持联系的方式，同样我们也希望当场能卖出一些书。但有时到了一场朗读会，你发现只有两个人坐在那儿，其中一个还是因为刚刚听说这里供应免费红酒和曲奇才进来的。哪位作家没有过这样的经历？我在麦克纳利·杰克逊图书举办了我第九部小说《你的照片》的发布会。当时他们说："我们想做些特别的事情。"我立马来了精神。他们为我和出色的小说家珍妮·吉尔摩组织了一场对话。

我们俩坐在凳子上，闲聊，大笑。朗读会前一周，我找到了许多各领域一线名人的推特账号。为了好玩，我给他们全都发了邀请。"地点是麦克纳利·杰克逊图书。"我写道。这个名字能让活动显得更酷。蒂姆·赫顿①没来。雪儿②、莫比③和小野洋子（我对她寄予厚望）也没有出现。不过来了很多读者，把现场都挤满了。甚至连那天晚上的空气似乎都让人高度兴奋，这是我印象最深的一点。

麦克纳利·杰克逊图书喜欢作家，所有作家，以一种机会均等的方式。当我们一个朋友所写的有关世界音乐的书无法通过传统方式顺利出版时，他不肯放弃，自费出版了这本书。通常自费出版的书在争取书架位置和朗读会的时候会更困难，但麦克纳利·杰克逊图书在这两方面都满足了他。朗读会期间有两位员工下楼来听他朗读，甚至还提了问题。

人们都希望一个人有幽默感；而对一家书店，这种愿望甚至会更强烈。麦克纳利·杰克逊图书就有令人捧腹的推特账户和网站。此外，他们还有一个很棒的活动协调人。

当然，麦克纳利·杰克逊图书是一家了不起的书店。当然，我想呆在这家店里，被所有书包围，它们的封面就像我的灯塔一般。我还能要求什么呢？

嗯，我真的很希望它在霍博肯开一家分店。

---

① 即蒂莫西·赫顿（Timothy Hutton, 1960— ），美国演员，史上最年轻奥斯卡男配角奖得主。
② 雪儿（Cher, 1946— ），美国歌手、演员，曾获奥斯卡金像奖、格莱美奖等众多奖项。
③ 莫比（Moby），本名理查德·梅尔维尔·霍尔（Richard Melville Hall, 1965— ），美国音乐家、DJ，以其电子音乐而知名。

作者简介：

卡罗琳·莱维特 (Caroline Leavitt)，著有《纽约时报》畅销书《你的照片》，该书曾登上《旧金山纪事报》、《普罗维登斯日报》、《书签》杂志和《科克斯书评》2011 年最佳图书榜单。她的第十部小说《是明日吗》于 2013 年春由阿尔冈琴图书出版。她是《人物》杂志和《波士顿环球报》书评人，Shoptopia 在线图书专栏作家，加州大学洛杉矶分校继续教育项目作家培养在线课程资深写作导师。她曾获得纽约艺术基金会艺术家奖金、戈登堡小说奖荣誉奖，入围尼克儿童频道写作奖，圣丹斯剧本实验室奖首轮胜出。欢迎访问她的个人网站 www.carolineleavitt.com。

迈克·伦纳德

栗子球场书摊

伊利诺伊州,温内卡特

致伊利诺伊州温内卡特栗子球场书摊 (The Book Stall at Chestnut Court) 主人罗伯塔·鲁宾:

抱歉,罗伯塔。

你让我写一篇小散文,关于我和你美妙的书店之间三十年的感情,我答应了。

这是个错误。

我做不到。

如果我要写的是一家五金店就不成问题。对锤子、草坪洒水壶或者拖把感兴趣的人看到逗号误接句①(无论什么样的) 通常都不会生气。但你不是在兜售园艺工具或马桶刷;你在从事一项伟大的事业,每个架子上的几十本书都能提醒人们这一点。

---

① 逗号误接句 (comma splices),即在英文写作中将逗号用于两个独立子句 (即两个完整的句子) 之间。

托尔斯泰、奥斯丁、梅尔维尔、伍尔夫、拉什迪都在这里。

我要怎么在诗人莎士比亚的注视下想出一个巧妙的词语或一段发人深思的评论？而且不光有他，还有每本书封皮上的每个名字。每个小说家、传记作家、诗人、政客。每个名厨、退役运动员、大众心理学家、过气的摇滚明星。所有这些有著作留世的人，都让我胆怯。他们说过那么多至理名言，那么多人生忠告，那么多唯美的、精辟的、令人回味的话。

真糟糕！

我写不出那样的话。

你的书店是我们社区的心跳，它汇聚了伟大的思想家，是一个给人以启发的聚会地点。每周我至少造访这里一次，往往只是在过道间漫步，或与你可爱有趣的员工聊几句。我离开时总会带走某样东西。一本新书，一个灵感，一种美好的感觉。

然而情感上的依恋是难以言喻的。

于是我找了另一种方式。

:-)

（披露：这是我第一次打出笑脸这个表情符号。我发誓，一写完这篇文章，我再也不会打它，或者使用"表情符号"这个词。）

也许解释一下会有所帮助。

时间回到1982年，你在伊利诺伊州温内卡特的一条绿树成荫的街道上买下了一家奄奄一息的书店，距离我家只有三个街区。从第一天开始，你便成了一道亮眼的风景线。你快活地穿行在狭窄的过道中，热情地宣讲文学的重要性，以及对你之后改名为书摊的小店的宏大愿景，一侧臂弯里抱着一摞倾斜的书，另一只手则随着你的讲演上下挥舞。

与此同时，书店以东四百五十英里的地方，危险蠢蠢欲动。

噔，噔，噔。

致命威胁来临时往往几乎听不见声响，就像狗被惹毛时从腹部发出低沉的吼声。

斯科特·法尔曼，卡内基梅隆大学的计算机科学家，在既没被惹怒也没有任何恐吓情绪的情况下，静静地打出了那条由三个符号构成的看似友善的消息。那一刻被一些人视作对深沉细腻的写作发起的首次炮轰，而那场对抗现在已经演化成了一场艰苦的消耗战。

那天是1982年9月19日，你的书店也在同年开门营业。

那条消息是?

:-)

斯科特·法尔曼的本意是单纯的。那时互联网仍在萌芽阶段，只对极客敞开大门，圈里充斥着搞算法的人士，普通人完全无缘触摸到它的门槛。从那些原始的编程逻辑符号中诞生了一种新语言，一比特一比特(或者一字节一字节)逐步发酵，带着各种自造词、奇怪的首字母缩写和怪异标志在早期的BBS上汹涌泛滥。其中也不乏幽默。或者至少试图幽默。

问：什么是弗洛伊德病毒？

答：你的电脑一心想着要娶它自己的主板。[①]

:-) :-) :-) :-) :-)

"如果一个程序员的笑话在计算机科学家的BBS上没人回

---

① 这里指涉弗洛伊德提出的"俄狄浦斯情结"。

应,甚至没有人发现那是个笑话,它是不是就真的不好笑?"

简言之,斯科特·法尔曼发明那个横向的笑脸想解决的就是这个问题。

它就像警告标识。

注意,前方有笑话!

幽默、冷言冷语或反讽句大多表达的是与所用符号相反的意思。尤其当这个符号恰好属于专心致志但世故、健忘、多管闲事的爱发先生①——追踪兔子痕迹却可悲地落下悬崖——那一类,那更加如此。

:-(

(发明这个撇嘴表情符号的也是斯科特·法尔曼。)

那是三十年前了。

从那时起,互联网的诞生为电子邮件的兴起创造了条件。而电子邮件已经进化成了短信,进而催生了一整套新鲜词汇,它们带有计算机的印记,以简约表达为特色,旨在让人类通信正在飞速向前的步伐更快。如今比的是速度。还有简洁化。

你懂?你晕了?

我来告诉你怎么说晕了。

:-/

但丢掉细腻和微妙,不就降低了我们写作的标准吗?

<:-)

(这表示上面是个愚蠢的问题。)

---

① 爱发先生(Elmer Fudd),美国动画片《兔八哥》中的光头猎人,一心想抓住兔八哥,但几乎每次都事与愿违,常常反过头来伤害到自己和其他反派角色。

抱歉,罗伯塔。我有点不受控制了。

可能是我的注意力缺乏症犯了,又或者是一些更简单的原因,比如缺乏传统意义上的清晰思维和智力。我确实有一段那样的过往。我读了五年高中。费了好大劲才进入大学。做过很多卑微的工作,直到三十岁才时来运转,成了一名记者。我的人生一直是一场斗争。

我是那个反应很慢的人。

那个晚熟的人。

那个五十九岁才出第一本书的人。

五年前当我的书出版时,你把它放进了书店的展示橱窗里,组织了多场热闹的签售会,还逢人就向他们夸赞我。那是一段令人谦卑的经历,我以为它会随着时间消逝。

但它没有,因为你不会让它消逝。

你继续推广、赞扬、宣传我的作品。一天天,一本本。我不是一个关心数字的人,从不会想到去统计销售量。但上个月在为这篇文章做调查时,我惊讶地发现你已经卖出了将近两千本我的书。

仅仅一家店。

卖出两千本。

而你还没有结束。

从1982年至今,书摊的面积扩大了一倍多,库存增加到约四万八千本,欢迎和接待过成千上万名作家。当然这些都是引人瞩目的数据,但还不是你全部的价值所在。而现在摆在我面前的挑战就是这个:为无法描述的东西找到合适的赞美之词。

在我健谈的老父亲生命的最后几年里,你对他表现出尊敬和同情。

在我的四岁孙子咕哝着含糊不清的话时，你蹲下身子，看着他的眼睛，真诚地听着。你坚持不懈地相信着我文字的价值。

怎么不见赞美之词？本来以一大段巧妙而细致入微的话结束整篇文章是极好的，但它没有出现在我脑海里，而截稿日又近在眼前。

所以，罗伯塔，请接受我的道歉，我没能为你奉上你完全应得的华丽的文学礼赞。你让我们的生活变得更美好，但我唯一能给你的以表谢意的礼物却如此简单。

它是一张笑脸。

但谁会把它放到文章里？

作者简介：

迈克·伦纳德 (Mike Leonard)，1980 年加入美国全国广播公司新闻部门。他从伊利诺伊州的小城温内卡特出发，穿行美国和世界，寻找阐述我们生活的那些新闻故事。除了定期为全国广播公司《今天》栏目组供稿，迈克还为该公司《晚间新闻》和《日界线》栏目、体育频道、MSNBC，以及娱乐时间电视网和美国公共电视网提供报道。他著有《生命之行》。

吉尔·麦克科尔

衬页图书

北卡罗来纳州,教堂山

　　如果你愿意的话,想象一下圣经带[①]。然后,在它的中间,放一个饰有星星的闪亮的腰带扣,那是三角研究区[②]。而教堂山就在这个腰带扣的正中心。美国第一所公立大学就坐落于此。参议员杰西·赫尔姆斯曾经提议把这里围起来就是一座州立动物园。三角区十分重视人文学科、高等教育和独立思考,它是一个可以匹敌全国任何地方的地区。而说到独立书店,北卡罗来纳州也是全国的典范,繁荣兴旺的书店在从山区到沿海的土地上星罗棋布。现在很多行业都陷入萧条,越来越多人选择在网上买电子书这种孤独的购物方式。在这样的时代,独立书店全心促进社区发展,

---

① 指美国东南及中南部一带,是美国宗教势力最强大、信仰最为保守的地方。从地理上看这十几个州连在一起正好形成一块带状地区,因此被称为"圣经带"(Bible Belt)。

② 美国最负盛名的高新科技研究和开发中心之一,主要由罗利、达勒姆和教堂山三座城市组成。区域内有很多高新科技公司,也有不少著名大学。

保护纸质书这种艺术品的历史和图书行业，同时也在展望着未来的变革。很多迹象表明人们仍然钟爱实体书店和纸质书，也喜欢读纸质书的人。你只需走到教堂山衬页图书 (Flyleaf Books) 的门前，就能亲眼验证。这里有人，有书，有聊天声，有读书声。衬页图书是一个共同目的地，许多人常常来这里朝圣，有时脑海中想着某个特定的东西，有时只是借机休息，随意翻阅，逃避生活。我就是其中一个。

自从1980年大学毕业后，我便在这座城里来来去去。我听见这里的人们许的宏大愿望一直是夏天不要那么潮湿 (不可能)，有更多停车位 (几乎不可能)，拿到更多美国大学体育协会比赛的冠军 (可能)，在市中心有一家便于拜访的独立书店 (愿望实现)。衬页图书开业还不到三年时间，就已经给人一种舒适美妙的感觉，像是一家成立已久、备受喜爱、人来人往的文化机构。

本地人说："把它建起来，我们就会来。"而就在2009年，杰米·菲奥科、兰德·阿诺德、萨拉·卡尔三人联手，把这句话完全变为了现实。这个三人组的天赋和专业领域涵盖图书业的所有角落。年轻而活泼的他们接受了挑战，朝着成功迅猛前进，实现了超越。或许这三个人的名字连在一起听起来就像能开一家成功的律所或会计事务所，因此他们事业上的成功可能会让你觉得他们不过如此，但再加上热情，很多很多热情，对书本的热情，对同样钟爱书的人的热情，从作家到出版商到读者甚至整个社区，你就掌握了此地未来属性的构成要素；它们将像炎热的夏天、ACC① 篮球赛和成功激怒杰西·赫尔姆

① 大西洋沿岸联盟 (Atlantic Coast Conference)，由美国东海岸十五所大学组成的一个体育竞技联盟，隶属于美国大学体育协会的第一级体育竞技联盟。此联盟的篮球、棒球和橄榄球皆非常有名。

斯①那类人的自豪一样，与这座城市牢牢地联系在一起。去年，圣诞节抢购大潮还未开始，衬页图书的销售额就已经超越了前年。所以现在想象一下腰带扣越来越大，越来越亮。这不是一个用来防止裤子脱落的普通腰带扣，它配得上一名举重冠军，一位高大、亮眼、强壮的明星。

尽管我现在不再住在教堂山，但衬页图书仍然像我的家一样，在我每日往返的路上也方便到达。它真的很像已经开了很久了。它两边有两家很棒的餐厅。店里的顾客多得溢了出来，人们被挤到了福斯特市场餐厅的户外餐桌边看书。书店里，直至天花板的架子上摆满了书，几张大桌子上也放满了新出版的和员工精选的书。店里的二手区书量惊人，宽敞的朗读会场地使这里吸引了许多进行全国巡回宣传的作家，因此这里每周都安排有朗读会、图书俱乐部和聚会，将读者带入这美妙的空间。店里张贴着五颜六色的海报、活动通知和过往活动的精彩留念照片。这里的儿童区非常棒，每当我带着小家伙们一起来时，这里总能给我惊喜，因为它即刻就能保证你有更多的翻阅和购物时间，更不用提能让那些小读者们打起精神行动起来。

衬页图书搬进来之前，这座楼原本是一个健身房。我脑海里常常有这样的场景：随着举重和心跳加速的声音，人们的身体从虚弱无力变得强壮有型，有了健康的形象。而现在，这样的过程仍然延续着。衬页图书是寻找终极锻炼方案的人的圣地，只是现在锻炼的重点是头骨正中间那一大块灰色肌肉。人们变得越来越强壮，越来越灵活，他们的想象力是以前的三倍甚至

---

① 杰西·赫尔姆斯（Jesse Helms，1921—2008），美国参议员，共和党保守派元老，来自北卡罗来纳州。

四倍，但他们看到报纸上的热点新闻、看到精致的封皮、闻到醉人的纸墨香时，依然会心跳加速。而且，就算你跟我一样，没有老花镜就看不到任何东西，店里仍有海量选择能让你尽情浏览。衬页图书里还有出自本地艺术家之手的漂亮珠宝和其他手作。事实上，他们的钱包和旅行包也是一流的。我发觉自己总有装满一整袋书、飞去一个安静的地方读上一两个月的冲动。不过当然，我实际上做的也不错：买上一两本书、一本新杂志、一副备用眼镜，然后回家去。

衬页是在一本看得见摸得着的纸质书开头或结尾的空白页。在开头的它像一块升起的幕布，预告接下来的表演；在末尾的它则像一块落下的幕布，给你一段安静的停顿，让你慢慢回归到外部世界。当你推开衬页图书的门，踏入那个舒适而令人兴奋的世界时就是这种感觉；当你离开时，你知道你可以随时转身回去，杰米或兰德或萨拉会在那里迎接你。对我来说，去一趟衬页图书就像打开我最喜欢的书，在这个伟大而充满生机的独立书店的奇境里快快乐乐地一直生活下去。如果有谁能让这个冠军腰带的带扣一直保持闪亮，并且让这光泽随着后代的到来而愈加动人，我打赌它就是衬页图书。

作者简介：

吉尔·麦克科尔 (Jill McCorkle)，著有四部短篇小说集和六部长篇小说，包括即将出版的《来生》。她的作品见诸一系列出版物，包括《大西洋月刊》、《美国学者》、《犁头》、《美国最佳短篇小说》及《美国最佳散文》。她现居北卡罗来纳州希尔斯伯勒。

马梅芙·梅德维德

波特广场图书

马萨诸塞州,剑桥

我曾经写过一本叫《伊丽莎白·巴雷特·布朗宁如何拯救了我的人生》的书；它的发布会是在我家附近的波特广场图书(Porter Square Books) 举办的。那里是我的另一个家,现在我和朋友们所有的新书发布会都在那里举办。小说是出自我的想象,而在现实世界里,我可以提供一个纪实版本:《波特广场图书拯救了我的人生》。毕竟,对于作家和读者来说,一家就在两个街区之外的书店就像母乳一般亲切,像巧克力圣代一般诱人,像目的地一般激励人,像社区一般温暖。它是消除无书可读的孤独和恐惧的一剂良药。这家书店是我们社区里最美好的存在,也是我生命中最美好的存在之一。

让我从头说起。我在缅因州的班戈长大,那里唯一一家卖新书的书店很小,而且在三英里之外的市中心。它的表亲二手书店则占据了一间潮湿阴暗的地下室,散发出霉味和老年人的气味。在我家里,书架上满满的都是经典作品。我们家百科全书的年纪跟家具一般大。我们不买书。我们只是拥有书而已，就像波士顿婆罗门①的帽子。任何新得可疑的书，都可能是我们从图书馆借来的。那时候新书就像长途电话一样被视作奢侈品（我丈夫当年从斯科希甘打电话给我安排我们第一次约会的时候，他父亲在电话旁边立了一个闹钟）。除了用来学习的词典和SAT备考资料，我们从不买新书。

搬到剑桥后，我们的第一间公寓离图书馆主馆只有两步路。我们当年还只是学生，手头比较紧，所以我抵制住了哈佛广场上那些书店的诱惑。但剑桥公共图书馆长长的等候名单似乎看不到头，这对积极（竞争激烈）的读者们真是一种考验。我还记得收到明信片通知我的请求排到了队伍最前时的狂喜，虽然那明信片是我自己写上地址、贴上邮票寄来的。但我想要真正拥有一本书，不用归还。

我们的第二间公寓跟哈佛广场的距离在可步行范围内。有了工作，家里也添置了新书柜，于是我们开始沉迷于过生日或者其他纪念日。那时，哈佛书店有一个靠窗户的座位，旁边摆着袜子猴和一套被翻旧了的苏斯博士②的书，明显是为孩子们设置的。但是如果没有孩子懒洋洋地靠在那儿，我就可以拿着安妮·泰勒的新小说蜷缩在坐垫上，同时监视着巴特利先生汉堡店外的长队。当店主弗兰克·克雷默跟我们说"嗨"的时候，我们知道自己已经拥有了常客的地位。

通常看完电影后，我们会去附近的华兹华斯图书，它一直

---

① 波士顿婆罗门，波士顿传统上层社会，多为早期英国移民后裔，其典型装束包括一顶英式礼帽。

② 苏斯博士（Dr. Seuss, 1904—1991），美国著名儿童文学作家和漫画家。

营业到夜里十一点。尽管那里没有舒适的靠窗座位，甚至连一把椅子都没有，但你坐在走廊之间的地板上也不会有人来赶你。去看电影前你开始读一本小说，电影结束后可以返回来把它读完。

下雨天，我们会在国际书店里面躲雨，顺便翻翻那里的杂志。站在前台后的约翰似乎并不介意我们随意翻阅《人物》和《犁头》。当有客人来访时，我们也会约在国际书店相见。我们一边了解诗歌和名人的最新消息，一边可以透过书店的大前窗看到拜访者从布拉托街上走来。

然而，这些避风港般的独立书店都没能存活下来。架上的书丛变薄了，桌上的书堆变平了，曾经狭窄的走廊变宽了，变空了。一切来得太快。"噢，不。"我和丈夫低声叹息道。华兹华斯图书关门了。国际书店成了一家保健食品店，然后变成美国服饰专卖店。巴诺书店占了上风。这片图书越来越少的荒原里只剩下了哈佛书店还在呼喊，而为了有更多展示空间，它原来的靠窗座位也被拆除了。

很快，我们又搬家了。尽管新家周围有消防站、加油站、中餐馆、通灵人和汽水店，但没有我们最重视的公共设施；我们把自己放在了一片没有书店的陆地上。不过这种状况没有持续多久。2004年，波特广场图书开业了，离我们家只有五分钟路程。我们开了香槟庆贺，欢呼，跳舞。"现在我们有了自己的文学避难所，就再也不用长途跋涉去哈佛广场了。"我的朋友史蒂夫如此说道。这对周围居民是多美的馈赠，对本地作家是多大的恩惠啊。我们的书装饰了波特广场图书的橱窗；我们在明亮的书店里举办新书发布会，还有红酒和奶酪相伴。书店附属的餐厅是聚会的好去处，成了社区的活动中心。我们在书店走廊或者咖啡机边碰上邻居。作家们坐在柜台下的板凳上，敲着笔记本电脑，修改文章段落，分享图书封面的图片。

噢，还有员工！知识广博、风趣、聪明的他们从书店的这头冲到那头，为你找到那本你想念已久的书，或给你推荐一本不能错过的宝贝。而且，他们有时还会带你去书店后面放样书的房间里，挥一挥手，说出那几个带着魔力的字："别客气。"他们是我们的书店家人，是我们的私人图书俱乐部。卡罗尔为我们提供儿童文学上的建议；埃伦安排作家见面会，在中途休息时加入我们的谈话。我们跟约希和加里说笑，跟戴尔和两位简聊天，跟内森说八卦。我们带儿女、孙子和家里的客人来这里。晚上我们参加书店活动。几乎每个晚上都会有一位优秀的作家站在讲台后等待。我们提早到达，拿一杯咖啡，找一个座位坐下来。不久过后，我们开心地回到家里，或收获启发，或被逗笑，或受到挑战，而且通常手臂下还夹着一本新鲜出炉的、刚刚签过名的书。最近，我们自己的儿子就在这个对我们来说像家一般的地方为他的第一本书办了发布会。他还环游全国，在类似的门里，类似的书架前，给新书做宣传。

经过一个上午的孤独的写作时光，我打电话给邻居，问道："想散个步吗？""好啊。"她说。她知道我的意思是我们去书店吧。

波特广场图书是我们的花神咖啡馆和双叟咖啡馆①。我们在店外的桌边流连。我们不会带着脆饼干接近纯洁的书页。我们即兴买书，也进行预订。这里的书架、走廊、卡片架、长椅都像自己家里的东西一样熟悉。我们的电子邮箱里偶尔会有"叮"的

---

① 二者均为巴黎著名咖啡馆，曾经拥有巴黎文学和知识精英聚集地的美誉。

一声，那是来自埃伦的邮件："很久不见你来了。"内森则会写："今晚来吗？有很棒的活动。"

确实很棒。波特广场图书不仅生存了下来，而且蒸蒸日上，这本身就是一件持续给人惊喜的礼物。Kindle、亚马逊网站或全国连锁书店都不会替代这家所有员工都知道你名字的书店。我们在本地购物。我们是本地人。我们很骄傲地称自己为常客。

作者简介：

马梅芙·梅德维德 (Mameve Medwed)，著有五部小说，包括《邮件》、《寄养家庭》、《一个错误的终结》、《伊丽莎白·巴雷特·布朗宁如何拯救了我的人生》及《男人和他们的母亲》。她的散文和评论见诸多种报刊，如《纽约时报》、《波士顿环球报》、《华盛顿邮报》、《美食家》和《红书》。

温德尔和弗洛伦斯·迈纳

胡桃木棍书店

康涅狄格州，华盛顿蒂波特

温德尔的看法

尽可能去想象一下，美国最美丽小镇之一上的完美无缺的独立书店会是个什么样子。也许你会想到诺曼·罗克韦尔给《周六晚邮报》画的那种封面，上面描绘了小镇中心一个忙碌的周末。罗克韦尔先生作品的焦点会是人们来到镇上的书店找他们最爱的作家签名。而那家书店肯定就是胡桃木棍书店 (The Hickory Stick Bookshop)！

在过去的六十多年里，胡桃木棍书店一直就是康涅狄格州华盛顿蒂波特的中心和停泊之地。经历了这么久，这家书店只换过四个主人，如今的店主是让人难以置信的弗兰·基尔蒂。如有最完美的店主或卖书人，则非弗兰莫属。在这个变革迅猛的电子化时代，全美国的独立书店都在想方设法迎合有新口味的顾客。多亏弗兰·基尔蒂，胡桃木棍书店得以延续辉煌，仍能英姿勃勃地服务它的社区。

没去过这家书店的人会觉得这些赞美之词有些夸张。作为一个作家加插画家的组合，我和弗洛伦斯在全国各地无数家独立书店里办过签售活动，没有一家能比得过胡桃木棍书店。弗兰和她的一流店员尽其所能给他们的作家和插画家们进行作品推广与宣传。上帝赋予了利奇菲尔德山无数的创作人才，各种各样的作家和数不清的童书作者以及插画家。看看这里的辉煌史！在签名榜上名列前茅的名家有汤姆·布罗考、弗兰克·德莱尼、弗朗辛·杜·普莱西克斯·格雷、安·霍奇曼、安·利里、弗兰克·麦考特、达尼·夏皮罗以及露丝·斯蒂伦等，名单还很长。利奇菲尔德县外的作家到该书店签名售书的包括玛丽·希金斯·克拉克、琼·克莱格海德·乔治·布鲁斯·麦考尔、威廉·马丁以及斯图尔特·伍兹，还有很多。

本地的童书作者和插画家，比如巴里·布里特、绢子·克拉夫特、莫瑟·迈耶、玛丽琳·辛格、莱恩·史密斯、南希·塔夫里和莫·威廉姆斯等，很幸运地能够在这家书店一流的童书专柜上展出自己的作品，而且均得到了周到的服务，签名售书活动获得了极大的成功。

弗洛伦斯的观点

弗兰这样的人很少见，集专业书商和热心朋友于一身，你一到胡桃木棍书店就如同回到了家，而且有一定要常回来看看的感觉。她和那些知识渊博、热情好客的店员们会帮你找到你想要的书，要是暂时没货的话，他们会马上帮你预订，而且会向你推荐你可能会感兴趣的同类图书。

在我们的社区，她名声极佳，广受尊重；我和温德尔记不清她曾经有多少次慷慨解囊（通常和她先生迈克尔·基尔蒂一起），在不同的场合提供签名用书，这些场合包括学校、图书馆和美术馆等等。她主要是经营图书，不过我们知道一周七天都能在店里找到卡片和礼品什么的，这也是额外的福利。每逢节假日，胡桃木棍书店忙得不可开交。每年12月，华盛顿镇会在某一晚上搞一个"镇节"。像节日一样，所有的商店彻夜营业，人们可以为即将到来的圣诞节假期购物，同时还可以会友。那个夜晚，胡桃木棍书店会充分展示它的热情服务，迈克尔会免费给大家提供吃的喝的，还有音乐伺候。这和家庭聚会别无二致，而书店成了华盛顿镇大家庭不可或缺的重要组成部分。

于我而言，来到胡桃木棍书店就像人们常说的小孩逛糖果店。不能想象，要是城里没有书店该怎么办。我和温德尔真走运，离开大都市纽约之后，发现自己住的小镇不仅风光旖旎，而且还有另外一个美妙的家相伴，胡桃木棍书店就是这个独特的家，它是所有独立书店的完美典范。

我们对未来的展望

常听人们用"红砖白灰"来描述书店，似乎它们就是历史的垃圾场。如今上网这么方便，有谁还会需要旧时的书店呢？在"速度飞快的数字化交际"时代，我们的文化越是被割裂，我们便越是感到个人化的东西在丧失，人类交往在日益减少。许多人都开始意识到，假如没有了像胡桃木棍书店这样的去处，我们的损失会有多么巨大。移动阅读器成了现代生活的一个现实，它们肯定有自己的一席之地。

然而我们深信，在未来的日子里，那些触手可及的东西，有着美丽的图画、装帧、颜色和双面文字的真真正正的图书，还会与我们同在。像胡桃木棍书店这样的实体书店，是我们寻找美的地方，这里有聪慧、友好的店员，更有各种各样充满魅力的图书。"红砖白灰"式的实体书店依然是我们生命中不可或缺的有机部分，它们的存在使我们的生活更加美好。不能想象，没有了我们钟爱的胡桃木棍书店，世界将会怎样。

作者简介：

温德尔·迈纳 (Wendell Minor)，插画家，已为五十多本获奖儿童图画书创作插图，包括夏洛特·佐洛托的《海边之书》；另为多部野外题材作品创作插图，最新一部是与纽伯瑞奖得主琼·克雷格海德·乔治合作出版的《老鹰们归来》；其他插图作品还有布兹·奥尔德林所著《纽约时报》畅销书《奔月之旅》及玛丽·希金斯·克拉克所著《鬼船》等。

弗洛伦斯·迈纳 (Florence Minor)，原美国广播公司电影编辑，合编《温德尔·迈纳：写作世界的艺术》。目前她与丈夫温德尔合作创作图画书，其中《假如你是一只企鹅》被选为2009年度"每个小孩一本书"项目宾州入选作品。他们合作的第三部作品《假如你是一只大熊猫》于2013年出版。

温德尔和弗洛伦斯致力于儿童作品创作，旨在娱乐、教育和激发儿童的灵感。他们现居康涅狄格州，养有两只猫，苏菲和辛达，欢迎访问他们的个人主页www.minorart.com或脸书的"Minor Art"书迷页。

巴里·莫泽尔

利莫里亚书店

密西西比州, 杰克逊

> 假如我的孩子们长大成为这样的人, 认为装修房屋主
> 要是要做足够多的书架, 我将心满意足。
>
> ——安娜·昆德兰

几年前, 我在起草一份演讲稿时, 很想引用电影《霹雳上校》中的"公牛"上校米查姆讲的一句名言。之前我没有读过派特·康罗伊的原著, 但想从书里找到引用的话, 而不仅仅是电影里的台词。我明白自己生活在全国最具书卷气的地区, 此处有史密斯学院、阿默斯特学院、汉普郡学院、曼荷莲学院以及马萨诸塞大学的主校区, 彼此相距均不超过十英里。可是当我试图找到一本康罗伊的书, 却费了半天事仍一无所获。我问遍了山谷地区所有的书店, 无论新旧, 无论是超级连锁书店或者是独立书店, 全都缺货。于是我决定打电话给约翰·埃文斯, 他拥有全美国最好的书店之一, 位于密西西比州杰克逊市的利莫里亚书

店 (Lemuria)，以专门经营南方作家以及所有南部风情的作品闻名。我打电话问约翰尼有没有一本这样的书。他的反应如何？

"是的，巴里，我当然有。你是要平装版、精装版、还是有作者签名的第一版？"这样的答复你别想从那些超级书城或者集装箱式的连锁店得到，也别想从亚马逊那样的网上书店获得。这种模式的服务也只能从独立书店享受到。

我和约翰尼相识很久了。1983年，我们在得州达拉斯举行的全美书商协会的派对上认识对方，那一年我的新版《爱丽丝漫游奇境记》图画书刚出版。他拿着一张海报请我帮他的女儿萨拉梅尔签个名。我为许多人签过名，但从来没见过这个名字，于是我就签了个"献给萨拉梅尔"。然后约翰尼离开去了离他最近的一个吧台，而我也去了属于自己的吧台。

过了两年，美国书商协会在旧金山搞活动，约翰尼和我又碰面了，这次是在市政厅门前的大理石台阶上。当时宏大的派对正在进行中，爵士乐放得震天响。达拉斯一别后，我们没有再联系过，当我问起他的萨拉梅尔，约翰尼很惊讶，为过了两年我还记得这个名字感到佩服。我们聊了一会儿，在震耳欲聋的爵士乐声中，我告诉他，我刚看完他邻居的一部作品，且认为那是我看过的最有影响力的作品之一。

"是哪一本书？"他问。

"尤多拉·韦尔蒂的《一个作家的开端》。"我答道。

"啊！"约翰尼激动地道，"她是你的铁杆粉丝！"

我往自己身后看了一眼，以为他在跟别人说话呢，然后才确认除我之外他没和其他人在讲话。"什么？你在开玩笑吧？"

"没有。"他说，"她喜欢你的《哈克贝利·费恩》。我正准备让你们俩见面呢。一块做个项目什么的。"

大约一年之后我飞到了密西西比州的杰克逊。他没有食言，安排我们见了面。那天下午，阳光灿烂，韦尔蒂小姐把我们请到她的家里，热情得不得了。宾主相谈甚欢，我们把本来带给她做礼物的那瓶波本威士忌喝得差不多了。我们还初步谈妥了一个合作计划，也就是后来由薄荷出版社于1987年出版的《强盗新郎》。

从此以后，每当我有新书要推广，利莫里亚书店就一定会列入我的行程之中，除非我的出版社不给我资助出差费用。不过即使如此，我也要造访利莫里亚，而且是最后一站。还要告诉你，约翰尼·埃文斯会收藏高品质的波本威士忌，和我一样。事实上，我相当肯定，我们在一起喝上几杯是件多么惬意的事，因此每次巡回宣传我一定把最后一站定在杰克逊市，这样喝美了之后只用舒舒服服地回家便是。没有人愿意一边推销书一边努力从两天的宿醉中恢复过来。

约翰尼与他的太太梅尔和我成了朋友，很好的朋友。我目睹了小萨拉梅尔出落成了一个颇有艺术天赋、美丽的年轻女子，目睹了她的弟弟奥斯汀长成了一个身材魁梧的小伙子，现在他和生意伙伴理德·帕特里克一道在密西西比州的格律克斯塔特生产很棒的(合法的)"猫头"牌伏特加。那让他老爸颇为自豪。我也一样。

约翰还把我介绍给了威利·莫里斯，我想那是在1994年。那次介绍促成了另外一项合作。那时候约翰尼在做北杰克逊少年棒球队的教练，年轻的奥斯汀·埃文斯也在队中。约翰尼一直在追着威利请他为少年棒球联赛的开幕式写个祷文，但是威利迟迟未动笔。我很肯定那不是因为威利要遵守联邦法律，不可以在公共比赛中加入宗教的东西。我想很可能是因为那是约翰尼执教该少年队的最后一个赛季。不管怎样说，威利最后还是写了。约翰尼很高兴，请我为他朗诵。我也喜欢这个祷文，把它给我的业务伙伴杰夫·德怀尔看，他当即认为它是写给孩子们的一本好书……或者说，是写给少年队员的父母或祖父母们的好书。我们把这个主意告诉了哈科特·布雷斯出版社的鲁本·普费弗，他购下了这个项目（鲁本自己也是一位少年队教练）。

我开始着手设计《少年棒球队联盟开赛祷文》并开始绘画。为了画得准确和恰当，当然，我得飞去杰克逊市观看训练和比赛，给运动场、设备、队员、祖父母们、教练、裁判员以及莫里斯先生本人拍照。当书编得差不多了，某些图画也基本完成，但还差四页才能成为一本三十二页的图画书——尽管我已经竭尽所能额外加入了不少功能性页面。于是我就给威利打电话，问他是否可以多写一些祷文填充，他欣然应允。他问我有没有什么具体的想法。我说了些这样的话："是啊。威利，你知道，我小时候曾试着学打棒球。但是我不知道我需要戴着眼镜才能看清，因此从来没有一次掷球到位。一次都没有。我也许是棒球史上唯一一个得零分的家伙。"威利觉得这简直太好玩儿了，于是乎欣然提笔，增加了下面的祷文：

　　　那些小小的棒球手，有的从未击中过目标，有的一次又一次三振出局，从而一天又一天坐在冷板凳上忍受煎熬、度日如年。请安慰他们，因为他们的机会总会来到。

当这本书出版时，哈科特·布雷斯出版社派我和威利去推销。我们走遍了整个美国南部，从杰克逊到教堂山，从亚特兰大到新奥尔良，从孟菲斯到布莱斯维尔。我们在教堂山外边的三角研究区搞了个现场广播。威利·莫里斯先生可不会错过这么个好机会，在观众面前讲起了莫泽尔的滑稽故事，那个近视眼小孩如何在打棒球时得了零分。

《少年棒球队联盟开赛祷文》的献词中写道：

> 致我们的朋友约翰·埃文斯：要么是一位热爱棒球的文人，要么是一位热爱文学的棒球手，或兼而有之。
>
> ——W. M & B. M.

我可以继续讲述这样的故事，至少在我记忆中还有很多。只是怕我的读者耐心有限，所以最后再多讲一个吧。

1995至1999年间，我在致力于创作碰巧是二十世纪唯一的一本《钦定本圣经》的图画书。在图书世界的某些特定圈子里，尤其是限量版图书圈里，这是很有轰动效应的事件。维京工作室买下版权出版了精装本，与此同时薄荷出版社的版本也投入市场。1999年秋天，维京派我在全美进行巡回宣传，我相信我肯定走过了有二十个城市。一如既往地，我要求将最后一站放在利莫里亚书店，时间是12月初。

然后事情就这样发生了。

当我去书店签名售书时，约翰尼给我派了一位可爱的女士，在她的帮助下，我签了一箱又一箱那些厚厚的图书。当时我还没顾得上问她的芳名，但那并未减少我与她调情的兴致。尽管有些矜持，她还是回应了我的关注，不过带着些刁蛮和自以为是。她是第一位和我一起签名时能够跟上趟的人。作为作家，我签名可是非常非常快。当我向她提到这一点时，她盯着我的眼睛，柳眉一扬，说道："你还不算快，约翰·格里森姆比你快多了。"我赶紧闭嘴，加快速度。不过我还是问了她的芳名，她叫艾米丽。

几周之后，约翰尼给我打电话做了个采访，来给书店发新闻稿。他叫艾米丽在一旁听着，记笔记，然后整理出来。我请她写好后发给我，以便再重新思考一下我的回答。

她发给我了。

故事讲到这里变得又长又复杂，不过压缩后的版本是六个月之后，我和艾米丽有了长达两千多页的邮件往来。有的邮件几行，有的长达几页。我们还是老生常谈地坠入了爱河。有一次我不得不向她承认，我还不晓得她的姓是什么，不管如何知道这一点还是很重要的。"克劳。"她说，"艾米丽·克劳。"

第二年，即2001年1月，我把她从她亲爱的约翰尼身旁，从她热爱的利莫里亚书店里，以及热爱的南方，带回了"北方佬的王国"，这是威利·莫里斯对美国东北的称谓。两年之后，我们喜结连理。在夏至那天，距赤道十七点五度处，日落时分，婚礼在英属西印度群岛的安提瓜岛上举行。如今我们身处马萨诸塞州西部的一所大房子里，房内书盈四壁，有獒犬和神经质的猫咪相陪，幸福满满的北方生活。

您瞧瞧，利莫里亚怎能不是我的书店？

作者简介：

巴里·莫泽尔 (Barry Moser)，屡次获奖的插画家、设计师，为近三百本儿童和成人图书设计和绘制插画。他创作了二十世纪唯一一本《钦定版圣经》的木刻画版本，为人广泛称道。他获得了史密斯学院的"印刷者"荣誉称号，是该校"埃尔文和波林·埃尔伯·格拉斯"艺术教授。其作品见于华盛顿特区国家美术馆、纽约大都会博物馆、伦敦维多利亚和阿尔伯特博物馆等数十座图书馆和收藏馆。他现居西马萨诸塞。

霍华德·弗兰克·莫舍

银河书店

佛蒙特州,哈德威克

　　五年之前,我开着我那辆快散架的老爷车,已经行驶了二十八万英里的 1987 年产雪佛兰,从我的家乡佛蒙特州的"东北王国"启程,雄心勃勃或者有些头脑发热地,进行了一段跨越美国一百个城市的图书之旅。历时三个月,行程两万英里,我走访了近两百家独立书店。刚到家,就有本地报纸记者打电话过来,问我一个问题。他说,在我完成跨海岸线和跨州的旅行之后,能否选择一个最钟爱的书商,最喜爱的书店,最热爱的城市或乡镇?

　　"当然。"我说,"我长期不变的个人书商是琳达·拉姆斯德尔。其他答案分别是琳达的银河书店 (Galaxy Bookshop),佛蒙特州哈德威克市,'东北王国'的南大门,因为此处是银河书店的所在地。"

　　等一下。您可能会想知道,"东北王国"在世界的哪个方位?何以得此称呼?人们通常简称为"王国"的地方包括佛蒙特州东北部最漂亮的三个县，分别是埃塞克斯、奥尔良和喀里多尼亚。这个称呼是在1950年代由该州州长，后来成为参议员的乔治·艾肯取的，一次他在佛蒙特与加拿大边界处的一个野外小池塘钓鱼时，有感而发。王国主要由冰川湖点缀而成，风光旖旎，其间冰河中有鳟鱼欢快地游过，不远处是连绵的山脉，参天大树构成的山丘间，是一望无垠的牧场和乡间民居。与此同时，有时候被人们称为佛蒙特"最后的佳地"的东北王国也是阿巴拉契亚山脉北部经济最欠发达的地区。这里冬天漫长，薪酬可观的工作少之又少，学校资金极其匮乏，还有着新英格兰地区最高的农村贫困率。

至于哈德威克，正如王国诗人、剧作家兼小说家戴维·巴德比尔所说的那样，"哈德威克很顽强，总是很顽强。一百年前它是巨型花岗岩工业的中心，被人们称为'小芝加哥'，而今天它成为一无所有的中心，但依然顽强"。

让我们近距离看看它。东北王国因为广袤空旷，曾被梅尔维尔在他的小说《白鲸》里描述为稀有的"真正之地"。这里，尤其是哈德威克，也许是地球上最不可能成为一个闻名全美的书商进驻的地方。但琳达却选择了此地，开了一家虽小却独具一格的书店，你也许会说她最多能坚持六个月就不错了。

然而，正如琳达有一次对我所讲，"哈德威克与书店并不矛盾"。一语中的。的确，怎能想象，在光天之下，在亚马逊网站和规模庞大的连锁店横行、文学类读者日渐式微的时代，银河书店在这样的旷野之地能够存活二十余年，而直到今天，这里看起来都不似一个静谧的新英格兰乡村，而更似一个忙碌的西部牛仔城？

一切归功于名叫琳达·拉姆斯德尔的来自东北王国的女

士，她富有远见，充满魅力，真诚幽默，热情好客，不愧为世界一流的藏书家和书商。

假如有人让我用一个词描述一下琳达对银河书店的个人愿景，我的选择是"连通"。佛蒙特人从一开始就思想独立，尤其是东北王国的佛蒙特人。不过，思想如此独立的"青山州"①公民，也许出于自身需要，与赖以生存的大自然，耕作的土地，开辟的山林，还有生活和工作的社区建立了密切连通的关系。他们与佛蒙特州独特而悠久的历史相连通，有着具有地方特色的草根民主。更重要的是，他们与自己朝夕相伴的家人和邻居相连通。琳达·拉姆斯德尔和她的银河书店代表着这个传统。

首先，琳达是个土生土长的佛蒙特人，在东北王国出生并长大。她就读于哈德威克以北十几英里的克拉弗斯巴利高中，毕业后考上了布朗大学。1988年，大学毕业一年后，琳达回到了东北王国，并在哈德威克的一间旧消防站里开起了一家书店。这里并不像托马斯·沃尔夫所描述的位于阿巴拉契亚山另一端的大烟山，而是一个更适合"常回家看看"的家园之地。

"我没有别的事可干。"琳达说道，"没怎么去想就开了。"那就是佛蒙特人的风格，听从内心的呼唤，干售书的行当完全源于她一种发自内心深处的爱。难怪王国的原居民都出于同一原因回到了他们贫瘠的花岗岩山区。琳达热衷于滑雪、徒步、骑马和骑自行车等运动，住在建于1830年的旧农舍里，可以俯瞰能与美国任何一处乡间风景媲美的一片原野，那些来自纽约、波士顿的游客愿意花上一年的积蓄住上几天。在王国里，美景塑造个

---

① "佛蒙特"（Vermont）一词很可能源自法语"Les Verts Monts"，即"青山"之意。该州境内有青山山脉（Green Mountains）绵延。

性。至少对我来说,很难想象琳达不住这里还能住在哪儿。

在很多方面,银河书店不仅是琳达与王国相连通的反映,也是一个很好的引申。1988年以来,书店搬了三个地方,其中一个店址原来是一家银行,当时书店显得十分独特,是整个美国唯一一家通过免下车购物窗口卖书的书店,而现在的地方原来是一家杂货店。事实上,银河书店仍然给人一种乡下小店的感觉,只不过每个月王国的居民和访客均会围坐在琳达已经放上她最喜欢的图书的"桌子"旁,而不用围着一个大肚子火炉而坐。

银河书店所在的东北王国和佛蒙特地区是本地文学和信息的宝藏。你可以找到罗伯特·弗罗斯特以王国为背景所作的诗的全集(弗罗斯特当年喜欢在威洛比湖上泛舟,该湖被称为"佛蒙特的卢塞恩湖"),还有戈尔韦·金内尔以及利兰·金西的诗集;可以浏览到爱德华·霍格兰所著的有关本地乡间集会、铁路以及旧时樵夫的散文集;还可以淘到加勒特·科泽尔撰写的有关他自己在王国教书的回忆录;或者为小孩买一些王国本地获奖作家娜塔莉·金西-沃诺克创作的面向儿童或青少年的小说,该作家就在附近的七代人农场长大。

多年来,琳达邀请了众多本地或在全国广受欢迎的作家来到书店,办了很多场我参加过的最好也是最包罗万象的朗读会。来自东北王国的农民、教师、商人、伐木工人、大中学生、当季游客以及退休人士相聚此地,我和他们一道有幸遇到许多著名作家并听他们朗读,比如华莱士·斯特格纳、霍华德·诺曼、理查德·拉索、乔迪·皮考特、克里斯·博亚利安、杰弗里·伦特和任碧莲等。

琳达售书理念的核心是她对宪法赋予我们每个公民自由阅

读的权利的坚定信仰。她是新英格兰独立书店协会前任主席，也是全美书商协会理事，曾和其他图书管理员与书商一道向佛蒙特州议会代表团请愿，要求立法当局废除令人讨厌的《美国爱国者法》(名字也叫人讨厌) 第215条，该条款要求书商和图书管理员上交他们的图书购买与借阅记录给联邦特工人员。2002年在华盛顿特区举行的一次记者招待会上，琳达和当时的一位众议员 (现为参议员) 伯尼·桑德斯一道代表所有的读者、作家和书商发表宣言："我们赞美思想自由，它给我们带来的是精彩纷呈的不同观点。我们会敞开大门欢迎所有的顾客，同时赞美随心所欲地阅读、不受来自政府介入的威胁的自由。"

回到王国的故乡，琳达和她的长期合作伙伴、知识渊博的书店同事桑迪·斯科特一道，建立起书店与当地的连接，共同主办图书活动，或者向本地的学校、图书馆、教堂以及非营利性艺术和社会服务组织捐赠图书，比如东北王国学习服务中心、哈德威克地区食品室、幼儿智力开发项目以及AWARE (受虐待与强奸妇女紧急援助) 组织等。

情况就是如此。那么我自己那趟横跨一百个城市、走访二百家书店的长途之旅呢？它与这个被王国居民誉为"银河系最伟大的独立书店"的地方有何关系？旅途即将结束的最后一日，我起得很早。驾车驶过哈德威克，重返"王国"，目光扫过主街，我一眼就又看到了银河书店那个色彩斑斓、风格独特的标志，几个月之前，我在它的下面身穿夹克衫的那张照片成了我最新作品的封面。

不知道我是否曾有过真正的顿悟。但忽然之间，带着几乎是超验的清醒和力量，我意识到，我到家了。不仅仅是位于佛蒙特州和东北王国的家，更是我二十五年来创作过程中最真实的家。

致琳达·拉姆斯德尔，我亲爱的朋友和邻居，常春藤大学毕业生，彻头彻尾的王国原居民，卓越的书商，您的银河书店是东北王国内外所有读者心灵的归宿和家乡，在此我谨代表来自所有地方的爱书之人，深表谢意。

作者简介：

霍华德·弗兰克·莫舍 (Howard Frank Mosher)，著有十部长篇小说和两部回忆录，作品曾获新英格兰图书奖等。他成年后一直居住在佛蒙特州的东北王国。

亚瑟·纳瑟希安

圣马可书店

纽约州,纽约

　　格林威治村有着伟大的独立书店传统,早在1920年代,地处克里斯托弗大街的弗兰克·谢伊书店就曾邀请名气不同的作家在书店的前门上签上名字(包括西奥多·德莱塞和舍伍德·安德森)。还有富有传奇色彩的第八街书店,在麦克道格街附近,店主人是韦伦茨兄弟,最终关张,据说是因为不允许他们的员工加入工会。

　　他们经营了三十二年之久,于是乎圣马可书店 (St. Mark's Bookshop) 被官方认为是格林威治村最老的独立书店,足足有三十五年历史。苏豪区的春天大街书店和西村的马洛夫书店早已闭门停业,成为明日黄花的书店典范。春天大街书店倒闭的同时,它所在的曾经的艺术家乐园也曲终人散,大部分艺术家早已踪影不见。当西村的马洛夫书店被改造成了酒吧,其周边的景象,唉,也完全认不出来了。这些只是多年来云集于此的无数书店中的几个。莫把它们和眼下的许多图书代理商混为一谈,比如臭名昭著的"书排"中的那些。在鼎盛时期，从第四大道经第八大道一直延伸到第十四大道，极目望去，旧书店一个挨一个，现如今差不多都被合并到牛气冲天的斯特兰德了。

新书店有时在旧书店之上重新崛起。罗杰·杰斯卡和查尔斯·达德利在第八街书店起步，在1977年加盟圣马可书店。事实上，罗伯特·孔唐和特里·麦考伊是圣马可书店的主人，曾在以前的东侧书店干过并相识，该书店曾经营了十来年。当他们在圣马可大街13号开设第一间圣马可书店的时候——现在他们已经搬了三个地方了——周边仍然是闹哄哄的，而且，按照现在的标准，属于脏兮兮的廉价地段。

不管他们是否意识到，当时书店开张的地段正好，又恰逢其时，正值东村日益成为曼哈顿下城的新艺术中心。那片区域相对拥挤而又被优雅人士所不齿，因此当时的地价相当便宜，没承想在后来的三十年里，逐渐变成繁华之地，到处建起了生意火爆的电影院、剧院和文学活动中心，当然还有视觉和表演艺术的勃兴。尽管此地也不乏犯罪活动，并且藏污纳垢，但你依然会觉得机会多多，前途光明一片。那个时候，笔记本电脑和网吧还没出世，圣马可书店就是个互联网。假如你想了解某个作家或艺术家或任何人物，来书店即可。你想找任何图书或期刊，这里应有尽有。在当今时代，实体书店日渐式微，前途未卜，这间书店正好可以弥补任何互联网所缺失的东西。靠谷歌去搜某个人或者购买什么作品，你根本不可能有机会碰到另一位作家或编辑，或者了解到某些新的期刊或者论集，然后商量一下预订事宜。圣马可书店仿佛一个十字路口，专为不经意或无计划的人而设，在此你可以偶遇年长的作家，经常会明白他们的作品为什么会那么优秀。

对菜鸟作家和诗人而言，书店里的委托专柜会给他们提供一个展示自己作品和赢得受众的机会。同样，本地的文学期刊编辑，比如《下东区国家诗歌杂志》《无题》《C和D之间》《口袋下东区》以及其他许多刊物的编辑们，会满怀热情地捧出新鲜出炉的刊物，有机会和那些知名期刊的大人物交流。这些刊物的现代同行们现在都靠网络工作，不过公平地讲，要是人都见不着，你如何让他们注意你编辑的东西呢，他们来到书店是要看得见摸得着的实物的。圣马可书店是付诸行动的英才管理书店，逛书店的人可以拿起一本不了解的小说，读上几页，被吸引，然后成为终生的拥趸。

尽管我一直欣赏连锁书店，但每次当我致电问询其小众出版社图书采购员时，他们老是给我通常是在另外一个州的公司总部的分机号码。

回到1980年代晚期，当我出版处女作小说时，找了一位经纪人，他帮我把书稿寄出去了一年之久，转了一大圈，最终还是被退了回来。几年折腾之后，我索性决定自己出版，写的东西有用没用出了再说。在每一家大牌出版社都吃了闭门羹后，我真的不再指望能卖出多少。

苏珊·威尔玛斯是那个时候圣马可书店的采购员之一，她接受了我的书，而且还将它和那些大牌出版社的书一起放在前台的书架上。在接下来的几周里，每次我从那儿经过停留，她都会向我再要几本书。最终我这本书重印了三次，我还收到了一家刚刚开业的名叫阿卡思克的独立出版社的邀请。该出版社的编辑问我能否把我的小说作为他们出版社处女作出版。后来一家大的出版社得到了版权，然后卖出了十二万册；这本书还被译成十几种其他语言出版。如今我的第十本小说就要出版了，要不是当初圣马可书店伸出援手,这简直不敢想象。

这个故事听起来很棒,是关于一家书店如何给一个作家提供机会,可是更真实的画面是,每天这家书店都在给人们提供上百万的各种机会。名不见经传的作家们变得家喻户晓,刚开始在无名的小型文学期刊或小众出版社发表或出版作品,后来逐渐被大出版社相中。多年来,圣马可书店不仅仅是一家书店,这里也是成名作家发现市场、菜鸟作家找到机会的中心区域。很难想象,聚焦于专门网站的互联网如何能够给文学的未来提供如此不拘一格的服务。

作者简介:

亚瑟·纳瑟希安 (Arthur Nersesian) 在纽约出生并长大,他的第十本小说《格拉蒂丝探案》于2013年秋由诗歌合唱出版社出版。

凯特·奈尔斯

玛利亚书店

科罗拉多州，杜兰戈

玛利亚书店 (Maria's Bookshop) 里，书架之上那些高高的墙上挂着旧式雪鞋做装饰，还有纳瓦霍人的挂毯和当地艺术家们的作品。书店充满美国西南部的气息，因为这里的高山和大漠是我们的缪斯，在书国里该有它们的一席之地。

我读到过有关独立书店的丧钟之说，但是我想在此地没有可能。生活在科罗拉多西部坡地的一个感觉是，这里不会受到其他地方趋势的影响，亚马逊网站巨大的 Kindle 魔爪不会对这里造成任何杀伤。这种感觉当然有些神话的意味；我和玛利亚书店的图书采购员是好友，知道她会和其他书商在墙上看到一样的手写告示。但是，假如丹佛的破烂封面书店由多家分店缩减成一家店（规模变小了！真丢人），玛利亚书店依然兴隆如初。

我第一本小说的朗读会在这家书店举行，有四十多人到场。当其中一位店员告诉我那是她见过的人数最多的一次朗读会时,我作为作家的自信陡增,从此这家书店开始扶持我的成长。假如没有人买我的书,玛利亚书店的某位店员就会自掏腰包买上一两本。我从中的收益很小,不过涓涓细流也不错。还行吧,加油!

有一次我梦见弗吉尼亚·伍尔夫递给我用牛皮纸包起来的六本书,她对我说:"这些是你的了。"迄今我已经写完六本书中的三本。年届五十的我,中年转行搞写作,意味着半路出家,笔耕生涯才刚刚开始,我不得不靠梦想而生活。我也得相信玛利亚店员的鼓励,他们看中我成为作家的潜质。在一位名家读完作品后,有店员悄悄跟我耳语:"问那个问题的是你吧?"我想,她干吗不做个心理咨询师呢?我们相视一笑,而我感觉受到了尊重,即使我一直以来总在艳羡他人的作品。

还有一次宾朋满座,那是纪念爱德华·艾比的朗读会,是由一家我为它写过稿、不过现在停刊了的杂志赞助的。我和一大群伙计都在场,有来自特来瑞德的绿党县委员会委员、采蘑菇的大牛诗人阿特·谷德泰姆斯,还有B. 弗兰克、M.迈克尔·费伊、肯·赖特、戴夫·菲拉等。大家都是喜好饮酒、写作和户外探险之人。我很爱他们对这片土地的敬重。我喜爱阿特那游吟诗人的风格,也喜爱戴夫那些滑稽的诗篇。不过我很难与他们合拍。这就是我为何在那儿,朗读我选的那篇小散文,从头至尾一千二百字,堪称完美的创作,仿佛浑然天成,叙述着"仙人掌艾德"二十多年的单身生活,叙述他在二十世纪中期远离女人和家庭、游吟于旷野的雄性生涯。我可能出了些错,不过在倾情朗读的当儿,我仿佛看到那些雪鞋在冲我点头,表示赞同。

另外一次朗读会。倾听卡尔·马兰蒂斯读他的《马特洪峰》。看那个阵势。那些被深深触动的老人们,全都是越战老兵。^①人群中我看到了一位同行，还有其他几位老兄，当他们看到约翰·麦凯恩带着绝望来此地搞宣传时十分恼火。他们会参加每一次的纪念活动，总是带着冲天怒火，痛恨那些给他们带来创伤的人和事，希望这些苦痛不要再在其他人身上发生。卡尔·马兰蒂斯也读，也讲，讲述写作的过程，以及他的家人如何取笑他这本"写不完的书"^②永难见光明之日。我骨子中的作家欣赏那个。

不久之前，我完成了中年转行，不教书了，白天干起了心理咨询。在一次求职的面试中，有位面试官问道，我中途放弃原来生涯所得，这么晚屈尊改变营生是否合适。我很职业地回答了他的问题，但后来我意识到，没有哪种改行，没有哪个更低级的工作，能比改行当作家更富有挑战性，尤其是在牛气一些的出版社越来越不靠谱的年代。我算幸运的，能在许多出版社出过书。这点我明白。我也得过一两个大奖，并拥有不太多但相当忠诚的拥趸。我怀疑我永远也不会存有预付书款，因为我马上会把它花在图书宣传上。我要是能做到这点我会哭出声。所有那些美丽的梦想！那个一蹴而就的虚假神话！

我总会让自己停下来。我看起来如此顾影自怜。愚蠢。雪鞋不会认同我这样的做法，因为它们是那么真诚，从不自我放纵。可是当另外一位比我先出书的获奖作家来到"四角区"^③的另一家作为社区灯塔的实体书店参加我的朗读会时，

---

① 卡尔·马兰蒂斯（Karl Marlantes, 1944—　）的《马特洪峰》（*Matterhorn*）是一部越战题材小说，作者本人也曾参加过越战。
② 马兰蒂斯在这部作品上花了三十年时间。
③ 四角区（Four Corners）位于美国西南方，指以科罗拉多高原为中心的四州边界交接处以及周边的地区。这四州分别是犹他州、科罗拉多州、新墨西哥州和亚利桑那州。

我问她最近怎么样。她撇了撇嘴说："我还在等纽约的消息呢。有六部小说待出版。我刚刚炒掉我的经纪人，因为她要我写垃圾东西。除非你叫乔纳森[①]或者是布鲁克林人[②]，否则免谈。"

阿门，那晚在"四角区"的姐妹。阿门。正如我们不理解布鲁克林，布鲁克林也不会理解书店里为何会有雪鞋——那些悬挂在杜兰戈的书店里、象征地方传统的东西。

我想玛利亚书店的那些雪鞋是最幸运的吉祥物。它们样式陈旧，曾被穿在1890年的那些矿工的脚上，或者1910年的邮差的脚上，或者骡马皮革匠的脚上。它们那古怪的样子背后有许多自己的故事。它们在玛利亚书店也经年累月听到了无数他人的故事。它们见证了不知多少作家、读者、提问者以及喜爱松垮、破旧的平装书的人，还有那些在柜台后面帮你预留图书的店员们。

意义就在这里，不是吗？独立书店是我们老百姓依恋的东西。在这里，人们手里拿着杂志进来，浑然不觉。在这里，退伍老兵、时髦的大学生、体育迷和伤心的作家们混在同一个屋檐下，无忧无虑地交换观点。天哪。我们的国家变成了什么样？这里剩下了什么？亚马逊书店的Kindle触角在这里完全不见了。

玛利亚书店晚上一直开到九点钟。在这里，这个点已经算晚了。假如在一个普通的周三夜晚，沿着杜兰戈的大街溜达，你

---

① 有不少当代美国作家以乔纳森为名，知名的有乔纳森·弗兰岑和乔纳森·莱瑟姆等。
② 布鲁克林作为美国文学重镇，孕育了亨利·米勒、艾萨克·阿西莫夫、弗朗辛·普罗斯等众多作家，同时也有乔纳森·弗兰岑、保罗·奥斯特等当代作家生活于此。

会听到饭馆里依稀传出来的笑声，也许那是来自艾尔牧场酒吧的喧闹，或者呼啸而过的汽车声。没别的了。华灯闪烁间，让你驻足的是，在第九和第十街区之间的那家书店，那个依然喧闹的柜台。

作者简介：

凯特·奈尔斯 (Kate Niles)，著有获奖小说《编篮子的人》。她的第二本小说《约翰之书》出版于2010年，还出过诗集《心脏地理》，作品体裁多样。2004年获得《前言图书评论》年度小说奖，是科罗拉多个人艺术家委员会委员。2004年获得高山平原书商奖。曾为考古学家和教师，现在从事社会工作，并以此为生。她和家人现居科罗拉多州杜兰戈市。

安·帕克

卡皮托拉图书咖啡店

加利福尼亚州,卡皮托拉

卡皮托拉图书咖啡店 (The Capitola Book Café) 窝在一个没什么诱人之处的购物中心的角落里,很难找到,除非你事先知道它隔壁是个比萨饼店,边上还有一家缝纫机修理铺。它是北加州最棒的独立书店之一,不过更值得一提的是,所有作家在推销他们的作品时必定把它列入行程之内。我可知道,因为我每出一本书,该书店都接待过我。

第一次造访这家书店,我就有很棒的感觉。

那是在1994年,我在宣传我的短篇小说集《门多西诺及其他故事》。那是我在艾奥瓦作家工作坊读完艺术硕士的六年之后,也是我离开威斯康星大学的一个研究职位四年之后的事了,看来我脱离大学圈子已有相当一段时间了。作为作家,我第一次在书店露脸就感觉好像又回到了大学。

我得解释一下。在大学里的朗读会上,一位名作家,甚至不太有名的作家,都要朗读好大一会儿,你得选取一部长篇里的一大段，或者整个短篇来当众朗读。那是项文学活动。在书店里，作者只消读上一二十分钟，然后开始签名。这是项推销活动。遗憾的是，我还没来得及认真思考一下作家和作者的区别，就平生第一次踏入了卡皮托拉图书咖啡店。我朗读了整个短篇，至少花了二十五分钟的时间。我一读完，大家都迫不及待要夺门而出，记忆中好像就是这个样子，生平头一遭经历。无论如何，很明显我花的时间过长了。(若干年后，一位作者陪同人——直到第二次搞图书巡回宣传我才知道有这么个角色的存在，每当我来去匆匆地到达一处陌生的地方，会有个家伙开着一辆洗得干干净净的车来接我，把我从广播电台送到书店，再到宾馆——这位专职陪同告诉我在书店表演的秘诀：二十分钟正好，三十分钟是推销，四十分钟就是绑架了。)

　　不过，卡皮托拉图书咖啡店的优秀员工们还是邀请我回去。一次又一次。我写出的书畅销时，他们请我；不太畅销时，他们也请我。在书店的后面专门有个录音棚，他们会把对我的采访进行录音，然后在当地广播电台播放。每次他们都会预先设计好一个系列的图书推广活动，在正式朗读和签名售书之前会安排一次快乐的圆桌讨论，和那些热情的读者面对面交流。当我的小说出版平装本时，我在附近的一家书店作了短暂停留，而卡皮托拉图书咖啡店的一位员工到了现场做观众，因为一年之前我推出精装本时她错过了活动。换言之，他们是优秀的热情的人。

　　还有书店！这家书店大到那些角落和走道会让你迷路，却又小到让你感觉温暖如家。小说的选择凸显出店员的品位，他们重视新作，不弃旧作，能引导顾客领略作者的全貌，使他们意识到曾经被忽略的前期作品。然后是咖啡馆，不管怎样讲，这毕竟是卡皮托拉图书咖啡店，客人在翻阅一本还未决定是否购买的书的同时，也可以啜饮咖啡或品尝糕点。此处的感觉就和在其他零售老店一样舒适自在。它离我居住的地方至少得个把小时的路程，但它仍是让我有家的感觉的书店之一，我对爱书的店员和店主人深怀感激之情。

作者简介：

安·帕克 (Ann Packer)，著有《无言之歌》、《跃下克劳森码头》及《门多西诺及其他故事》等。她的最新作品有中篇小说《向我游回来吧》以及五部短篇。曾获欧·亨利奖、美国图书馆协会奖等。现居加州圣卡洛斯。

査克·帕拉尼克

鲍威尔书城

俄勒冈州,波特兰

当你的小说首次发行时,所有那些势利眼都会问你:"你在破烂封面书店朗读吗? 黑色美味书店? 还是科迪? 或者芭芭拉? 或者鲍威尔书城 (Powell's City of Books) ?"

图书巡回宣传十分累人,就像旧时的卖艺人,比如说,舒伯特巡回演出。一般要去的书店必须包括纽约的斯特兰德、迈阿密的书啊书以及杰克逊的利莫里亚等知名书店。这种差事是一连串的密集"夹心"之旅,常常是早班飞机加上火车旅行。圣路易斯的左岸书店、堪萨斯城的雨天书店、阿什维尔的马拉普罗普斯,不一而足。马克·吐温晚年破产时,为了还债,整日里就不得不搞这种样子的巡回演讲。他就这么累死了,压力山大。还有帕萨迪纳的弗罗曼、旧金山的书匠,以及西雅图的艾略特湾图书等等。

在俄勒冈州的波特兰,"鲍威尔书城"是迷宫的同义词。

整个书城就像是一个城市街区,每一个房间均以颜色取名。

请你理解,这里每一间房间几乎都和大多数独立书店差不多大。比如,"绿屋"是书城的主要通道。多年来鲍威尔书城在"紫屋"举办各种图书活动。位于边上的"玫瑰屋"里的自动饮水机有着传奇色彩,长期在此工作的店员们会发誓说,书城的创始人沃尔特·鲍威尔的灵魂时不时会在那儿游荡,每个周二的夜里肯定会在那儿。"橙屋"是收购旧书的地方,内部知情人透露,不爱交际的店员们一般会选择在那儿上班。"橙屋"是鲍威尔的灵地,多年来他的骨灰在那里飘移,从一个书架到另一个书架。那是一个爱书之人最终的遗存,他要永恒地存在于他奋斗一生的地方。"橙屋"临街的出口前面竖着一个雕塑,形状看起来就像是一大摞书摆在那儿,这个大理石雕塑里面就密封着逝者的骨灰,这是他最终安息的地方。

"珍珠屋"在三楼,珍品室占了一角,其他区域摆放的是艺术类、建筑类、电影和成人书籍。我的内线告诉我,他发誓"珍珠屋"是书城里最神秘的情色书的收藏地。从另外一方面来看,这是个艺术画廊,空间又大又敞亮,几乎每个晚上都会有作家来到这儿搞活动。

问题是,没有人告诉你怎样举行图书活动。出版商会派你去推销某本书,但他们绝不会告诉你怎样去面对那些站在你面前的真实读者。这是个剧场,不过,通常对观众而言,弄不好会让人感觉乏味至极。

自己去看吧。在鲍威尔书城呆几个晚上。你会碰上一次又一次的意外,不过它们都是美妙的意外。为了得到足够多的内情,我和乔安娜·罗斯一起研究写作,她多年来都在鲍威尔书城组织作家活动和推广仪式。我们是汤姆·斯潘鲍尔举办的每周一次的写作工作坊的同学,我们的处女作,我的是《搏击俱乐部》，她的是《小小怪小姐》，几个月里先后问世。后来接替她的是史蒂夫·菲德尔，他负责协调作者出场，直到后来他加入了和平队，去了布达佩斯工作。他们两个都和数以百计的作家打过交道。

通过在鲍威尔书城的朋友，我了解到谭恩美不喜欢近距离接触别人，也不愿碰书。可能是担心有什么病毒和细菌感染，她每次在签名售书时总是先让读者把书翻好，然后她再弯下身悬臂签字。这种玩法后来变了——她在登机时不慎弄伤了腿，一下飞机不得不赶紧到医院急诊室处理。在止痛药的作用下，那天晚上她坚持在鲍威尔书城举行了签名售书活动。她变了，可以碰书了，可以和书迷们拥抱了。她大笑着跟她的两只小小的约克犬玩耍，把大伙儿都给逗乐了。

在鲍威尔书城，你见到的文学界男神和女神们并不那么神气。他们连着几周每晚在不同的宾馆下榻，累得筋疲力尽。经常挨饿。远离家人。到处晃荡。然后出现在你的眼前。当布雷特·伊斯顿·埃利斯过来推销他的短篇小说集《线人》时，他的长篇小说《美国精神病人》才刚刚落到大家的手上。许多政治上激进的人打电话到书店里来，声称要安置炸弹，要在他身上甩馅饼，泼油漆，埃利斯晚上得有保镖才行。[1]

乔纳森·弗兰岑过来推销他的《纠正》时，他讲了关于那位一直陪着他的本地宣传员的一些故事，听起来有点扭曲和滑稽。他并不知道的是，波特兰的所有人都非常喜欢这位叫哈莉的女士。所以直到今天，一提起他的名字，波特兰的文人们仍会往地

---

[1] 《美国精神病人》（*American Psycho*）因过于写实的暴力描写而遭到诸多组织（如美国全国妇女组织）和个人抵制。

上啐唾沫。地狱的烈火也比不上大家的冲天怒气。

没有几家书店安排的作家活动能和鲍威尔书城的相比。谁来了都能找到座位，麦克风很好用，没有咖啡机的噪音与作家们竞争声音高低，也没有越过头顶的大喊大叫。不过也有例外，发生在戴安娜·阿布加巴推销她可爱的长篇小说《天堂之鸟》之时。戴安娜的朗诵引人入胜，她不断制造悬念，听众们纷纷屏住呼吸，整个场面鸦雀无声，忽然——

"请注意，鲍威尔书城的员工们……"书城里的大喇叭叫了起来。"在场的哪位手里有一本《麦田里的守望者》？"叙事的悬念被打破了。传来一阵神经质的哄堂大笑。戴安娜仍在继续。她吐词清晰，继续引人入胜，达到了一个新的高潮，正当她揭开谜底之时——

"请注意，鲍威尔书城的员工们……哪位手上有本《麦田里的守望者》？"

在被打断之后，她再次继续她的精彩叙事。然后她又被扩音器给淹没。等到了问答环节，她沮丧得就要哭出声了。

大家不知道的是一个更大的喜剧即将上演。假如谁家小朋友找不着了，书城就要关上大门来找。"麦田里的守望者"是个暗语，要求店员赶紧关上所有的大门，以防丢失的或者被绑架的小孩从书城出去。还有其他的书名，代表着其他危急情形。不过，你应该好好读读《天堂之鸟》。那是本很棒的书。

比起一场毫无瑕疵的活动，更重要的是鲍威尔书城的魔力，在这儿你可以见到活生生的作家。疲惫不堪的或暴跳如雷的，或者打了止疼针的，写书之人真实的写照。如此深奥的故事有着如此世俗的源起，这是一个难以意料的奇迹。作家们，甚至才华横溢的名家们，也会狼狈不堪，动作笨拙，但是在鲍威尔书城，你可以和他们亲密接触，握着他们的手。正是这些手写出了《喜福会》和《无限诙谐》①等作品。太棒了。

这又让我们来到了大卫·赛德瑞斯在波特兰的图书活动。大卫是唯一一位给我提出如何进行公共演讲的良好建议的作家。精彩的建议。

更详细的信息是，大卫是在我们于巴塞罗那共度一周时给我提了这个建议。那时在一起的还有乔纳森·莱瑟姆、迈克尔·沙邦以及海蒂·朱拉威茨，大家都是去参加一个名叫"北美文化研究所"的机构举行的公共阅读与媒体采访活动，历时一周。该活动赞助资金颇丰，以至于迈克尔很快得出结论，说是中央情报局在资助整个活动，真实的议程是要为美国推销良好的愿景，在2001年9月11日之后这不是不可能的事。无论如何，那是在巴塞罗那，我和大卫下午要去逛逛街。

在一处露天的跳蚤市场，我看中了一个装满枝形吊灯水晶珠子的古董盒子。两人悄悄地争论花上两百欧元去买一副纳粹发行的印有他们万字符党徽标志的扑克牌是否值得——它们是永恒邪恶的标志，或是品位太烂的代表？我们最后没有得出结论。大卫说道："没想到你真的是个'同志'②。"

作为应答，我向他指出一个事实，我身上穿的是褶裥长裤配粉红色丝质衬衣。我正和我相处多年的搭档在巴塞罗那，他也是。我想的是经过讨价还价把十八世纪的水晶装饰买回去挂在我的圣诞树上。我说："现在这一刻能让我更'同志'的是能把

---

① 《喜福会》（*The Joy Luck Club*）是谭恩美的代表作，《无限诙谐》（*Infinite Jest*）的作者则是戴维·福斯特·华莱士。
② 原文是"gay"，亦有"高兴"之意。

那玩意儿塞到我的嘴里。"大卫大笑。不是装的笑，他笑得前仰后合。

我依然惊叹那一刻：我竟然让大卫·赛德瑞斯笑了！

除此之外，在逛街时他告诉我在搞图书巡回宣传时，别朗读现在的作品。要选下一部作品的内容。这样做可以让读者对你的未来作品有个印象。对听众的回报还在于给他们一些独特的料，而不是陈年老调。这样还可以给你的新构思做个测试，看它是否会如你想象的那样好玩儿。

好像真的要让那个建议应验，我再次见到大卫就是在波特兰。在一场公开朗读会上，他讲了一件趣事。在几百名全神贯注的听众面前，他描述了坐在法医办公室的餐厅里的一段经历。当时人们都在桌边吃东西。他们一边往嘴里塞着三明治和薯条，一边看着透明玻璃窗里面进行的解剖。解剖对象是个死去的八九岁的男孩。他描述那个死去的孩子金黄色的头发和白皙的皮肤，完全吸引住了朗读会的听众。那男孩看起来很完美，好像刚刚睡着的样子。他从自行车上摔下来，现在死了。现场的听众鸦雀无声，掉根针都能听到，大卫在不紧不慢地描述尸检的细节，医生是如何用手术刀切开孩子的前额，如何像剥橘子皮那样剥开孩子那张可爱的小脸。

餐厅的食客们当中，有人边吃边用手指向被剥了皮的头颅，以及血红色的肌肉组织。他的嘴里还有半口没嚼完的金枪鱼三明治，这家伙说道："看见那个了吗？在那儿，那种红色？我就想把我们的休息室刷成那种颜色。"

这个故事的一切都让人寻味。情节，节奏，还有结局。大卫·赛德瑞斯是个技巧高超的讲故事的人。但这是在俄勒冈州的波特兰，一个认真、真诚、严肃的城市。最后收尾时，没有一个人笑。几百张脸紧绷着，眼含热泪。有几个人大声呼吸。好吧，一个人笑了。我笑了。让我歇会儿，这是个可怕又滑稽的故事，但是测试没有奏效。不消说这些东西不会写进他的下一本书。听到我这缺乏同理心的笑声，几百个抽泣的人扭过头来冲着我瞪圆了眼睛。

大卫在巴塞罗那时被我的玩笑逗乐了。在波特兰我被他逗笑了。而今所有这些读者有了爱的人，也有了恨的人。

不不，我没有买那副纳粹扑克。

鲍威尔书城位于俄勒冈州波特兰市西伯恩赛德大街1005号。

作者简介：

　　查克·帕拉尼克 (Chuck Palahniuk)，著有《搏击俱乐部》，还有十二部其他小说和两本非虚构作品，所有作品均为全国畅销书。他现居太平洋西北地区。

安·帕切特

麦克莱恩与艾金书商

密歇根州,佩托斯基

可以想象,有很多人会在全国到处旅行,目的是去看棒球赛,他们会逢人便讲在不同的体育馆附近,那些汽车旅馆如何如何,辣味的热狗味道如何如何。他们对美国城市的认知迄今为止大都集中在与比赛本身有关的事情上,哪里停车方便,哪里的爆米花味道纯正,等等。随着时间的推移,旅行得多了,在为之而旅行的那些事情方面我们渐渐成了行家里手。也许是娱乐公园,也许是美国内战古迹,或者是码头及博物馆之类。

对我而言,是独立书店。

我的大部分旅行都与书店有关。我是写小说的,不窝在家里写书的话我会去书店里面在后边找个小桌坐下来卖书。我可以告诉你哪家书店有最棒的生日贺卡,哪家书店还在认真对待诗歌,哪家书店有非同寻常的摆在咖啡桌上的书[①]。我经常泡书店,可不仅

---

① 这类书通常是大开本、精装画册等,用于摆在桌上供客人翻看,以引起话题。

235

仅是走马观花。我会花上好几个小时查看存货。到了午夜时分，我会到现在记不起名字的一家旅馆，独自一人吃点东西，然后第二天一大早我会飞到另一座城市，去逛另一家书店。我会记得小说专柜、新品专柜，就是记不住在哪座城市的哪家书店。像棒球迷们一样，停车场外任何东西的细节都混杂在一起。但这里的故事却例外。

我第一次去密歇根州的佩托斯基出差是在2001年。那趟差感觉不怎么样，被夹在纽约、波士顿、芝加哥和洛杉矶的行程里面。为了去这家店，我得先飞底特律，再飞特拉弗斯城，租辆车，开上一个半小时，搞个朗读会，签名售书，然后返程再反着来一遍。这次出差行程太紧，连晚上吃点东西的时间也没有。"应该是家真正伟大的书店。"我的宣传员告诉我。我回答我不在乎。真正伟大的书店我已经见到了，多得很呢。她劝我还是去一下吧。

普遍的真理是这样的：真正伟大的地方通常是那些需要费力前往的地方，而它们正是因为这一点才得以保持自己的伟大。想想怀俄明州大角山附近的"长矛和茅屋"牧场（笔直的泥巴路上尽是车辙）或者缅因州海滩外的高岛（你得坐信差的邮船才能上去）。佩托斯基没那么具有挑战性，但前去的路途也并不平坦。我驾着租来的车在两车道公路上行驶，路边尽是些水果摊、蔬菜摊、馅饼摊，掩映在广袤的果园之中。我想着这是我见过的最美的自驾游景致，一路开到了佩托斯基。那里的房子有宽敞的门廊和高陡的尖顶，外墙上满是色彩缤纷的儿童画。牵牛花从窗台的花盆上垂下来，随风摇荡。金色阳光洒在小镇下面的密歇根湖水面，湖里轻舟穿梭，泳者戏水，荡起粼粼波光。小小的闹市区着实为休闲游度假者的天堂，那儿有几家冰激凌小店，可买到塔夫饼干和乳脂软糖，有家玻璃橱窗上写着"湖滨"字样的纪念品小店出售礼品和T恤衫。整个小镇树木枝繁叶茂，阳光穿过枝叶在地上留下斑斑阴影，安静凉爽。片刻之间，我已开始思忖该如何在佩托斯基度过我的余生了。

你不经意地、好不容易地爱上了一个人，又发现对方竟然是位巴黎蓝带①毕业生，可以闭着眼睛弹奏肖邦夜曲全集，而且拥有规模跟哈佛大学所获捐助一样大的信托基金②。想到这点，你如何不欣喜若狂，如获至宝？我踏入这间如梦似幻的小镇书店，那一刻我平生所知的其他书店全都归零。

1992年，朱丽·诺克罗斯创办了这家名叫"麦克莱恩与艾金书商"(Mclean & Eakin Booksellers) 的书店，店名来自她两个孙女的名字。如同她出生的这个小镇，我想对她一见钟情的人不计其数。她属于那种个人能力出类拔萃、成功创业的人物。她可以建个陋室，也可以讲个笑话，饮口小酒，更可以管家企业。她的儿子马特·诺克罗斯也在书店上班，和母亲一样富有魅力，又痴迷读书。以家族成员命名的家族企业，有谁会不喜欢？书店的秉性可以用温暖、舒适和智慧来形容，这些特质仿佛书店最合身的外衣。这间书店的图书布置到位，吸引着顾客前来；店里有的是宽大的椅子，你一旦留意到，便会坐下去。这种书店，我愿意快乐地呆上整个夏天。

但在那特别的一天，我只待了一小会儿就得驱车返回。回到特拉弗斯城机场，候机时我买了一纸杯的樱桃犒劳自己（在机

① 巴黎蓝带（Le Cordon Bleu）是世界最大的烹饪教育机构，创立于 1895 年。
② 哈佛大学所获捐助以数额巨大闻名。至 2015 年，该校获得的捐助达到惊人的 364 亿美元。

场！）。我暗骂将我和刚爱上的小镇书店生生分离开的这个世界，我用杯中的樱桃发誓，抽空一定要再回去。我是个"一言既出，驷马难追"的人。后来我写完每一本书，都会告诉我的宣传员，麦克莱恩与艾金书商书店是推广的首选之地。(致那些认为应该由作者决定在何处举行作品巡回宣传的人，好好考虑一下。作家更像战士，接到命令，马上行动。)下一次回到我最喜爱的书店时，我碰到了一位在那儿工作的很棒的新店员，名叫杰西琳。我为她痴狂，不只我一个人如此。下一部小说发行时，马特和杰西琳开始约会了。上一次又回去时，他们喜结连理了。朱丽退休了，现在他们是店主。

还要说的是，生活仍在继续，而我总禁不住思念佩托斯基，那种美丽，那种优雅，一直未变。朱丽·诺克罗斯创造出一家精彩的书店，马特和杰西琳·诺克罗斯设法让它更加熠熠生辉。顾客来到这里，或各取所需，或预订店中暂时缺货的图书，用他们不同的兴趣塑造了这个地方。整个夏天，书店里游客不断，找来自己喜欢的书，临湖阅读；整个冬日，常客也来到此地，取来书，围坐在火炉旁静静欣赏，窗外是漫天飞舞的晶莹雪花。诺克罗斯一家随时奉陪。

我所想到的最好的书店无一不是读者所在社区的心脏。佩托斯基就是这样的小镇，它成就了今天的麦克莱恩与艾金书商书店。或者是反过来，这间书店成就了这个小镇。这很有可能。坦率地讲，一个书店完全可以做到这一点，即使没有怡人的湖景，没有可口的煎饼或带山墙的民居，我也会专程到此地购书(我现在以一个也拥有一家书店的人士的身份讲话)。和读书的人呆在一起，感觉兴奋异常，人们会从书架上抽出一本书，然后对你说："这就是你想要的。"人们会想知道你在读什么书,也会告诉你他们在读什么书,然后大家开始心灵的交流,彼此的阅读量在不知不觉中增加。而且,在如今这个电子化交流的时代,人们面对面的交往越发罕见。就像佩托斯基这样的读书小镇本身,一家美好的书店会让你怀旧思古,忘记时间的存在。看看那些看书的人!书店立即成为既稀有又普通的美丽场所。一想到这一点我就有些哽咽。不过,这是我的工作,这就是为何我会周游全美。谈论书籍和书店是我唯一的权威所在。因此我可以十分肯定地对你讲,密歇根州,佩托斯基,麦克莱恩与艾金书商书店,赶紧去吧。

作者简介:

安·帕切特 (Ann Patchett) ,著有七部小说和四部非虚构作品,包括《美声》、《真理和美》以及《失落的秘境》,其中《美声》曾获笔会/福克纳奖和奥兰治奖。现居田纳西州纳什维尔,和他人共同创办有帕纳塞斯山书店。

杰克·彭达维斯

广场书店

密西西比州, 牛津

有天晚上我和太太走进"都市便利店"餐馆, 正好碰上《动物屋》里的D-Day①也在那里吃饭。自然地, 我们给他送了一杯酒。

那位演员吃完之后, 走到我们桌前。我知道他能够骑着摩托上楼梯, 还会用口哨动听地吹奏《威廉·退尔》②的序曲, 但他本人很优雅, 文质彬彬的样子, 跟我印象中的样子非常不同。

他说他正好经过这里。

"我一直很喜欢你们这里那家杏黄色的书店。"他说。

我一怔, 他指的是广场书店 (Square Books) 吗? 应该是。

---

① 《动物屋》(*Animal House*), 美国喜剧影片, 于1978年7月上映。影片中D-Day一角由布鲁斯·麦克吉尔 (Bruce McGill) 扮演。
② 意大利作曲家罗西尼的歌剧代表作, 根据席勒的同名剧作改编。

它是密西西比州牛津市的心脏,该市唯一好玩的地方。如果它发生了什么事,一切都会麻烦。

不过我不知道广场书店到底什么颜色。我依稀觉得会和棉花糖或者花生米的颜色联系起来,但吃完饭回家(广场书店离这家餐馆也就一个街区),我得承认那个演员说的更贴近实际。也许。是的,广场书店的外观比起刚才说的不招人喜欢的棉花糖的颜色要暗不少,有一种更丰富更神秘的光泽,但我还是坚持认为这座建筑外墙柔和的凹凸面上透出一种花生米的色彩,摸起来感觉清凉舒爽。我才没说我曾经拥抱它,亲吻它,对它产生甜蜜而敬仰的爱恋,还感动得要掉眼泪。

我想要将广场书店啃上一口。它营养丰富,又美味无比。

我怎么跟你说了这些东西? 作家还是要矜持一些的。威廉·华兹华斯是不会同意我去吃我的写作对象的,不过他早已过世。一想到广场书店,我就做不到"心平气和"[①]。

能否做到心平气和,那是我的问题。我住在那儿。我也不能老写自己的感官如何。即使我脑袋没有发出指令,我的双腿还是会忍不住往广场书店那边迈动。一天不去,我就会觉得无所适从。我要是哪天离开人世,我的灵魂依然会在书店里游荡,对那些散发出诱人香气的图书大餐垂涎欲滴。

广场书店何以有如此的魅力?

那儿有书。这总是很棒的事,特别是在书店。

还有什么可以肯定的? 它有两层楼高。不过不对,在一楼和二楼之间,还有一个半空间,密西西比的灵和性都摆在那里,

[①] 原文为 "emotion recollected in tranquillity",出自华兹华斯为《抒情歌谣集》(*Lyrical Ballads*)作的序。

以防万一。

　　我在本地大学教几门课，在书店的二楼上办公。那是个充满醉人气息的地方，能和年轻的心灵交流，倾听他们的心声和梦想。那儿摆有桌椅，可以喝咖啡，也可以吃冰激凌。有一年我的生日，店主人理查德·豪沃思专门给我准备了生啤酒，分文不取。我可没有指望他也会为你这么准备。他现在还没有到随便给顾客提供免费生啤酒的地步。

　　他现在在哪儿？他曾做过该市的市长。难怪整个城里的人都是爱书之人，他为城里做了许多好事。奥巴马总统任命他做田纳西河流域管理局理事会理事，不过我不知道那意味着什么。那不太符合我们的生活常识。你一走进广场书店的大门，便身处一个自成一体的世界，这里有自己的管理法则和自然法则。一天，我见到书店经理林恩在清理一大堆破碎的小小人偶肢体。

　　"你在干吗呢？"我问她。

　　"我要把它们放进口香糖售货机。"她说。

　　我肯定看着有些摸不着头脑。

　　"别担心，口香糖售货机上有个'儿童不宜'的标志。"林恩说道。

　　走到微风习习、阳光灿烂的阳台上，你很可能会看到一个作家在吞云吐雾。尽管此处早已禁烟，但作家们总是喜欢抽两口。我听说有些时候巴里·汉纳、威利·莫里斯、约翰·格里森姆、唐娜·塔特以及拉里·布朗等人经常会聚在阳台，我可以想象他们大部分人，特别是那些已经过世的人，都是烟枪。

　　汤姆·威茨曾被看见躲在"密西西比作家"专区，我们都想知道他在那儿买了什么书。大家一致猜想是拉里·布朗的某一部作品。理查德是不鼓励进行这种推测的。仅仅是不鼓励？

一次一个天真的店员问我是不是上次逛书店时买了荣格的《红书》，那本关于作者扭曲梦境的日记巨著。我正兴致勃勃地回应他，这时理查德狠狠瞪了这个可怜的小家伙一眼，吓得他差点魂儿都没了。

"我们不议论顾客买了什么书。"他厉声道。

他很认真。他是个狂热分子，一位牧师。他不会到处乱开玩笑，尤其是书的玩笑。好吧，我就此打住。你知道惊悚作家们通常会在书的封底放上自己的彩色肖像吧？有一次我看到理查德走近一张堆满了书的桌子，把那些书全都翻转过来，最后堆了一座由作家的脸组成的金字塔，他们冷笑着，用深邃的眼睛盯着这个世界，令人恐惧又惊奇。

"让我们看看大家多久能注意到这个。"他说。

以前理查德经常和拉里·布朗谈论他的书。广场书店如同拉里的母校一般。正是在这儿还有公共图书馆，他学会了写作。

我不了解他。

不过在广场书店我多次碰到巴里·汉纳。就在他去世之前几天我还在书店看见他。他讲到了自己是如何创作的。一次，他对我讲："每个人都想去浸信会的天堂，但是谁也不想经历受洗的那个时间。"

最近有好几位作家去了浸信会的天堂，包括刘易斯·诺丹和威廉·盖伊，两个人经常在书店出现。我的邻居迪恩·福克纳·威尔斯也过世了。她是福克纳的侄女，被他像亲生女儿一样养大的。假如你去福克纳的故居罗恩橡园参观的话，就会看到迪恩婚礼上福克纳微笑着的照片，那是唯一的一张。

我最后一次看到她也是在这个书店。

还有迈克尔·拜布尔，那个被理查德吓唬的吵吵闹闹的年轻店员，也不在了。不是过世了，来自好莱坞的精灵般的代表来书店时相中了他，用一驾黄金马车把他弄到海边去了。迈克尔于是成了密西西比州牛津市的拉娜·特纳，广场书店成了我们的施瓦布药店。① 他目前在好莱坞忙着改编《八月之光》。以前我们经常喜欢在他工作的时候烦扰他，那成了我们的一件乐事。

走遍牛津城，光景与之前大不一样了。我们这些留下来的作家还行，但我们是不会自欺欺人的。

感谢上苍，你一走进广场书店，情感就会油然而归。没有谁离开了，大家都在那儿呢。

别犯傻，是书，伙计。

一个新年的早晨，广场书店免费赠饮"血腥玛丽"。不过估计消息没有好好发布出去，因为结果只有我和《纽约时报》专栏作家约翰·T. 艾奇出现在俯瞰空旷广场的安静阳台上，品着杯中佳酿，谈着美好时光。

早晚得回家，不过我想我们可以在那儿呆一整天。

作者简介：

杰克·彭达维斯 (Jack Pendarvis)，著有两部短篇小说集和一部长篇小说。他是《牛津美国人》和《信仰者》的专栏作家。

---

① 据说好莱坞女演员拉娜·特纳（Lana Turner）是在施瓦布药店里买汽水时被星探发现，从此走上演艺之路的。

弗朗辛·普罗斯

斯特兰德书店

纽约州,纽约

据我的记忆,"十八英里尽是书"曾经是斯特兰德书店(Strand Book Store) 的标语。对那些热情澎湃的读者和作家,包括我在内,它听起来就像是对天国或奥兹国的翡翠城[①]的描绘,或者是那里的地图。

1960 年代初,我还在读高中,位于现在曼哈顿第四大道的那几个街区一大溜尽是二手书店。那些书店都是宝藏,里面不仅有满架的书,还有版画和照片及明信片,天知道还有些什么宝贝在里面。

这些地方最有名的顾客是艺术家约瑟夫·康奈尔,他天天梳理第四大道的书店,搜罗了无数的影像和物件放到他那恍若另一世界的美丽展示盒当中。我总想知道,当我和朋友们逛这些书店的时候,走过的路径是否和约瑟夫·康奈尔正好一致。

---

① 奥兹国是童话《绿野仙踪》中虚构的仙境国度,翡翠城是其首都。

而我们几乎每个周六上午都会逛一遍。

斯特兰德书店是那些书店里的最后幸存者。我一旦要找一本具体的书，就会到这间书店里来，或者不知要看什么书，或者没有任何特殊的意图，只是要逛逛，也会到这里来。这里是进行浏览的终极场所：网上订书的人怎么也做不到这点。

在斯特兰德，寻宝的动机会驱使我转来转去，总可以搜到意想不到的惊喜，比如中世纪的医术，塞西亚的金饰，菲利普·拉金的诗歌，艾薇·康普顿－伯内特的小说，或者瓦尔特·本雅明的柏林童年回忆录，等等。在那里，不知不觉中时间就过去了，不知不觉中就有所斩获。斯特兰德与其他书店的不同之处就在这里。有的书店会让我觉得已经呆了太久，或者觉得在那里的时间都毫无意义地溜走了。最后，我会赶紧离开这样的书店。这或许也是为什么我发现那些店里的收银处没几个人，很多人都和我一样匆匆夺门而出。

能和斯特兰德书店成为近邻真是三生有幸。隔三岔五，我写作累了，就会到这儿小憩片刻。一年四季，在大部分清醒的时刻我都会来到这儿换换脑子，就像一个相对健康的人去健身房，或者一个相对不健康的人出门抽根烟一样。现在，我有些朋友就在那儿上班，他们的建议和对话都价值千金，我喜欢和他们打交道。

斯特兰德书店的珍品室藏宝多多，仿佛世界奇迹。我拥有的最得意的宝贝是简·鲍尔斯小说的第一版。我的学生帮我淘到的，期末时买回来当礼物送给我，那时我和学生们一起读了一学期她的作品。

这家书店不仅卖书，而且还买书，包括收购旧书和供评论用的赠阅本。我担心要是不提这个事实，那我和斯特兰德书店的关系就讲得不完整了。我有些喜欢的书，但在家里实在没地方放了，我就会把它们卖给这家书店。我在纽约住的可是小小的公寓！要不是斯特兰德书店，而且是作为我的邻居，恐怕我老早老早就要搬离这个公寓了。书多得我都没地方住了。

于是乎，从另外一个方面可以说，"十八英里尽是书"描绘的不仅仅是家书店，更是一所大学。在很大程度上，正是它的存在使我每天不但能够快乐地阅读和写作，还能快乐地活着。

作者简介：

弗朗辛·普罗斯（Francine Prose），小说家兼评论家，著有小说《金色丛林》、《洗心革面》和《蓝天使》等，后者曾入围2001年度全国图书奖决选名单；非虚构类作品《像作家那样阅读：为爱书之人和爱写书之人而作》和《安妮·弗兰克：书、生命和来生》名列《纽约时报》畅销书排行榜。她创作的散文和杂文散见于《纽约客》、《哈泼斯》、《大西洋月刊》、《悦游》、《艺术新闻》、《帕科特》、《当代画家》和《纽约时报杂志》。她曾荣获无数资助和奖项，包括代顿文学和平奖、伊迪丝·沃顿文学成就奖、古根海姆和富布莱特学者等，曾为美国笔会中心主席。她是美国艺术和科学学院院士以及美国艺术和文学学院院士，现居纽约市。

汤姆·罗宾斯

乡村书店

华盛顿州，贝灵厄姆

以墨汁浸润，以征尘遮体，我像一只到处流浪的孤猫，任何一家好书店于我而言尽如避风之庙宇，歇脚之教堂，祈福之神龛，露宿之圣林，吉卜赛人之大篷车，蒂华纳之夜店，寻乐之公园，心灵健康之矿泉疗养地，游猎之帐篷，漫步太空之空间站，又如筑梦之内室。多年来，贝灵厄姆的乡村书店 (Village Books) 对我来说均为上述之喻，最难忘的是最后一喻，因为几年之前，这间书店的确是我美梦成真之地。

时值巡回推出我的短篇作品集《野鸭向后飞》，一位采访者发问，在我的生命中或事业上，是否有什么东西错过，有什么东西如今依然向往却仍未斩获。我自发而诚实地脱口而出："有的，伴唱歌手。"

我想得越多，这一点对我越发具有吸引力。假如真的有个三重唱组合，身着长长紧身衣的性感女郎，我每到一处总如影随形，无论我怎样说她们就那么和谐地唱着"呜哇哇哇"的和音？

248

比如，我在做根管手术时，她们就站在牙科手术椅的后面，就那么摇晃着身体，微笑着，在我疼痛得嗷嗷叫的当口，即兴给我伴奏。在银行，在超市，在国税局讨价还价时，这些女郎会在我的身后，为我口中讲出来的任何庸言俗语，即兴和出三声部伴奏，如同自摩城①天堂翩然而降的天使一般。

在丹佛或者明尼阿波利斯或者安阿伯的一个酒店房间里（我确实记不起来在哪儿了），我致电查克·罗宾逊，乡村书店的开明店主，问他是否介意我在下周过来办朗读会时带上几个伴唱歌手助兴。电话那头静默了好一阵。然后，一阵干涩、憋不住的笑声传过来。"做呗。"他说。查克就是这样的人。

另一个电话我打给了常去理发的发廊。我把我的主意说给了在那儿上班的几位发型师听。珍妮弗、苏珊和米歇尔根本算不上是靠谱的歌者，但她们是现成的特别爱玩的几个姑娘，而且三个人立马就同意。不幸的是，我们在一起只有一次排练。然后，就是粉墨登场那一刻了。

乡村书店善于推销，存书丰富，且我每次搞活动它总是弄来一大群人助兴，那一夜书店里简直是只有立足之地。我读了一小段《野鸭向后飞》，然后把三个姑娘叫上讲台。观众们以为我在要什么宝，但几分钟之后，我身后的姑娘就开始和着我那低沉但节奏强劲的朗读声"哒哒嘀嗒"起来，那阵势听起来就如同从一个廉价的狗食罐头盒子里发出的声音。在场的大家伙儿似乎很为我们的独特创意所吸引，尽管我记得好像没有谁喊着"再来一遍"。

到了末尾，无论这次活动对我个人有何意义，有一点可以证

---

① 摩城（Motown），美国知名唱片公司。

明，乡村书店是家与众不同的书店，有情有义的书店。它就是一台三维的文学超级对撞机，在手指迅速翻过书页的那一刹那，幻想与现实得到了完美结合。

作者简介：

汤姆·罗宾斯(Tom Robbins)，著有九部另类而又流行的小说，还有一部短篇小说、诗歌和散文合集。他的作品在二十二个国家出版，在澳大利亚畅销书排行榜名列前茅，许多被改编成了戏剧和电影。他出生于南方，现居西雅图北部一座小城。

亚当·罗斯

帕纳塞斯山书店

田纳西州,纳什维尔

　　那是个早春夜晚,天气一反常态地温暖,我来到了纳什维尔的一家独立书店,帕纳塞斯山书店(Parnassus Books),前滚石乐队萨克斯手鲍比·基斯正在这儿举行他的回忆录《每晚都是星期六》的巡回发行式。毫不奇怪的是,那天晚上到场的有一半都是现职乐手、巡游音乐人、歌词作者,大部分都是四十多接近五十岁的男人,他们在这个周六夜晚见证摇滚乐界的传奇。在共同撰写人比尔·迪滕哈弗的简短开场白之后,基斯站了起来,用一种走了样的高亢干涩的嗓音,讲起了他在得州的童年生活,他在足球场上受了重伤之后改行到一支巡回乐队担任萨克斯手的经历。他讲了几个有关米克和凯思①的桃色

---

① 指滚石乐队主唱米克·贾格尔和吉他手凯思·理查兹。

段子 (包括装满香槟的浴缸的那个名段子①),然后又讲起在乡村音乐城里作为萨克斯手的故事。在问答和签名环节过后,我碰到了许久未见的老友,这是那晚的另一件高兴事。其中一位老友准备度假。她向我寻求一些阅读的建议,我从书架里取出爱德华·圣奥宾的《帕特里克·梅尔罗斯小说集》和詹姆斯·索尔特的《光年》。关于前者我听到的评论尽是赞叹,而后者震撼了我的世界。她谢过我,答应我读后会告诉我心得,然后去交钱。

在这个棒极了的本地书店,好像没有什么了不起的事情发生,但是,在这样一个夜晚,平凡之处见极不平凡,因为在去年同一个时间,纳什维尔作为一个大城市还不存在这样的独立书店。

关于帕纳塞斯山书店开业盛典的新闻报道异常精彩:《纽约时报》(头版!)、《出版人周刊》、《花园和火枪》、《基督教科学箴言报》、《南方生活》、《沙龙》和《今日美国》均有报道;《时代》周刊将这间书店的合伙人安·帕切特列为世界最具影响力的一百位名人之一;她上了美国全国公共广播电台的专题节目《市场》和《清新一刻》;然后,最高潮的出现,是她在《科尔伯特报道》栏目上作为特邀出版商嘉宾与观众见面。这还不是全部情况。帕切特享有盛名,不过那是文学上的盛名。虽然过去她在媒体上经常有重量级的登场,但她这一次在绿山市场开设一家两千五百平方英尺的书店的决定还是让许多人始料未及,所造成的这种轰动效应通常只会出现在像妮可·基德曼或泰

---

① 据说,1973 年滚石乐队欧洲巡演期间,鲍比·基斯将浴缸装满香槟,忙于享受,耽误了演出。这惹恼了米克·贾格尔,导致滚石与基斯的合作中止了近十年。

勒·斯威夫特等明星身上。其结果是，尽管开业只有区区六个月，却俨然全美最著名的书店了。

当然，到了这般景象的确与它的主人密切相关。常言道，来得早不如赶得巧，帕切特与搭档凯伦·哈耶斯合伙的图书生意正赶上了她自己推出第六部小说《失落的秘境》，这部作品被许多书迷和评论家认为是继她获得奥兰治文学奖和福克纳文学奖的《美声》之后的又一力作。出版界一片混战，人们对印刷品的前景颇为担忧，亚马逊的幽灵无处不在，电子书勃兴，土食者①横行，"占领华尔街"运动正兴，独立书店同时受到巨型零售商和大萧条的蚕食。其时的帕纳塞斯山书店，犹如蝙蝠侠一般，不仅仅是家书店，更是个象征符号。关于它的一切，引得如此众多的记者和时事评论家们津津乐道，再作任何阐释均已变得多余。

不过，我还是请爱书者们记住这一点：在2010年12月纳什维尔已有三十多年历史的准独立书店戴维斯—基德书店被迫关门之后，安·帕切特宣布要开办帕纳塞斯山书店之前，我们的城市与美国文学生命的联系给切断了——每当提及与购书相关的人文性的和有意义的乐趣，人们无处可去，这个城市如同荒原一般死寂。注意，博德斯书店也关闭了。最近的巴诺书店在城外二十英里之遥。我们很棒的旧书店像"麦凯""老人之家书店""书男书女"均为美妙人生的一部分，但对我们来说它们也不是那么重要的归宿。你不会把孩子带过去边玩边读书，它们不在一线作家们进行巡回宣传的视野之内，它们的店员也不会让你激动不已地逛书店，或者把你不知道自己需要读的书放到你的手心。

---

① 指那些热衷于食用住所附近所产食物的人。

"我喜欢用书籍给人们留下印象。"帕切特在谈到作为书商的美妙之处时如是说,"我不知道为什么每次逮到一个读者,然后跟他说'你必须读读这本书',我就会感到快乐无比。我一生都在向朋友和家人推荐书,现在我推荐的范围更广了。这真是让人快乐之至。"

"快乐"是与帕纳塞斯山书店密切相关的一个伟大词语,因为纳什维尔的图书爱好者已经有整整一年的时间没品尝到这种情感了。我们的震撼之年,失去快乐的一年,无可弥补,希望永不忘怀。这一年对南方的雅典之城是个警示,至少在近期,帕纳塞斯山书店不断的成功(生意兴隆)反映出我们这些印刷品消费者是多么的感恩,心灵的创伤得以弥补。但是其他城市的我们爱书的同胞们要注意了,除非你们珍爱自己本地的独立书店,否则它们会遭受与戴维斯—基德书店同样的命运;和纳什维尔不同,那些城市可能不会有这样快乐的结局。

作者简介:

亚当·罗斯(Adam Ross),现在与妻子和两个女儿居住在纳什维尔。他的处女作《花生先生》被评为2010年度《纽约时报》最值得关注的图书,同时也被《纽约客》、《费城询问报》和《经济学人》等评为当年最佳图书之一。他的短篇小说集《女士们,先生们》获评《科克斯书评》2011年度最佳图书。他的非虚构类作品发表于《纽约时报书评》、《每日野兽》、《华尔街日报》、《GQ》和《纳什维尔场景报》等。他的虚构类作品常发表在《卡罗来纳季刊》和《五章》上。

卡丽·瑞安

公园路书店

北卡罗来纳州，夏洛特

在我印象里，我故乡小镇的独立书店"公开图书"是这样的：儿童专柜在书店的后部，那里正好是书店独特造型的线条交会成点的地方。它是个目的地，不是你路过的地方，而且一旦你回到这里，很快就会在书架之间找个角落沉下心来，进入只有书和文字的世界里。书店里弥漫着一种从纸张毛边发出的特殊气息，夹杂着旧书书脊上的灰尘的味道。此处如同小小的城堡，充满着各种秘密，到处都是未知的世界，诱使你去探个究竟。

在我的记忆里，书店的其他部分几乎不存在。肯定还有其他的全是成年人图书的区域，但是书店的宝藏总是潜藏在书店后部的那个交会点。我记得在那白色的金属自旋架上摆着新出版的"神探南希"系列，依次排列的"甜蜜河谷双生姐妹花"和"甜蜜河谷高中"系列，还有克里斯托弗·派克和R. L. 斯坦等人的经典作品。

周六上午，这里就是我的家，我会在这里花上好几个小时，挑来挑去，最后选上一两本拿回自己的住处打发漫漫的周末长夜。我敢肯定，如果发问，书店的一位员工马上会帮我缩小选择的范围，告诉我新上架的好书，不过我总是自己去找。那就像复活节的彩蛋游戏，在类似的图书中找到最新上架的书。

对我来说，架子上的每一本书最终都成了我的老熟人。无论是否读过，我都会花上足够的时间记住它们的书脊和封面，就像长大后，每天早上通过辨认面孔来识别等着坐电梯上班的人们。

长大后我明白的一件事就是，我不是唯一一个发现自己的梦想就藏在公开图书书架里的女生。这个地方把许多人都联系起来了，店员们叫得上我们的名字，每新到一本书，他们马上就会知道谁会喜欢，然后专门帮我们先放在一边，知道我们一两周之后肯定会去买。

我后来离开此地去上大学，从一个城市到另外一个城市，但一直魂牵梦萦的就是这一点。我不用事先告诉店员，他们会专门给我预留我要看的书。每次订货，他们总会把我以及书店其他所有的常客记在心上。不是只记个大概，而是把每个人的喜好都牢记于心。

没有专门的公司办公室告知他们买什么书，怎样摆架。也没有任何人因为公司或出版商发令将某本书打造成畅销书而要求他们推销它。根据喜好，他们自行确定订书单，而且他们清楚顾客的喜好。

而我经常感到忧虑的就是我们已经失去了这样的人：记得自己顾客名字的书商；告诉你他们的读书史的书商；只需瞄上一眼，立刻就可以从书架里取出一本书，然后对你说"你知道谁会喜欢这本？"的书商；与社区深深融合在一起的书商——他们也是社区的一分子，而这样的事实我们很少有人会意识到，直到有一天他们从我们眼前消失。

公开图书就遭遇了这样的事。我曾经迷恋于阅读的那个小小角落，如今一去不复返了。塑造我们社区文学生命的店主不再站在柜台后面。我搬到了一个新的城市，依然感到了这种迷失，如同忽然听到原来一起背着书包上学、后来失去了联系的同学已不在人世。

就在此时，我找到了一家新的独立书店，北卡罗来纳州夏洛特市的公园路书店 (Park Road Books)，它仿佛一位好友展开双臂欢迎我加入它的社区。每次我进入书店，柜台后面就会有人向我微笑着打招呼："你好呀，卡丽！"没有一次我们不去谈论最新发行的书，或者下一季会推出的作品。我就站在柜台前和某个店员交流心得，其他的员工也在和顾客们不断呼名唤姓地寒暄，问长问短，推荐书。

现在有算法可以预测我们可能喜欢什么书，要买什么样的麦片，或者想听什么样的音乐。有些书店建得像个大仓库，宽宽的通道，不知姓名的收银员。这样的书店如何能取代像公园路书店这样的温馨之家？这里有条可爱的小狗尤拉，你一进门它就会摇着尾巴跟你打招呼。店主人莎莉·布鲁斯特会倚着柜台，脸上挂着那么灿烂的笑容跟你说："你知道最近我读了哪本书，我觉得你肯定喜欢吗？"你还会听到在排队结账的某个顾客在聊着本地报纸上最近刊登的一篇访谈，还说不知她的图书俱乐部是否会喜欢（莎莉会知道的！）。书店的童书采购员谢丽·史密斯还会打电话和我说，一个书迷刚订了一本书，问我要不要过来签字，他们会负责把它寄出去。

像公园路这样的书店已经不仅是一家书店那么简单了。这是个聚会、分享、学习和会友的好去处。有些时候我出远门旅行，想家的时候便会踏进一间独立书店重新体味一下家的感觉，这是独立书店共同带给我的感受。

就这样我爱上了阅读，静坐在那个狭小的交会处，东翻翻，西看看，决定要探知什么样的世界。当我的第一本书问世的时候，我正是在公开图书这个地方举行了首发派对，目睹了我的书和其他作品一起被摆在了书架上。我想知道是否会有一个小女生在那儿逗留许久，最后选上一本书，带回家，开始梦想之旅，像我曾经那样。

直至今日，每当我跑步路过公园路书店，都会悄悄溜进童书专区。有时只是看看有什么新品上架，有时会闭上双眼，再次闻闻书香，回忆那童年时光。但是更多的时候，是因为我能够看到像我孩提时代的小读者，他们会用手轻轻抚摸书脊，想着今天会把哪本宝贝带回家去。

作者简介：

卡丽·瑞安 (Carrie Ryan)，《纽约时报》畅销书排行榜作家，其最受读者欢迎的作品是《手齿森林》三部曲，还有学乐新型多作者/多平台系列中为中高年级读者创作的第二部作品《无限环：分而治之》。她还主编了《预言：十四则预言和预测》。她曾是诉讼律师，现居北卡罗来纳州夏洛特专门从事文学创作，丈夫亦为律师兼作家，养有两条狗，其中一条为大型救援犬。欢迎访问她的个人网站 www.carrieryan.com。

邝丽莎

弗罗曼书店

加利福尼亚州,帕萨迪纳

　　1995年,当我的第一本书《在金山上》出版时,我举办了两场发行派对,一场在我居住的洛杉矶附近的达顿书店,另一场在帕萨迪纳的弗罗曼书店 (Vroman's Bookstore)。两场派对都供应芝士、苏打饼干和酒水。在两场派对上我都朗诵了我的作品。除了这些,就没什么相似的地方了。达顿书店的派对在室外露天中庭举行,弗罗曼书店的派对在室内楼上。达顿的那次邀请的是朋友,弗罗曼那场全是家人参与。(那个时候我还没有自己的粉丝,因此计划方程式里压根儿就没有这个因子。) 对刚出版处女作的作家们而言,举办家庭派对没有什么了不起,但是,《在金山上》这本小说是有关我的家族中的中国血缘,因此那场派对似乎就让人压力巨大,还可能是场灾难。

　　为了写《在金山上》,我花了整整五年时间采访我家族的生意伙伴、朋友乃至对手。我走访了中国南方的故乡小村落,那是

259

我曾祖父的出生地。我在国家档案馆找到了五百多页的询问笔录、登船牌、健康证明以及与我的家族相关的历史图片。我还钻进亲戚家的衣柜、地下室、阁楼和车库，搜寻任何与在美国的中国移民，尤其是我的家族相关的蛛丝马迹。最重要的是，我对亲戚们做了访谈。对我来说，这很不容易，我得恳求我的父母、祖母、叔姑舅姨和表兄堂妹们敞开心扉，向我倾诉他们遭受的极大痛苦、难堪、羞辱和哀伤。没有谁会愿意回忆自己所遭受的令人不堪回首的经历细节，如被人绑票，丈夫有外遇，各种各样的种族歧视，或者丧失挚爱的父母、孩子或其他亲人。还有一些介于合法与非法之间或者完全非法的事情，他们也很不情愿谈及，比如多重婚姻（在这个国家叫重婚）、走私、规避杂婚法，等等。我知道让人说出这些东西很难，但是无论如何，我有一种感觉，即使这是我的第一本书，还是要让大家在允许发行说明上签字。我相信亲戚们会签字，因为他们从没想到有朝一日我真的能写成这本书。

从某种意义上讲，《在金山上》算不上一本回忆录，因为书里不是我自己的记忆，但它是我家族的回忆录。我们都知道，回忆录是很敏感的。有些事情人们不愿去忆起，有些事情大家记得也不一样，有些事情人们更愿意避而不谈。而且某天这本书是要出版的，而那些人也是会看这本书的。

我不知道我的曾祖们是否晓得弗罗曼一家，但是如果他们的足迹在某一点上与之有交集我也不会感到吃惊。1895年，在亚当·克拉克·弗罗曼在帕萨迪纳的科罗拉多大道上创设他的书店的第二年，我的曾祖辈们来到了洛杉矶，开了一家古玩店，取名叫"温福寿"①。1901年，他们又在离弗罗曼书店不远处开了一家分店。于是在此后的八十多年里，我的家族在帕萨迪纳有了自己的落足之地。1981年，温福寿公司正式搬到科罗拉多大道，就在弗罗曼书店东边。今天，在帕萨迪纳甚至整个加州，弗罗曼书店和温福寿公司都属于最古老的独立家族企业。我的小说首发派对被安排在弗罗曼书店，不是出于方便的考虑，也不是因为它会向《纽约时报》上报销售额。(相信我吧，我绝对不是为了后者考虑才这样安排。打报告的书店？那是什么？)相反，我只是感觉这样很自然，如同就地取材。我知道在这里很保险。

　　尽管我有些神经过敏，但书店里的每个人都很欢迎我。书店里存书很多，多得好像卖不出去，但是他们宽慰我，让我别担心，因为他们可以保留一些，再退回一些。他们建议等待签名买书的人先登记再排队，以防我大脑短路，忘记我四百多个亲戚中的哪一个（即便在状态极佳的时候，那些名字也很难拼写正确）。他们建议我只说不读，直到今天我还坚持这样做。所以我说了一些话，然后我得承认，我哭了。接着人们排起队来买书。这样跟你们说吧，我的亲戚不能算作你们认为的买书人或读者。有的人在中学毕业之后就压根儿没读过书，但是他们随和可亲，很爱我，因此他们很好地履行了职责。

　　不久我开始听到有人聚在一起打开我的书在交谈。"瞧，这里有我妈妈的照片！我们从来没有她的照片。""在这儿我还是个孩子！我还以为我的第一张照片是在参军时照的呢。"在国家档案馆，我找到了我家族的移民登记照，谁也没有想到它们的存在。他们还没有开始读这本书，但是通过这些照片，我

---

① 音译，原文为"F. Suie One Company"。

的书使得大家忆起了他们认为已被永远尘封的那段家族故事。现在他们又来排队，每个人都买上三本、四本，甚至十本书。那一天，弗罗曼书店库存的《在金山上》卖得一本不剩。

所以如今我们来到了十七年之后。当年我举办另一场首发会的达顿书店几年之前就关门了，南加州的许多书店也遭遇了同样的命运。庆幸的是，弗罗曼书店一直很兴旺。对这家书店我总是很敬佩的一点，是这家书店的"读者捐赠"计划，让书店的顾客可以选择将其购书款的一部分捐赠给本地的一些对象，包括公共无线电台、艺术中心、家庭服务机构、扫盲工程、无家可归的人，或者动物保护组织。这在目前不景气的经济背景下更令人敬佩。迄今，弗罗曼书店以顾客的名义已经捐赠了五十三万美元，令人振奋不已。书店是社区的中心，主办过食品和礼品捐赠、免费艾滋病体检、宠物收养日等活动，并向慈善活动和学校图书展捐款。弗罗曼书店不仅依然是南加州最古老和最大的独立书店，而且在三年前还买下了西好莱坞的书汤书店，将它从店主不幸去世、书店面临关门的危险中拯救了出来。弗罗曼书店的家伙们全是售书界的英雄！

就个人而言，我的每本书的首发仪式都在弗罗曼书店举办。多年来，当我站在讲台上，慢慢发现我曾经那样生龙活虎的亲人们现在开始拄拐站立，或者用助步器，甚至坐在轮椅上。我注意到叔祖父们开始谢顶，叔祖母们渐生华发。我看到他们宽阔的臂膀开始变得瘦弱，矫健的步履渐渐蹒跚。我挚爱的亲人们，成就了今天的我的亲人们，已经一个个离我远去。当他们步入天堂，书迷们开始填补上他们的位置。但是我依然看到他们坐在椅子上，或者聚拢在某个角落；依然听到他们在窃窃私语："瞧，这里有我妈妈的照片！"我依然感受到他们的影子徘徊在书堆里、书架上，在地处帕萨迪纳的这个美丽的、可爱的、有条不紊的书店里。弗罗曼书店也许不是我的近邻书店，却是我的家庭书店。我将永远忠于弗罗曼，而我相信，弗罗曼也将永远忠于我。

作者简介：

邝丽莎 (Lisa See) 是《纽约时报》畅销书排行榜第一名《乔伊的梦想》的作者，还著有《纽约时报》畅销小说《雪花秘扇》、《恋爱中的牡丹》及《上海女孩》，大受评论界欢迎的回忆录《在金山上》。被美华妇女会评选为 2001 年度女性，现居洛杉矶。

布莱恩·塞兹尼克

沃里克书店

加利福尼亚州, 拉荷亚

我不是真想搬去加州住。但是我的男友得到一个加州大学圣迭戈分校的教职，于是我们就搬了。他在拉荷亚找到一处公寓，离海边就一个街区，两个街区之外就有一家书店，因此我想事情也没那么糟。这家书店名为沃里克书店（Warwick's），有一个世纪的历史了，我一踏进它的大门就有一种回家的感觉。

拉荷亚是个海边小镇。到处都是冲浪者，海滩上到处是玩海的人。苏斯博士曾经就住在此地。所有的树木仿佛都是冲他来的。不过在阳光和沙滩之间，到处弥漫着一种不可思议的知识和艺术气息。这里有很棒的剧院和博物馆，可以欣赏到出色的音乐。还有书店。沃里克书店和大多数伟大的书店一样，是社区跳动的心脏。一年到头这里都在举办朗读会、签售会和各式各样的活动。店员们不仅博览群书，而且似乎还对一切都有自己的见解。

像沃里克这样的书店让我感觉如同自己的温暖的家。1990年代初，我在纽约市的一家名叫"屹耳"的儿童书店打工。在那儿干活时，我学会了所有有关图书和图书装订的活儿。正是在那儿，我开始明白，也学会把图书当成一种美丽的艺术形式来欣赏，而且在店主史蒂夫·盖克手把手的悉心教导下，我通过大量阅读了解到了儿童书籍的历史。我那时也喜欢来到书店的作家们。我们总是向他们要签名的图书，还跟有的作家成了好朋友。其中一位叫宝拉·丹齐格，曾写过《琥珀》系列和《猫咪吃了我的体操服》。在我出版自己的处女作之前，是她一直引导我。如今多年过去了，我现在作为一个作者走进沃里克书店，感觉跟两头都有关联挺好玩的。

我第一次造访沃里克书店是在2004年，那个时候我正好在写《造梦的雨果》。我会把草稿拿去请店员们提意见。那时候我不知道是否有人会愿意读一本关于法国无声电影的童书，因此能得到他们的正面反馈十分重要。在创作最近的一本书《大吃一惊》时，我和出版商因该书的封面设计争执不下。书店负责儿童书籍采购的简·艾弗森以及其他店员向我提供了超棒的反馈，帮助我设计出最终封面。没有他们，这件事不知要拖多久；而当《大吃一惊》完成时，我把书店的所有店员都请到我家庆祝。我们饮酒，品尝奶酪，听音乐，参观我在工作室里悬挂的那二百五十张图画。

我和沃里克书店结邻将近九年的时间，我非常感激该书店对我所有的帮助和支持。他们为我举办了朗读会，其中包括在巴尔博亚公园的圣迭戈自然历史博物馆里举办的有关《大吃一惊》的那场。不过我在沃里克书店最好的时光，依然是简单地停下来打声招呼的那一刻。我会敲敲书店后面办公室的弹簧门，不久就会和店里的不同员工谈论他们正在读的书，还有哪一本他们会推荐给我。我们会闲聊生活中的琐事，或者我们正在读的任何东西。几个月之前，我开始阅读伊迪丝·华顿的《纯真年代》和《欢乐之家》，店员们和我争得热火朝天：到底华顿的哪一本书最棒，或者为什么莉莉·巴特[①]会做出所有那些糟糕的选择。

感谢上帝，赐予我书店和书商。

自打我在书店打工，迄今已过了二十多年了，但在我心里自己依然是个卖书的。当然，在我真的在卖书时，我总是感到疲倦不堪。我不喜欢重新摆书上架，而且有时还有不友好的顾客，让我抓狂不已。有些我们不喜欢的作家会偷偷溜进书店，把他们的作品封面朝外摆在书架上。还有一些事情要对付：小偷出没，货发晚了，或者一些老奶奶为孙儿辈挑礼物时对我的建议从不满意。很辛苦的活儿。但是我可以想读什么书就读什么书，而且和周围的人讨论的都是书的事情。有些常客会喜欢我们给他们的书，还要买更多的书。有的小朋友等不及回家便蜷起腿坐在地板上，如饥似渴地读起来。会有刚到的装满书的纸箱，刚从出版社运过来，一打开就散发出新鲜的油墨书香。

困难之中更多的是快乐和满足。而今，这么多年过去了，书店经营变得越发艰难了。不过，实体书店挺过来了，而那些和社区贴心贴肺的、让自己变得不可或缺的书店不仅生存了下来，还一片生机勃勃的景象。当然，一家书店和它的员工一样的好。而沃里克书店是好中之好。

---

① 莉莉·巴特是华顿《欢乐之家》的女主角。

作者简介：

布莱恩·塞兹尼克 (Brian Selznick) 是《纽约时报》畅销书排行第一的小说《造梦的雨果》和《大吃一惊》的作者，马丁·斯科塞斯执导的3D电影就由《造梦的雨果》改编而成，并获得奥斯卡五项大奖。他的作品获得许多奖项和荣誉，包括《造梦的雨果》获得的美国凯迪克奖章，《沃特豪斯·霍金斯的恐龙》获得的凯迪克荣誉奖等。他在纽约布鲁克林和加州拉荷亚两地穿梭居住。

马赫布·萨拉杰

开普勒图书

加利福尼亚州，门洛帕克

于我而言，书店从来都是惊奇和神秘之源。我在伊朗长大，孩提时代，每天在上学的路上，我都会站在我家附近的一家很小的书店门口，盯着玻璃橱窗里面码起来的书堆，那些有着充满幻想的标题和名号响亮的作者的厚厚的书，比如杰克·伦敦的《白牙》，费奥多尔·陀思妥耶夫斯基的《罪与罚》，埃米尔·左拉的《萌芽》，萨迪克·赫达亚特的《瞎眼猫头鹰》。

那些大师花了多久才写出他们的旷世之作？我很想知道。他们知道自己的作品感动了多少人吗？

甚至在那个年龄段，我都无法想象还会有什么样的美好感觉能超过当你看到自己的名字第一次被印在一本书的封面上时的那种感受。有个秘密的心愿深深根植在我的内心深处：某一天我也能成为一名作家。为此我悄悄地对自己钟爱的作家深怀尊敬、向往和嫉妒。

十九岁的时候我离开伊朗。我的年龄不断增长，但一种情怀从未改变：对书和书店的痴迷。

转眼三十几年过去了，我从芝加哥搬到了湾区，上班的地方在门洛帕克，离开普勒图书 (Kepler's Books) 很近。没想到这家书店这么有名气，多年来一直被认为是读书人和非读书人的地标和社区中心。站在橱窗外，扑入眼帘的那些书架上的书立马让我想起了自己孩提时代上学路上的那家温馨的小书店。从那一刻开始，开普勒成了我的麦加，每日来到此地仿佛我孩提时代每天对那个纯净幻想世界的朝圣。

2009 年 6 月，那是我处女作小说《德黑兰屋顶》出版一个月之后，我收到这个令人尊敬的文化中心的邀请参加朗读会。我之前到这里来过无数次了，但是一想到这一次是作为受邀作家踏进书店，我真是激动不已。还有些受宠若惊。尽管我的职业是管理咨询和公共演讲，但是我知道这种经历和站在满屋子的硅谷经理人面前讲话是完全不同的。这是开普勒，这里的听众要比那些只关心季末报表、华尔街行情或者每股盈利率的一般的企业老板要复杂得多！来到这里的人是要感受社区的意义，成为一个大的整体的一分子，找归属感的……而我是客座讲者。

这种经历与众不同。书店员工十分周到友好，对我来访的每个细节都精心准备。那么多的听众，都有着良好的修养，他们很欢迎我，而且准备好了一些发人深省的问题来问我。他们用热情和认可拥抱我。我不敢相信，那个曾在德黑兰一家小书店门前盯着玻璃橱窗里的书发呆的小男孩，现在站在了加州门洛帕克的开普勒图书里。

在生命的征程中，沿途我们会碰到一些地方、避难所，它们就像甜蜜的家一样，带给我们归属感。作为一个作家，一个读者，或者简单而言，一个死忠的拥趸，开普勒对我来说就是那样的一个归宿。这个神奇的地方唤醒了我童年的梦想，促我上进，奋力实现那些梦想。

作者简介：

马赫布·萨拉杰 (Mahbod Seraji) 生于伊朗，1976 年在十九岁时移民美国。获得艾奥瓦大学电影和广播学文学硕士以及教学设计与技术方向的哲学博士学位。他目前住在加州旧金山湾区，从事管理咨询工作。

李·史密斯

紫乌鸦书店

北卡罗来纳州,希尔斯伯勒

"它救了我一命。"在想到2003年4月当她真的步入书店行业的那一天时,莎伦·惠勒如此感慨道。她亲爱的丈夫乔被诊断出患有致命的脑部肿瘤和肾癌,那时她还没有从这个晴天霹雳似的消息中缓过劲儿来。莎伦刚从北卡罗来纳州伯灵顿的一个教学岗位提前退休,那一天她发现自己"还不够忙乱似的",和一个朋友到附近的希尔斯伯勒去逛街。

"我走进书店,说道:'哎呀,要是我能够在这样的书店工作的话,我可以舍弃一切!'"

店主人听到后说:"我雇了你了!"

于是她就开始了,一周在书店干几天。两年后乔过世了。又过了些时候,那家书店倒闭了,莎伦意识到:"我知道我要开自己的书店了。"

2009年,莎伦·惠勒搬到了希尔斯伯勒,在国王大街上租了个临街的小铺面,紫乌鸦书店 (Purple Crow Books) 正式开张,正处在这个历史小镇的中心。

起初，她那已经成年的女儿们很不乐意搬家。不过现在她的女儿阿什顿说："我想你实现了自己本来的人生梦想。"

"任何时间只要你有事可干，有人需要你，你的生活就有奔头了。"莎伦解释道，"在伯灵顿时，我丈夫谁都认识。但来到希尔斯伯勒，我只是我自己。因此我属于整个社区，它使我插上了属于自己的翅膀。"

紫乌鸦书店从此展翅高飞。

"尽管有亚马逊和Kindle电子书，但在这个镇上，我能拥有一家自己的书店并能自食其力，想到这一点真是棒极了！我认为我们之所以阅读是因为想建立联系，而这正是独立书店的服务之一。人们确实喜欢和某一本书建立个人的关联，而这里就是建立关联的地方。而且，我试着了解人们。这个书店让我想起人们相互说'干杯'的酒吧，我们想找一个地方，那儿人们都叫得出你的名字。它起的就是这么个作用，在这儿人们叫得出你的名字。眼下，我们四周到处都是电子的东西，推特和电邮，我们以往面对面的交流几近绝迹。我喜欢真正的联系。"莎伦强调道。

"经常到书店来的人都喜欢读书，而且喜欢支持有砖墙和石灰缝的实体书店——以及真正的书。而且他们还喜爱在本地消费。他们珍爱传统。"

在书店工作的南希·维斯特插话说："我想他们是来看看莎伦！他们想来和莎伦说说话！"

"大家来这儿告诉我的东西让我十分惊讶。"莎伦大笑着承认，"但是我喜欢故事，我就是喜欢听他们的故事！"

她还有心理咨询专业的硕士学位。"我在一所很穷的学校工作。"她说，"我总是用书来帮助我的孩子们。再也没有比这更重要的了，一个孩子通过读书，可以了解到还有其他人，他们的父亲进了监狱，或者母亲吸毒……读书可以让你知道其他的世界，还有其他的责任。所有的故事，所有的地方，都可能是你的。这就是书籍带来的礼物。"

莎伦还利用读书开发了一门性格培养的获奖课程。"在儿童读物里你可以找到生活里的善和意义。大千世界所有的问题在儿童文学中均可以找到答案。"她说。在我的催促下，她列出了最喜欢的书单：《夏洛的网》《队友——杰克·罗宾逊与皮·维·瑞斯的真实故事》《棒球救了我们》，以及帕特丽夏·波拉科的所有作品。讲话时，她手里还晃动着《粉红色，说吧》，那是一本关于美国内战的儿童读物。

紫乌鸦书店里有一个脚是鸟爪造型的旧式浴缸，里面填满了色泽鲜艳的抱枕和动物玩偶，孩子们可以惬意地在里面边玩边读书……还可供那些百无聊赖的丈夫们躺着打个小盹！

我自己也喜欢在这间书店闲逛，看看是否有新书上架，常常沉浸在安静的氛围中，门口的铃一响，抬头瞅瞅又有哪个进来。

"又看到大家我真高兴。"莎伦对她的常客们总是这样打招呼，这回有一个人是从弗吉尼亚州驱车南下的。她仔细听这位妇女描述她孙女喜欢看的一本书："她迷上了希腊和埃及神话故事，爱读这些系列……"

莎伦不用费什么事，立马就推荐本地才华横溢的作家、当过中学老师的约翰·克劳德·比米斯，他创作了"发条黑暗"三部曲，并将其描述为"美国版的《哈利·波特》"。约翰的新书《从天而降的王子》于2012年6月出版，紫乌鸦书店专门为它在我们本地的农贸市场安排了一个大型的首发派对，还有娱乐节目。约翰也是个乐手！

莎伦给一位新顾客介绍她的"本地作家"专柜。"这些书都是希尔斯伯勒的作家们写的，我们有三十多位本地作家。没错，就在我们这个小镇上！这些作家包括迈克尔·马龙、弗朗西斯·梅斯、艾伦·古尔加努斯、吉尔·麦克科尔、泽尔达·洛克哈特、哈尔·克劳瑟、克雷格·诺瓦……这名单还很长很长。伊丽莎白·伍德曼的新伊诺出版公司刚刚出版了《希尔斯伯勒的二十七景》，书中很多作品是由我们选的。"

事实上，希尔斯伯勒被《花园和火枪》杂志选为"美国南部最具文学性的小镇"，打败了密西西比州的牛津和佐治亚州的米利奇维尔。真是难以置信！

希尔斯伯勒的作家们不是完全的"归隐"作家，相反他们非常善于交际：比如，每逢圣诞节，迈克尔·马龙和艾伦·古尔加努斯就会化装登场，演出狄更斯的《圣诞颂歌》，艾伦扮演守财奴，迈克尔扮演所有其他的角色！演出太精彩，以至于每次都要演两场，所有收入均捐给本地慈善机构。每年一度的故事节还吸引作家们全体出动。在紫乌鸦书店对面一家本地人常出没的小店"一杯咖啡"里，你总是可以看到有人在创作小说或诗歌。

国王大街的这一小部分可以说是"新南方"的缩影。隔壁的双源五金店这么多年"差不多保持原样"，和它的主人韦斯利·伍兹"八九岁时开始在店里整理库存、打扫卫生"时相比没什么变化。那里现在还是没有电脑。街对面是伊芙琳·劳埃德的小小的家庭药房，是她在1980年代从父亲那里继承过来的；卡罗琳娜猎具和渔具店出售打猎的弓箭和钓鱼的索具，还季节性地举办猎鹿和猎火鸡比赛。猎获的动物就放在人行道上称重，而边上就是精致的"一杯咖啡"，店里咖啡师们忙着做拿铁和卡布奇诺，生意兴隆得很。

莎伦拥有旧式的友善和新近出炉的图书,在传统与现代之间游刃有余。"希尔斯伯勒的闹市区有一种闲适的生活节奏,这是本镇的独特之处。我总感觉到是希尔斯伯勒的这种精神鼓舞着我迈向成功。我们为彼此加油鼓劲。我想乔也这么感觉,他现在在天堂看着我呢。"

叮当!进来一位兴冲冲的老先生,要找一本未经删节的《基督山伯爵》①。不走运,没有货。叮当!一位妇女悄悄问有没有《五十度灰》,也不走运,没货——莎伦刚刚在"妇女之夜"上卖完了。她记下了客人的预订,当客人离开后,向我做个鬼脸。"我想每个人都有权读任何想读的书,对吧?"绝对是的!

叮当!有些游客进来了。"瞧!"他们嚷道。"这才是真正的书店!"

咔嚓!他们按下快门。

作者简介:

李·史密斯 (Lee Smith),著有十五本小说,包括《口述历史》《美丽温柔的女士》,以及她最近的选集《达西太太和蓝眼睛的陌生人》。她的小说《最后的女郎》登上 2002 年度《纽约时报》畅销书排行榜,并荣获南部书评人协会奖。她是北卡罗来纳大学退休的英语教授,获奖无数,包括北卡罗来纳文学奖以及美国艺术和文学学院的学院小说奖。

---

① 《基督山伯爵》最常见的英译本为 1846 年查普曼与霍尔 (Chapman and Hall) 所出的匿名译者版本;受维多利亚时期英国社会环境限制,该版本对原著中涉及同性恋等内容作了删改。1996 年,企鹅出版了罗宾·巴斯 (Robin Buss) 译的未删节版。

莱斯·斯坦迪福德

书啊书

佛罗里达州,科勒尔盖布尔斯

快下午五点钟了,我想,是时候喝点什么了。那大约是在1981年,迈阿密,又一个炎炎夏日,西边几英里外的大沼泽地国家公园那边乌云低垂,来回翻腾,预示着一场暴雨即将来临。再在办公室逗留已经没有多大意义了。生意糟透了。在一切都是公开的城市里,谁会需要一个私人侦探呢?

那一刻她走了进来。

她一到门口就先说了声对不起。是一位收拾得很利索的浅黑肤色的鬈发美女,身材美得让男士禁不住要写首十四行诗。她说:"我敲了门,不过好像你的秘书已经离开了。"

走了一年了,我想告诉她,还想着要她最后两周的薪水。但是为什么要动摇一个客户的信心呢? 我指了指椅子,示意她坐下。

她坐了下来,跷起了二郎腿。我欣赏她的优雅。"有什么能为您效劳的?"

她用纸巾擦了擦眼睛,开始说道:"是我男友。"

"总是男友出事。"我嘟哝道。

她哀怨地看着我。"他变心了。"

我点点头。"这么说他一直在骗你,你想让我帮你查查谁是第三者是吗?"

她摇摇头。"比那还糟糕。"她说,"他想开家书店。他老在这样想。"

我全明白了,还以为是啥大不了的呢。"那你想让他开家面包店喽。你为什么不跟他这样讲呢?"

她垂下眼帘。"太丢脸了。"她说。街上忽然传来警笛声。怎么了?我在想。

"他上的是法学院。"她接着说,"然后,没读完,他就开始在高中教起了英语。但我知道那是因为那样他就可以读书,然后跟人谈论书了。"她仰起脸,不住地摇头。"现在他又想卖书。他在和书谈恋爱。"眼泪在她的面颊流淌。"书啊书的。"她无助地说着。

我从办公桌后面走出来,拍拍她的肩膀。"听着。"我说,"我只是虚构的角色,有些偏见。不过你的男友……他叫什么来着?"

"卡普兰。"她说,"米切尔·卡普兰。"

"好了。"我告诉她,"卡普兰做的事很重要。书很重要。"

"但这是迈阿密。"她说,"人们打鱼。他们开快艇。他们搞各种犯罪活动。没人读书。"

"那是可以改变的。"我说,"这个卡普兰是个聪明的家伙。"

"你怎么知道?"她说。

"他选择了你啊,不是吗?"

结果就不用我再告诉你了吧。卡普兰的确做起了图书生意,好吧。他在科勒尔盖布尔斯的阿拉贡大道租了一栋1920年代的小楼,那是勒琼路东边的一个街区。他把楼上楼下兔子窝似的房间里全部放上了艺术品和图书,大部分是新货,有个别稀有宝贝。人们出海游玩之后,泊了船就过来。当然,他们喜欢读书,不过更喜欢的是这种气氛。他们边逛边和这位卡普兰聊着哪本书值得读,包括有关迈阿密犯罪的所有书,也没见着有谁冲谁家的窗口放上一枪。

尽管书店里最大的房间也就巴掌那么大,卡普兰却开始请作家们到店里来朗诵。起初,纽约的出版商只会派一些写过改善老年人生活水平或者怎样使住所更安全之类的指南的人过来,但是卡普兰很重视他们,还总是吸引了当地很多人。不久之后,任何作家要搞图书巡回宣传,就不可能不把"书啊书"(Books & Books) 书店列为他们的目的地之一。

卡普兰不满足于只把人们吸引到他书店里来。他还邀请到迈阿密戴德学院的校长爱多瓦多·帕德龙,创办了迈阿密书展。这个主意使得迈阿密不得不在闹市区封路,搭起帐篷,让人们可以卖书买书,聆听各种各样的作家朗读会——一周的时间内有超过五百名作家现身。幸亏那个女孩那天到我办公室来没成功,幸亏没让卡普兰真的去做什么面包房生意。好玩的是,迈阿密书展就按卡普兰描述的那样举办,出人意料地成功。

十多年来,卡普兰做得很棒。他当年做高中教师时所追求的人生至乐又朝前迈进了一步,甚至在迈阿密海滩的林肯路又开了一家分店。当时那儿还有两间小商店,一间是卖旧吸尘器的,另一间是卖翻新汽车无线电天线的。卡普兰是在迈阿密海滩长大的。他要给人们提供读书的渠道,听起来很精彩,而这一次他又证明了他的远见是正确的。林肯路上的书店,配上人行道旁最好的小饭馆,生意好得很。

直到1990年代初,情况才有些不妙。在此之前的十来年,美国的企业家们像强盗一般到处开起了销售鞋子、维生素、钓具和女士内衣的连锁店与专卖店,不久就有人想起来如法炮制,搞起售卖图书的连锁店来。在你弄明白之前,全国到处就都开起了书店,多得像甜甜圈店一样,把一些传统的独立书店搞得没生意做。这时候我的作者也开始和卡普兰交涉,威胁我们的生意到此为止。

"嗨,大款先生。"我说。我的作者终于拿起了话筒。我给他拨了几天电话了。但这就是一个虚构角色的命运。

"怎么了,埃克斯利?"

"怎么了,我听说你要写一本有关卡普兰这家伙的小说?"我说。

"你听说的是真的。"我的作者说道,"米切尔说他认为从所谓的书店大战里可以写出一部很好的惊险小说,我想他是对的。我告诉他,当然得在书里死掉,不过他听着很乐意,于是我就准备这么干了。"

"那我呢?"我说,"我能也加进来吗?"

"不好意思。"我的作者说道,"它会是一本类似于约翰·迪尔系列[①]的书。你可不合适。或许下次我会考虑你的。"

---

① 约翰·迪尔系列是莱斯·斯坦迪福德最有名的探险小说系列。

这真伤人，不过当你只是个虚构的角色，你又能干些什么呢？况且，这书确实出版了（尽管我永远不可能知道，为什么他们把它叫做《冰上交易》而不是《图书交易》），而我的作者要在卡普兰的书店里朗诵它。每个人似乎都喜欢它，甚至是书店主人挂了的那段。我猜想大笑不止的人中有些本身也许就是罪犯。

不过，构成真正精彩故事情节的是这么个事实：在现实生活中，这位卡普兰不仅没有挂，而且像劲量兔[①]一般坚定前进。又过了几年，他翻新了原来的那家书店，把位于阿拉贡大道上的那栋房子提升了个档次，我的作者喜欢称之为"书庙"。那地方很大，两侧有翼楼，中间有个宽敞温暖的中心庭院餐厅，周末会有熙熙攘攘的人前来品味，热闹劲儿不亚于第一家店。搬家时有好几百号顾客前来，像个图书旅，他们把图书从老地方搬到新地方，一本本、一柜柜地接力。这种情况，你要是写到小说里，人们会批评你瞎编乱造的。

新地方也非常成功，吸引了来自各地的人们。总统曾经在那里给书签过名，你还可以随时发现一些名人或知名作家正躲在书架边专注地看书。卡普兰继续在巴尔港开了另外一家书店，还在迈阿密国际机场、劳德代尔堡、大开曼岛、西安普顿海滩等地开了更多冠名"书啊书"的合伙书店。这可是大批独立书店，甚至那些连锁书店都在接连倒闭的时候呢。

假如你想知道他是怎么做到的，我估摸应该是这样：正如我说过的多年前我办公室里那个突发事件，这个叫卡普兰的家

① 美国劲量电池的卡通形象，在广告中总是有劲地敲打着手中的鼓，持续前进，在美国已经成为长久、坚持和决心的象征。

伙明白图书与狩猎衫以及全麦蛋糕有着完全不同的重要性。任何一个人进入他开的书店——它们真的更像目的地——都可以感觉到开这个书店的家伙很关心他卖的书。假如你有些疑惑，那就花几分钟和他谈谈，或者与和他一起工作的地地道道的书店人员谈谈。

于是乎，故事有了如下结局。不久之前，我的作者和我一起北上纽约，去参加全国图书奖典礼，看到卡普兰获得了美国文学界杰出图书人奖。那场面很正式，人们都穿得西装革履，我有些不合时宜，穿着睡袍和拖鞋。人们看不见我，我可以随便拿起服务生端过来的香槟可劲儿喝。当卡普兰走上前领奖，并谈起自己对他描述为"非常脆弱的文学生态"的执着追求时，我承认，我有些被震晕的感觉。

不过我记得很清楚那时我边看边想："忘了虚构的东西吧，在现实生活里，有时好人确实先玩儿完。"顺便说说，那天晚上真正和卡普兰风风光光地坐在一起的热火女郎还真和多年前忧心忡忡到我办公室来的那位惊人相似。就像我一直在告诉我的作者的，这可是一个好故事。

作者简介：

莱斯·斯坦迪福德 (Les Standiford)，著有二十部作品，包括约翰·迪尔探险系列以及《纽约时报》畅销书《带亚当回家：改变了美国的绑架》。他与妻子生活在迈阿密，是佛罗里达国际大学创意写作课程主任。三十多年前他和原美国律师协会主席米切尔·卡普兰相识并成为好友，当时书啊书书店在卡普兰眼里才露曙光。

南希·赛耶

米切尔图书角

马萨诸塞州,楠塔基特

某天你一觉醒来,发现一切都改变了。电动打字机过时了,电脑统治了世界。岛上图书馆建了个新的儿童专柜。乘坐轮渡个把钟头就可以上岛。不过我想自己的一生都会和米米在一块儿。

米米·毕曼是米切尔图书角 (Mitchell's Book Corner) 的主人,这家书店位于楠塔基特岛的主街拐角处。我第一次见到她是在1986年,当时她把我吓了一跳。以前认识的书店主人大都矜持寡言。而米米一举一动像阵旋风,说话像连珠炮,嗓门又大。我一进她的书店,马上就会听到她那铜锣般的叫喊:"我们有伊丽莎白·乔治的新作品了!"有时候,她会甩给我一本崭新的作家处女作。她会撇着小嘴,像特务一样神秘地说:"我想你会喜欢。试试看!"她总是对的。

她对所有的常客都这样。

米米的精力充沛得惊人。早上四五点钟就爬起来,晨读到八点钟,然后打开店门。她好像什么书都读过,而且有种特殊才能,记得谁喜欢什么书。她喜欢将人和书配对儿。她热爱这个小岛。她热爱她店里的年轻人,她的店员们,而且我知道她是店里年轻女店员的心灵导师,我女儿也在其中。

对作家而言,她就是个天赐之物。她会举办精彩绝伦的签售会,把作家当成明星。她总是在店里的桌子上摆上一束与图书主题相关的鲜花,边上放着饮用水和一小盒精致的巧克力。她善于夸人,精于赞美。每当图书馆有一位作家来演讲,米米总是带上该作家的一大箱作品到现场,等演讲完之后都会上前献上赞美之词,无论该作者的书卖出去十本,还是一本也没有卖出去。每当新作家到她店里来,她都会花时间读他们的作品,并提出她的见解,贡献她的专长,并献上她一如既往的诚恳。

假如你想从米米那儿得到任何建议,你肯定可以得到。而且她嗓门大,吐词清晰。有一次,一个自认为是个名人的家伙想在最新一部《哈利·波特》正式出版之前的那天晚上拿一本。米米拒绝了他,他说:"你晓得我是谁吗?"米米回答他:"是的,我晓得你是哪个,但是明天早上之前你是拿不到这本书的。"

米米不是电脑上的字母或者机器发出的声音,她是书店里的一个朋友,总是乐意听你唠叨一个新作家,或者明确告诉你为何你不会喜欢某个作家。她会连珠炮似的嚷嚷:"很高兴你又回来了!冬天过得如何?你儿子上哈佛了吗?你膝盖的手术做的还好吧?"她认真听你回答,而且很关心你的事情。她真的关心。城里的什么消息她都知道,并且迫不及待地要和你分享。

米米就像个高中老师,随便几句建议就会改变我们的生活。

她就像布兰特角灯塔①一样在我们沮丧迷茫时给我们照亮前方。她像个母亲，给我们介绍碧翠克丝·波特；她也像酒吧里的老家伙，跟我们开着特别粗俗的玩笑。她像你的邻居，在夏日午后走过小城的街巷时，时不时停下脚步和见到的男女老少、穷人富人聊天。在我们最孤独的时候她是贴心的慰藉。她就在那儿，而且我们知道一进她的书店就可以找到她。她是可靠的安慰者，我们日常生活中智慧、幽默和快乐的源泉。

2010年3月，米米不幸逝世，享年六十三岁。她是文学事业的支持者，阅读的试金石。当我们步入飞速发展、人情淡漠的电子化世界，失去她我们感到无所适从。

作者简介：

南希·赛耶 (Nancy Thayer)，《纽约时报》畅销书作家，著有《夏日微风》、《热浪》、《海边拾荒者》、《夏屋》、《月贝海滩》、《热闪俱乐部》、《热闪俱乐部再次来袭》、《热闪假日》以及《热闪俱乐部变凉》。现居楠塔基特岛。

---

① 位于楠塔基特岛，建于 1746 年，目前仍在运转中。

迈克尔·蒂塞兰德

奥克塔维亚图书

路易斯安那州，新奥尔良

　　大概是2005年新奥尔良洪灾的第一天，我正在和岳父通电话。他并不是我一遇到难事就找来解压的人，不过那时候没有第二选择。我声音嘶哑，给他列出了损失的清单：工作、学校还有见到好友的机会。"都没有了。"我说，与心中的恐慌斗争着。"不是什么都没有了。"他答道，带着科学家惯有的理智口气。他是来自拉脱维亚的移民，孩提时代有着居住在难民营的经历。

　　那些天我们简短而饱含慰藉的对话让我记忆犹新。不过，那几周里回家的高速公路变成了封闭的、破烂不堪的通道，空气中弥漫着绝望的气息。人们忧心忡忡，前途未卜。

　　我现在想起这段时间，是为了解释2005年11月一个星期六的夜晚，当我步入奥克塔维亚图书 (Octavia Books) 这家书店时的一种感觉。那时肆虐新奥尔良的可怕的"卡特里娜"飓风以及当地的监狱被冲垮所带来的恐慌过去了不到三个月。奥克塔维亚图书是新奥尔良重新开张的第一家书店，那天夜晚好几百号人拥进这家空间狭小、摆满书架的矩形书店。大家都在聆听我的朋友汤姆·皮亚扎在亢奋状态下写出来的像一本书一样长的论著《新奥尔良为什么重要》。

那晚有许多有意无意的重逢。人们的泪水多过酒水。我印象最深的一段朗读是有关前美国第一夫人芭芭拉·布什的，她在访问休斯敦临时难民营时，评价暂住在简陋窝棚里的疏散人员"本来生活水平就不高"，所以"现在的生活对他们来说不错了"。这话惹人憎恶。我不会忘记，也不想忘记，当时人们拥挤在那个狭窄、潮湿、堆满了书籍的空间，带着悲伤和愤怒，团结一致。

同一个夜晚，我还遇到了布鲁斯·雷伯恩，杜兰大学爵士乐史专家。在奥克塔维亚，我们策划了一个方案，要潜水到被洪水淹没的爵士乐音乐家（还是个不太有名的作家）丹尼·巴克的房子里。尽管巴克几年前就过世了，但他的家人将其故居和家什保存得很好，我们知道里面有许多无价的纪念品和文章，现如今被泡在了"卡特里娜"带来的洪水里。我们在谋划的同时，听说其他救援计划也在进行。有的人，比如我们，关心的是房子。更多人关心的是找到并安慰人们脆弱的心灵。

在后来的几周乃至几个月，这样的夜晚一直重复着，参与的人们通常都带着激烈的情绪。随着越来越多的与"卡特里娜"相关的图书推出，该书店的朗读会变成了某种仪式。克里斯·罗斯、道格拉斯·布林克利、杰德·霍恩、约什·诺伊费尔德、安德森·库珀、戴维·艾格斯，"社区故事项目"的作家，还有更多的作家纷纷来到此地，在摆满折叠椅的木质讲台上轮流朗诵他们的作品。路易斯·阿姆斯特朗那首有一句描写朋友握手并说"我爱你"的歌，变成了我们的圣歌。

这就是为什么奥克塔维亚图书是我的书店。

奥克塔维亚只是这座城市新近才有的书店。很高兴向您汇报一下，在这里独立书店是惯例，不是例外。汤姆·洛温伯格和朱迪斯·拉菲特这对夫妻档在2000年开设了这家店。早在汤姆作为本地活跃组织"节约能源联盟"的一员时，我就听说过他。尽管他和朱迪斯都是温和、说话轻声细语的卖书人，他们还有一只名字颇有音乐剧感的小狗"皮平"[1]，但在书店里有一种明显的活跃气息。我在这里参加过业余时间社区聚会，最近汤姆还帮我打赢了一场可笑的关于作品审查的州法官司。对本地企业如何在大千世界中生存，他还是个自学成才的专家。

奥克塔维亚绝不是我唯一推荐的新奥尔良书店。部分上我还是枫叶街书店的常客，在那儿我还跟店主在庆祝我的第一部作品问世的派对上跳过舞；还有花园区书店，特别是我和乔治·麦戈文一起主持过充满激情的晚会；还有福克纳之家书店，威廉·福克纳早年在那里居住过，和舍伍德·安德森做邻居。福克纳之家还是"海盗巷福克纳学会"的根据地，该学会常年赞助本地诗歌音乐节和其他活动。还有薇拉·沃伦－威廉姆斯精彩的"社区图书中心"书店，在那儿我曾经购得人权斗士鲁比·布里奇斯的传记，当时我买了送给我刚上一年级的女儿做礼物。她还写信给布里奇斯，收到的回信现在成了传家宝。

我们还有许多很棒的二手书店，数量远超出我们应得的量。从充满霉味的"法语区"到新开的"翠柏图书"。还有一家叫不出名字了，因为我的小孩看到书店的窗户，就喊"书，书，书"。

---

[1] 《皮平》（*Pippin*）是一部百老汇音乐剧，曾获托尼奖。

它的对面是在城里有着七十年历史的专卖刨冰之类饮品的汉森冰品店。我们家的传统是，大人排队买刨冰，孩子们则去找他们想要的书。最近一次，我那十岁的女儿一手拿着草莓味的刨冰饮品，另一只手里是一本宣称拥有证明外星人存在的证据的书。那是个美好的下午。

新奥尔良是座邻里之城，奥克塔维亚图书以它所在的街道命名，街道又是以奥克塔维亚·里克命名的，她是我们这座城市在十九世纪臭名昭著的恶棍之一里克的女儿（邻近的莱昂婷街名字取自奥克塔维亚的妹妹）。书店四周满是低矮的火柴盒式的房子，每栋房子在拐角处都安着炫目的电灯，在圣诞节时会照亮。（里克·布拉格有一次在举办朗读会时提到，此处的灯光展在街坊里最突出，把奥克塔维亚图书置于次要的位置。）该书店周围还有无数酒吧，一两家瑜伽店，类似于汉森冰品这样的小吃店（在十二个街区之外），砖墙结构的牡蛎天堂凯斯曼陀饭馆（在十六个街区之外）以及多米里斯快餐店（仅隔五个街区）。

奥克塔维亚图书最近几年格调有些变化。书店内部前面曾经摆放着一个"卡特里娜"专柜。我总是习惯看看是否有新作放在那儿，现在不知还有没有了，或者它还原成了以前的"本地特色"专柜或其他什么的。近期我注意到有些本地作家开始搞些不一样的朗读会："这不是真正意义上的'卡特里娜'系列。"

步入书店，我们不再悲伤了。我们买书，我们不再策划拯救活动了。

但是我们不可能忘掉我们在最需要的时候汤姆和朱迪斯给予我们的东西。2008年8月28日，在该书店举办的另外一次朗读会又让我忆起往事。在此之前几日，海地刮起了"古斯塔夫"飓风，正在越过古巴进入墨西哥湾。我们打算第二天疏散，不过那天夜里我给奥克塔维亚图书打电话询问曾参与创作《精灵年代记》的托尼·迪特立兹的朗读会是否照旧。答复是肯定的。在我太太收拾行李时，我带着两个孩子去了书店。那晚迪特立兹做了场大师级的讲演，陈述如何区分亚洲神话中的龙与西方神话中的龙。我的两个孩子争着在画板上勾勒他们想象中的龙的图像。房间里大人们的脑海里可摆脱不了那个象征，因为大家都在盘算着如何逃离另外一场规模不知有多大的怪物风暴呢。

感谢上苍，那一次的疏散时间很短。我不知道下一场风暴什么时候会再来。我们住在新奥尔良，奥克塔维亚图书也是。无论发生什么，我都期望我们同舟共济。

作者简介：

迈克尔·蒂塞兰德 (Michael Tisserand)，著有《柴迪科王国》、《甘蔗学院：一位新奥尔良教师和他遭受风暴袭击的学生是如何创办学校的》以及即将出版的"疯狂猫"创作者、漫画家乔治·赫里曼的传记。

路易斯·阿尔贝托·乌雷亚

安德森书店

伊利诺伊州，内伯维尔

我的出生地没有本地书店，不过我女儿的出生地有。在我的孩提时代，当地不仅没有书店，连个图书馆也没有。直到后来从边境线附近的老家搬到了一个有些无聊的城郊，我才体会到经常逛书店的乐趣。

这是一家位于超市后面的临街小店，不远处是一家老式理发店，每周只有些年老的理发师在里面给人理发，赶时髦的嬉皮士们从不会光顾。再远些是一家投币式洗衣房。

这家书店的名字很可爱，人们叫它"书旮旯""好再来"或者"莎莉的复读者"之类的。店里满地旧书，几分钱就可以买下一本，或者你还可以和莎莉讨价还价，用没读过的书换上两本其他的书。我的天！我老妈往那儿搬了太多没用的平装书，以至于我们家在那个小小的塑料盒子里还放着欠条。我在那儿发现了约翰·D.麦克唐纳写的侦探麦基系列，谢天谢地。还有埃尔莫尔·伦纳德的书。

书店没什么出彩的，不过每一个布满咖啡渍、会让人喷嚏不止的角落倒自有魔力。莎莉甚至还有一个让人最不中意的破烂诗歌专架。叶甫图申科！我告诉你，在德国贵族的作品里面竟然暗藏着个俄国人，真是革命性的发现。

1982年我搬到了波士顿，那是个书店狂欢之地。只四秒钟时间我就看到了六十家书店。剑桥、萨莫维尔、沃尔瑟姆、波士顿，都是书店圣地。我在波士顿地铁的红线和绿线上倒腾了两个小时，才找到一家没那么热闹的书店。我想那时候是对我失去的时光的弥补吧。

难怪我成了作家。任何有关书籍的东西都是神圣、有趣、令人陶醉的，每本书都在帮我成为自修博士。我的博士学位是在地下室的书架上拿到的。

时光荏苒，我陆续出了一批作品，它们最后出现在了其他人最爱的书店里的书架上。我在全国各地旅行，访问这些伟大的书店。那时，印第安纳的一些人开始了解博德斯这样超级棒的书店。①而当时我就意识到，是独立书店在推销我的作品。这些邻家小书店是像我这样的家伙和读者交流的唯一途径，而读者可能并不认识我，或者并不太关心我作品里写到的主题。我学到了一个书商们使用的新词，叫做"亲手销售"。

我开始变得擅长此道。我的签售会刚开始只有一个读者，或者一个都没有，后来变成六个、七个，甚至八个铁粉。那就是一大群人了，我跟你说！书店店员们把活动看作一场盛大的派

---

① 1987年，博德斯书店在印第安纳州首府印第安纳波利斯开设其第四家连锁店，前三家店分别在安阿伯（密歇根州）、伯明翰（密歇根州）和亚特兰大（佐治亚州）。

对，给我提供茶水，还卖给我关于俳句的书和怪怪的有关钓鱼的欧洲书籍。而且他们总是请我回去。这些年我们都走了很长的路，熬过了一段漫长的艰难时光。许多珍藏着我们回忆的地方现在都空了，但愿大家都在书的荒漠长大，这样的经历会使得他们能更多地关注本地书店。

后来我们搬到了芝加哥。这可不是我生活计划的一部分。我的家庭就像个跑偏的童话。当时我正尝试全家搬回我居住过的落基山脉，那里大山环抱，还有一些美妙的书店。但是我的注意力被伊利诺大学吸引了，我要是过去教授写作，他们就给我提供终身教职。哎哟！一份你不会被炒的工作？我得去。

我们就在内伯维尔安顿下来。跟芝加哥相比，离落基山脉近了三十英里左右。(现在我做事稳步前进。)那是个小城，有条小河穿城而过。房前经常有一只肥肥的火鸡在徘徊，像个巡警，对停在那儿的车颇有微词。城里有个很棒的小闹市区，主街上闪着星星灯火，旧式的牛仔建筑掩映在树丛后面。安德森书店(Anderson's Bookshops)就在那儿。

一进门，我就爱上了它。我经常在那里闲逛，在它得到精彩奖项时深感自豪，还与贝姬·安德森一起出没于国内各种各样的文学活动。我得以去到他们主办的数以千计的签名售书会，动用我的"不良影响"在朗读会开始之前下到书店地下室去和藏在那里的文学英雄们会面。谢谢你，贝姬。

但是这个故事不是关于我的，是关于我女儿的。第一次走进安德森书店的时候她还蹒跚学步呢。你能想象那对我意味着什么？我幼小的女儿在书店里到处晃荡，拿着书就咬，看着书店前面摆的火车玩具就玩。

这个故事开始于安德森书店。我的女儿不久就扔掉了动物大玩偶和火车玩具,把注意力转向敞亮的书架。书!她找到了书。她喜欢那些恐怖的怪物书,尽管她管它们叫做"康布的盖物"。十八个月时,她厌倦了那些虫怪,开始听我们给她讲故事,记到脑子里,然后拿了书似乎要再读回给我们听。声音响亮。完美。谢谢你,贝姬。

现在我们的女儿十二岁了。她的整个孩提时代都与安德森书店的火鸡、树木和书架为伴。她的成长阶段可以按照该书店图书分区来划分。先是"康布的盖物",然后是《普特先生》选集和《晚安月亮》系列。接着是初级章节书[1]:那套关于机灵古怪的四年级小女孩总是遇到麻烦的书。然后是《小屁孩日记》。继续!对了!会说话的猫!《鸡皮疙瘩》!幻想小说!《暮光之城》!凯妮斯[2]的伟大故事。我可以走到属于她那阶段的分区,她一准在那儿,认真得像个化学家,专心寻找着自己想要的那本书,主题、封面设计、重量、颜色,都要完美得一点差池也没有。这些阶段如同魔法台阶,带着她一路前行。

请原谅我有些多愁善感。我们确实是目睹她一步步到了成人书架那块,看她试探地扫视着那上面的书籍。

你知道这一周我们干吗了?我们又去了安德森书店,因为我们的女儿要见R.L.斯坦。她一蹦三尺高,就像是要去见一位摇滚明星。她带上了最钟爱的"康布的盖物"那些书——都已经被她翻破了。两人一见面马上开始讨论伦敦塔,说它是多么令人毛骨悚然,说斯坦该如何把塔的某一个元素加入那些被她

---

① 章节书(chapter book)是主要面向七至十岁读者的故事书,内容分成较短章节,带有大量插图。

② 美国作家苏珊·科林斯所著的青少年冒险科幻小说《饥饿游戏》的女主角。

翻坏的书中的某一本,她大喊大叫着说她知道,她就知道!然后她告诉了斯坦她的想法,完全就是他所想的那个部分。

我像她那样大的时候可不会这样。

谢谢你,贝姬。

作者简介:

路易斯·阿尔贝托·乌雷亚 (Luis Alberto Urrea),著有《魔鬼高速》、《蜂鸟的女儿》及《走进美丽的北部》等。获得过兰南文学奖和克里斯托弗文学奖,还得过美国图书奖、桐山奖、国家拉美文化中心文学奖、西部图书奖、科罗拉多图书奖、埃德加奖以及美国图书馆协会优秀图书奖。入选拉丁美洲文学名人堂。

亚伯拉罕·维盖瑟

草原之光

艾奥瓦州,艾奥瓦城

1990到1991年间,我在艾奥瓦作家工作坊学习。我大部分时间(还有金钱)都花在草原之光(Prairie Lights)书店,即使到现在,我书房里的大部分书都是在那段时间购置的。

很多书都来自该书店那些让人难以置信地敬业的老员工,他们通常会递给我一本书,然后告诉我,"你一定要读这本",或者给我推荐某一位作家的作品。

吉姆·哈里斯是那个时候的店主,后来是简·威斯米勒、保罗·英格拉姆还有其他人。他们从某种程度上都是我们的教授,帮我们形成各自的鉴赏力。不过最重要的是,他们会把我们当成认真的作家,潜力巨大的人,尽管那个时候我们还相当不自信。我们拥有的是希望和梦想,还有对文学的热爱;但也有深深的怀疑,对是否能够成功没有任何把握。

我在那儿的时候,草原之光书店相对还是一个刚办不久的小书店,只有十二年的历史。它是那座城市里许多书店中的一家，卖新书，也卖旧书，而它与作家工作坊有个特殊的联系，有条凹凸不平的小道把二者连在一起。当时还没有互联网（至少对我而言）。全国公共广播电台有档叫《来自草原之光的直播》的朗读会节目，每周放送，由WSUI[①]的朱莉·英格兰德主持，演播室就在书店的二楼。直到2008年，电台由于经济问题才撤下了这档节目。

2010年，当我在《纽约时报》的头版看到草原之光书店的新主人简·威斯米勒和奥巴马总统在书店的合影时，我深感自豪。当时总统在为其医保政策走访全国，在艾奥瓦城演说时谈到了这家书店，说起了像这样的店铺是如何努力为员工投保的。

我也很荣幸差不多每年都会去一趟这家书店。现在看着更大更漂亮了。亮点之一就是在线直播（www.writinguniversity.org，每周有专题朗诵），还有位于二楼的一间很棒的咖啡屋。根据简的说法，她最近了解到，1930年代，当地的文学界人物经常在此相聚，响当当的名字包括卡尔·桑德堡、罗伯特·弗罗斯特、舍伍德·安德森以及E. E. 卡明斯等。

书店没有改变它神秘的内核，那就是对文字无言的尊重。书店的朗读会系列仍然命名为"来自草原之光的直播"；每周有四到五个夜晚，这里会接待来自四面八方的作家，容纳下四五十到上百人。没有比艾奥瓦城的听众更幸运的了。随便说出一位作家，他或她就有可能在这家书店朗读过。苏珊·桑塔格、格洛丽亚·斯泰纳姆、安妮·普罗克斯、J. M. 库切、凯瑟琳·斯托克特，以及诗人马克·斯特兰德、乔瑞·格雷厄姆和哥尔韦·金内尔，还有许许多多。让人振奋的是，《今日美国》将草原之光书

① 艾奥瓦城的一个公共广播电台。

店评为2008年度"理想书店",同时获此殊荣的还有波特兰的鲍威尔书城,华盛顿特区的政治与散文书店,纽约的斯特兰德书店,以及旧金山的城市之光书店。

对于仅有大约七万人的艾奥瓦城这样一个小小的社区而言,草原之光的存在显得特殊而大气,完全融入了整个社区。这种集体主义的路径肇始自吉姆·哈里斯在1978年购买该书店时的远见卓识,而在简和珍妮·米德接手之后这一传统得以延续。珍妮是作家工作坊的毕业生,出过三本诗集,她和简于2008年从吉姆手中接管书店。从那时起草原之光就与作家工作坊联姻了,不仅如此,该书店还与当地的医学院积极合作,赞助艾奥瓦大学卡佛医学院的生命省悟大会。

我总是梦想有一天自己也能在草原之光朗读作品。而当那一天真的来临,我要在此朗读自己的第一部作品《我自己的国家》时,我竟有些哽咽——能在这里朗读对我而言是多么重要。这种认可是个人的,但我觉得任何一个有自己喜欢的书店的作家都能够理解。之后我带着近作《双生石》再次到店里进行了朗读。

我作品的成功离不开独立书店。来自保罗和简这类独立书店主人的口碑可了不得,他们要是中意,那就说明很重要。和在线书评相比,在这种书店干过一二十年的人的评论要有力得多。他们天天泡在书堆里,眼力奇准,哪本是真正的好书一眼就看得清清楚楚。逛书店时,我会和简交谈,和卡罗尔交谈,她总是为我的孩子提建议(卡罗尔是书店儿童书籍的采购员),当然也和保罗交谈,他本身就像位大学教授,应该在作家工作坊给他个教职。保罗在1989年来到草原之光工作,此前,他取得了语言学学位,并曾在两家大学书店干过,然后便把书店当成自己的生命来对待。

我很荣幸结识这样的人，在他们面前我总感到十分谦卑。虽然我住得离这儿较远，但是无论何时我想找一个清静之所，能远离尘嚣，能沉浸在艺术创作当中，脑海中马上就会浮现出一个画面：推开书店的前门，看到简那热情的笑容，听到保罗在我身后热情地招呼……这是天堂吗？不，是草原之光书店。

作者简介：

亚伯拉罕·维盖瑟（Abraham Verghese），著有《我自己的国家》、《网球队友》和《双生石》。毕业于艾奥瓦作家工作坊，在《纽约客》《纽约时报》《大西洋月刊》《时尚》《格兰塔》《华尔街日报》等报刊发表了大量散文和短篇小说。他现居加利福尼亚州的帕洛阿尔托。

奥德丽·维尔尼可

书城

新泽西州，马纳斯宽

我知道自己对小说的场景设置不太在乎。于我而言，关键的是"何事"与"何人"，至于"何地"从来都不叫个事儿。所以当我的第一部长篇小说问世，其发布的场所变得比任何关键词都重要时，这就让我惊讶不已了。

我必须承认，看到有些人生活在拥有一条魅力非凡的主街的古朴城市里，我会心生妒忌——吃比萨饼时会有人跟你打招呼，书店的店主会把你钟爱的书准备妥当，你一进咖啡店的门就有人把咖啡给你倒上。在我的想象里，有那么一日能有个靠海的地方养儿育女，再来一个冲浪商店，面朝蔚蓝大海，惬意无比。就算是一幅类似的儿童画作，也会让我这个成年人心向往之。

事实上我生活中的真实场景与之相差甚远。我们住的城郊压根儿就不存在什么主街，现实生活与丰满的理想相比显得很骨感。作为一个写过几部不合时宜的作品的作家来说，我本就该习以为常。

我那部长篇小说发布的时间倒是正逢其时，那是一部有关少女的作品，当时我的女儿刚好十二岁，我得庆贺一下。而我们真的庆贺了，就在一家书店。于是我做了一件家乡没有书店的那些人干的事：自己"收养"一家书店。

幸运的是，书城（BookTowne）书店愿意被我"收养"，事实上里面那些好人似乎迫不及待！这是我发布自己的长篇小说《水气球》的绝佳场所。

特别凑巧的是，我们彼此，作者和书店，皆为新晋，于是乎双方一拍即合，正好可以在一起做个推广。书城那时刚开张不久，店面不大，急于笼络忠诚的顾客登门。我自己也是刚刚上路。我们的合作，就好像我那五岁的小儿在第一次乘校车上学时，不自觉地把小手探向邻家同样是刚刚五岁的小女生的小手。勇敢，真是勇敢，面对这个陌生的小大人世界。

尽管我知道马纳斯宽在哪儿，而且去过一两次，但是并不认为那正是自己打算去居住的地方。事实上，这是我那现在已成少年的儿子促成的。他在那儿和朋友们玩耍时，体味到了深厚热烈的真情实感，而那正是我指望他熟悉的故乡能带给他的东西。

书城是个精彩绝伦的微世界，是地处新泽西州的马纳斯宽可爱的缩影——浓缩成一家小小的零售店。书店每种藏书的数量不多，在里面逛，就如同你去一个最聪明和好玩的朋友家，在他书房的书架上找书看。你会产生一样的惊喜：哇！我要看那本书！哇！我读过那本，我喜欢那本书！奇妙的是，店主人丽塔·玛吉奥雇来的那些店员个个充满魔力，似乎天生知道你需要什么，随时奉陪和帮助。

这种好运可不是侥幸而得。如果让丽塔说说对马纳斯宽有何看法，她的这间书店肯定是答案的核心。她知道书店可以传播温热的能量，就如同烤面包的香味可以吸引过客走进面包屋一样。她相信任何一个城镇都需要有一家好书店。

但是书城不仅仅是一家好书店。在发布会之前的几个礼拜，我们像家人一样一起工作，一起谋划，为一些好的点子兴奋不已。

那天晚上，我们准备了苹果汽水和自制点心来庆祝，特意将点心做成气球状，结果却像吃得过饱的肥鱼。我的责编寄来了一束漂亮的气球。还有一个适合小女生的奖品包，得奖的却是我儿子的一个很不女孩子气的十五岁朋友。那是个男孩。

在我记忆中，那天晚上人们沉浸在充满希望的黄色光影里。我得查查当时的照片确认一下到底是否如此，不过又有什么关系呢。那是我的故事，我的场景。

当热闹过后，我的朗读会要开始了，丽塔对我进行了介绍。很明显她已经读过我的书。我对这一点也不奇怪。我读过书评，不过这本书还是很新，我需要听听我的作家朋友、经纪人和出版社职员之外的人是如何看这本书的。经她一说，我都想要读这本书了。她的介绍让这本书就像是你刚在书城书店的书架上碰到的一本书，又好像是你在恬静、热爱读书的小姑娘的书包里发现的一本书。那一刻十分感人。

在朗读第一章时，我抬起头，铭记住这间充满柔和光亮的书店，里面有我的家人、朋友、我儿子的朋友、我女儿的朋友，都是我最好的读者，还有他们的老师。还有别的人在里面，大人和少女，书城书店的友人。有的人并不知道我这个人、我的书，但还是来到这里庆祝。因为书城在他们时尚小城的主街上是个充满韵味的书店，是他们社区里的温暖之家，是爱书之人衷心支持一个刚出道的作家的地方。这个作家"收养"了这家书店,并且把它当作自己的家一样来热爱。

作者简介:

奥德丽·维尔尼可 (Audrey Vernick),职业生涯中最快乐的时刻之一就是她能和编辑们认真对话,讨论她的主人公是一只大肚子小猪还是方嘴巴犀牛。她创作了一系列儿童图书,包括《你的水牛准备好上幼儿园了吗?》、非虚构作品《打球的兄弟》,还有长篇小说《水气球》。奥德丽也发表过为成人创作的短篇小说。她从莎拉劳伦斯学院获得美术硕士学位,两次获得新泽西州政府艺术委员会的小说创作奖。目前和家人住在海边。欢迎访问她的个人主页 www.audreyvernick.com。

斯蒂芬·怀特

破烂封面书店

科罗拉多州,丹佛

"三个人无法保住一个秘密,除非是其中两个人死了。"

或者除非其中一个是书商,他晓得无言之词的价值所在。

第一句话蕴藏的智慧属于本杰明·富兰克林,第二个蹩脚的引申则是我的杜撰。几年前,如同丹佛成千上万的爱书人爱上了破烂封面书店 (Tattered Cover Book Store) 一样,我也与它坠入爱河。而那时我还不知道,有一天我会需要一间很棒的书店,这书店能为我守住一个该死的秘密。

那一天还是来了,而破烂封面书店也没让我失望。

它之所以没让我失望是因为乔伊斯·梅斯基斯,不过那时我还不认识她。乔伊斯深信有一种售书的正道,对待顾客的正道。她定了一套售书的原则,以此为经营哲学,而且坚定不移地付诸实践。

说实话吗? 这家书店最早位于第二大道的北侧,1970年代我成为那里的常客时,我并不太在乎店主的经营理念和原则。

我只知道自己喜欢她创办的这家书店。在这里，我会坐在店里的楼梯上看书，一坐就是几个小时。

而乔伊斯只是那些会让我给别人挪挪位置、腾个地方的人中的一个。

很可能大家都没听说过我的名字。我的第一位编辑曾跟我说过，很不幸我的本名听起来就像个笔名。但我可是已经出版近二十部长篇小说和几部剧作，并发表过一部短篇小说和一些散文的作家了啊。

早在我的第一部长篇小说被放在破烂封面书店的书架上之前，我一生的大部分时间都是个书迷。在丹佛，热爱读书意味着在某种程度上献身于破烂封面书店。

写作并不是我的终身目标。我的灵感来得较晚。一开始我是偷偷地写作。我妻子晓得。我那蹒跚学步的小儿子也晓得（以他独特的方式）。仅此而已。随着写作的页码越来越厚，我努力的成果看起来像部书稿了，我最终告诉自己，我的确是在写书呢，我的确有着当作家的梦想呢。不过出版小说的梦想，嘿，或者以写作为生的梦想，怎么着也觉得像个荒诞之举，通常被划为恶习。作为一个执业心理咨询师，我知道恶习是要保密的，自个儿晓得就行了。

当作家需要有创意，多实践，需要进入作家圈子。为了掩盖我在通往作家之路上的无知，我尽量不出席作家会议，也不去参加什么作家团体，或者上什么创意写作班。相反，我选择自学成才。小时候父亲会把我和兄弟们拽到二手书店去，我几乎学所有东西都是这套招数。

读书。

我一直对小说上瘾，一想到自己所渴望的创意的神奇之处就特别舒服。但是实践呢？怎样才能进入出版社和文学经纪人的视野？他们大部分都在纽约。

假如你发现自己有和我一致的需要，或者说任何一种冲动，要求知识、引导、智慧、灵感、反思或者避世，任何广义或狭义的文学可以提供的东西，那我希望你跟我一样足够幸运，住在一个附近有破烂封面这样的书店的地方。

我需要在我之前的所有伟大作家的最好的小说，也需要不太有名的作家的最有争议的小说。这些在破烂封面书店里全都可以找到。

在出版业务方面，我倾向于——而我确实也是这么干的——读一些"招数"指南（如何出书，如何写长篇小说，如何谈出版合同，如何起草咨询函，等等）或者各式各样的回忆录，或者作家传记……

这些破烂封面书店应有尽有。

我还需要自 F. 斯科特·菲茨杰拉德那时候起作家对作家的忠言，以及几天前或几周前刚刚出炉的作家箴言录。1989年，那时还没有什么互联网可以搜索，我需要的所有信息均来自书本。看得见，摸得着。就在书架上。我可以浏览、细阅、选择和拥有。

破烂封面书店也有属于我的一隅。

我能满足自己读书之瘾的地方只是个小小的角落，在顶楼的电梯和盥洗室中间大概一平方米多的空地，眼前尽是成排成排看不到头的各种小说。

我的栖身之处旁放着一个硬纸板做的标牌，让我感觉有种所有权。我总是独自一人在那儿，如同"写作"。

于我而言，最后还是叫"逐梦"吧。

在我人生的那段时光里反复出现的场景就是破烂封面书店。它由一家四层百货商店改造而成，每一层都是书盈四壁，充满书香。

这家书店很大，但是你感觉不出来它的庞大，而且一到周末节假日，或者签名售书时，还总觉得空间不够。

那时的破烂封面书店我觉得正处于第三阶段，不过其他人坚持说要看你怎么计算。偶尔我会专门去找某一本书，但通常我只是去逛逛。去找新书，去沉醉其中。

破烂封面书店那时已是家了不起的书店。没有人——当然除了乔伊斯·梅斯基斯——指望它还能更进一步。但对丹佛人而言，它的确不仅仅是一家书店那么简单。

在本地人心中，樱桃溪的这家书店是他们停泊的海港，生活的目的地，甚至是一所大学。第一大道的破烂封面书店则成了我们城市闹市的一角，我们的城市广场，我们的社区中心。在过去的二十几年里，这家辉煌的书店是我们城市跳动着的集体脉搏。

从书店你可以索取很多。不过那时候我们都被这家书店惯得不行，我们到乔伊斯那儿去，期望都很高。

不谈店面大小，也许只从神奇程度来看，位于第一大道的这家书店跟它的前辈们相比区别并不大，或许跟之后出现的其他分店相比也不会有什么大的不同。

1970年代中期，乔伊斯在第二大道北侧买下了一间店面，那是破烂封面书店的第一个容身之所，尽管空间不大，但十分温馨。好些年后，书店搬到了一个更大的地方，就在第二大道对面。接着它就像少年一般迅猛发育，穿的鞋子已经塞不下不断长大的脚了。因而它舍弃了那个宽敞的、半地下的场所，搬到了一个街区之外的那栋有如宫殿的楼里。

位置变了，但破烂封面书店的大部分东西依然如旧。

书签，当然没变。

藏书尽管越来越多，却总是靠谱。

地毯。所有的破烂封面书店里都是绿地毯。那种绿色很特别，更偏向于凯尔特绿，而不是大不列颠赛道绿[①]，给人温暖而非英勇之感。它也不是春日耀眼的亮绿，当我在书店里坐下来捧起书本，总有种在夏秋之交的感觉。

还有书架。破烂封面书店的书架色调独特，由深色夹杂节疤的红松木制成，高过人头。有些书架倚墙而立，有些则背靠背挺立，如同绿色海洋中的岛屿。大部分书架都是三五成群，或者垂直拐弯直通自然形成的书巷。大部分书巷会被忽然截断，变成一条较宽的死胡同，或者同玉米地迷宫的走道一样，蜿蜒穿过码满了书的空间。

另外一个常量？对了，小心。在破烂封面书店你总得低头看路。

在破烂封面书店，不可预见性意味着要找到一个专柜你得有一个好记性，一位经验丰富的向导，或者一幅画得详细的地图。但反过来说，迷路也会给你发现新大陆的快乐。这是有意为之的，发现就是给你的回报。

现在书商们流行给顾客提供休闲浏览的空间，让他们可以

---

① 在比赛中，英国赛车往往刷上一种深沉饱满的绿色。

自由地延伸阅读，甚至打个盹啥的。其实早在此之前，破烂封面书店就已经提供了许多可以藏身的角落，足够多坐垫厚实、让人沉浸其中的椅子，还有一张又一张老式沙发，吸引你依偎自己的孩子坐下来，为她读一本书。

这就是乔伊斯的经营哲学。

还有把这一经营哲学付诸实践的员工们。我对这些店员就像对店里那些书架和地毯一样熟悉。店面更换，岁月流转，但他们热心的面孔一直在我眼前。可以肯定，他们把我当成一个常客，是破烂封面书店的成千上万心满意足但叫不上名常客中的一员。但在我开始梦想着何时能看到自己的作品摆上这家书店的书架之前很多年里，我会惊讶地发现书店里的每一位店员都可以叫出我的名字。

我对店员的了解并不复杂。他们读的书比我要多。那意味着他们阅读广泛。通常的情况是，我只是在随便看看，他们的直觉就能告诉他们我需要什么。若你找到店里的任何一位员工请教问题，或者请他们帮忙找书，随便谁都会和你不厌其烦地谈论书，急切地帮你找书，问你最近喜欢什么书，热情地告诉你他们爱读的书。

这一天终于来了，我的作家梦成真了，这蜕变在破烂封面书店修成正果了。

我又来到位于第一大道的这家书店，手里拿着书，坐在了从一楼通往二楼那宽敞的楼梯上。几英尺之外，透过圆锥状的松木装饰物，我听到一位见过多次的女店员在和一位我不认识的男士交谈，他们讨论的东西我竟一无所知。

我有些不礼貌地偷听，竟然入了迷。

他们的对话并不是私人交谈。那么大的一个楼梯口，在丹佛可不是保密的地方。谁要是爱书，要是知道其他爱书之人，要是想要自己的孩子成为爱书之人，或者有兴趣与爱书之人谈论知识或世俗之事，都会到这里来——这里简直就是主街。

对话中的这位女士是破烂封面书店的"采购员"。那位男士是兰登书屋的"代表"。他在推销秋季要推出的图书。而她要为破烂封面书店的书架添置新书。那时我对图书出版和销售知之甚少，不过我的无知没什么关系。当时我正在家里收集一整套破烂封面书店的参考书目。正好可以听些细节。

即席的谈话听起来并非强硬的推销，买家好像对销售代表的推销照单全收。是的，他对她的预订进行记录，两本这个，二十几本那个，不过他们的信息交换似乎与买卖的商业无关。

那是关于书的对话，关于作家的对话。他的兴奋来自新推出的书目。她的快乐来自她刚读过的书，放在她家床边的立柜上、她迫不及待要去读的其他出版商的样书以及他要说服她下一步该读的书。

我那天听到的谈话焦点是销售确认书之外的东西，来来回回的话题，在那个时刻，都集中在他们对书的热爱之上。

正是在那一天，我的梦想变成一份决心。在那一天，我知道我会竭尽全力成为一名作家，成为图书世界的一分子，这个世界包括破烂封面书店这样的地方，这样我就可以和同那位采购员女士一样爱书的人打交道，与他们一起工作，了解他们的世界。

但是我还没有做到这一点，还没有呢。我还不能这么快就透露自己成为作家的梦想。直到我成了作家。而且有出版合同。

正是因为这一点，我才收回心来，不那么冲动，意识到自己需要一家书店，可以保密的书店。

一旦我，或是你，带上一本书去破烂封面书店任何一个收银台，找到任何一位店员付款购买，曾经表现得那么热情、富有见解、知识十分渊博和热爱图书的他们面对你购买的书时却会保持沉默。

在该书店的收银台，那些熟悉的店员不会对你的购书发表一丁点儿评论。没有赞同，没有惊讶或好奇，没有欣赏或轻蔑。他们什么也不会说。即使店员弄清楚了我正在搜集面向密西西比西部有潜力的作家的最全面的写作指南（我确定他们搞明白了），他们也假装没有认出我的计划。

"你对写作感兴趣啊？"从来没听他们问过我。一次也没有。

"你想出版什么作品？小说？非小说？"从来没听他们问过我。一次也没有。

这对任何一位顾客毫无例外。假如你买的书是关于给新生儿取名的，或者勃起功能障碍的，或者女同性恋色情史的？没有任何评论。

格里森姆的最新作品，或者贝娄的早期作品？没有任何评论。

艳情式的"罗曼史"①，抑或是杜兰特夫妇的《文明的故事（1100—1300年）》中的"罗曼史"？不置一词。从不。

假如有一天你所买的书流露出的欲望或需求让收银台后的店员感受到了不同，你也不会知道。你不会从他们嘴里听到，也不会从他们眼里看出来。引你进入破烂封面书店或者随着逛书店而日益发展起来的好奇心——值得被一册书所满足的好奇

---

① "Romance"一词在英文中既可指浪漫爱情故事，也可以指古代传奇故事。

心——包含着你对这家书店的信任。

在这个拥有绿地毯和松木书架的书店里到处是舒适的家具,在里面买书就如同和你的共谋者窃窃私语,或者和你的牧师或拉比①共享秘密。

乔伊斯·梅斯基斯坚信任何逛她书店的顾客在买东西时都应该毫不犹豫。不论买什么。一丝犹豫也不会有。这是她所坚持的以正确方式售书的原则之一。

她的原则有多神圣?曾经有一次政府做出挑战,要求书店披露某位顾客购书的细节,乔伊斯·梅斯基斯亲自上庭保护她顾客的隐私权。

我猜想有百分之九十九的顾客不在乎,或者不注意,他们购书的交易在破烂封面书店完成时没有受到任何评论。但是还有百分之一呢?在乎。

乔伊斯售书的原则之一就是满足任何一位步入她书店的顾客的需要。

破烂封面书店是否是一个时代最好的书店,或者说同类里的佼佼者,按照不同的标准,我们可以有不同的观点。(我可以一口气说出来六个,但是别让我单选。我做不到的。)

这种争论你不会赢,我也不会输。结果不重要。现在书店有许多分店了,每个都有自己的特色。在业内人士眼里,其他地区也有质量上能与破烂封面书店相媲美的书店,数量并不多,只能证明破烂封面书店在图书世界里并非只是传奇。

但是你要谈论具有最不可磨灭的售书远见的书商,或者充

---

① 拉比为犹太教教士。

满伟大范例的图书销售行业里最具原则性的书商，或者我们一生所遇到的最具影响力的书商？

这可要从乔伊斯·梅斯基斯和她的破烂封面书店说起。

要是你来了丹佛，就过来这儿看看吧。随意翻阅一会儿。拿起一本书，也许是一本争议很大的书。

那本书将成为你的秘密。

而破烂封面书店呢？是大家的秘密。

作者简介：

斯蒂芬·怀特 (Stephen White)，《纽约时报》畅销作家 (个人网站 authorstephenwhite.com)，著有十九部犯罪小说。破烂封面书店就在他家附近。够酷吧？

琼·威克沙姆

伞菌书店

新罕布什尔州,彼得伯勒

说起书店,我倒没有什么偏好,属于一夫多妻型。任何书店都行。就像莫扎特歌剧中的主人公唐璜,对异性来者不拒,不管是金发女郎抑或黑发女郎,老少通吃。我对来自书店的各种诱惑均趋之若鹜——堆满杂物的地下室,壁炉,看得见小河风景的窗子,吸引你看到某一本从未注意过的书的书桌展示,或者是店后一间装满旧书的古怪小房间,在里面可以淘到多年寻觅未果的宝贝。不过,我还是承认我对新罕布什尔州彼得伯勒的伞菌书店 (The Toadstool Bookshop) 情有独钟。

伞菌书店很大,一不小心你就会找不着方向。

书店有个房间专门摆新书;另外一个房间又大又深,尽是些稀奇古怪的旧书;还有一间小一些,摆满了唱片和影视光碟。

书店还有一间咖啡屋,也摆满了图书,不过井然有序,吃东西的人和找书的人井水不犯河水,彼此不会出现打扰对方的尴尬。

书店温馨有趣，充满生气。你在此停留多久也不会感到无聊，而离开时你会发誓下次还要来。

书店的这些资本已足够令人羡慕，但我之所以爱上伞菌书店，却是因为它正好位于通往麦道尔艺术村的路上。我与这间书店的深情厚谊建立在我在村里搞艺术创作的那段美好时光之上。

麦道尔艺术村这个地方，极为孤寂，绝对自由。你会有一间专享的工作室，一日三餐，还有睡觉的地方。你的时间完全由自己支配。我初次寓居于此是在2004年秋天。我马上就进入了自己的生活节奏，早早起床，散步到自己的工作室，泡壶茶，听着音乐，在太阳出来之前已经全身心投入工作。我的写作以一种前所未有的方式开始了。到了下午三四点钟，会感到又兴奋又疲惫，觉得该歇一会儿了。这时我就从山上走下来，到彼得伯勒小城去，毫无例外地，我会一头扎进伞菌书店。

时值11月份，我记得买了好多书作圣诞礼物。我还买了一张"匿名四人组"[①]的圣诞唱片，在工作室反复播放里面庄重恬静的颂歌。伞菌书店错落有致的小说和传记深深吸引着我，可是我一本书都没给自己买。我要聆听的是自己写的书里发出应该发出的声音，我可不能被其他作家的先入为主的见解和写作韵律打乱了我创作的思路。书店里充盈的作品丰富诱人，我是深深地爱上了它，可我还是小心翼翼地不让自己陷得太深。我们只是深情地交换一下渴慕的目光，暗自思忖道，现在还不是谈

---

① "匿名四人组"（Anonymous 4），美国阿卡贝拉合唱团，由四名女性组成。

恋爱的时候。

在麦道尔艺术村的工作结束之后，我回到了家，但对伞菌书店依然难以忘怀。特别是和我那大儿子聊天时，一提起它就像谈到了失乐园似的，他在少年时期就已经是个书店迷了。每当他提起刚刚被哪位作家吸引了，比如戴维·古迪斯或者切斯特·海姆斯，我就会说："我打赌你可以在伞菌书店找到他很多的书。"终于，有天早上我们驱车前往彼得伯勒。牛吹的早了，到了那儿如不能兑现肯定会让人失望，不过书店让我们父子俩都着了迷。回来时，我儿子收获了满满一袋子自己钟爱的旧小说，我自己则把在麦道尔艺术村写作时想买却不敢买的那些小说全部给打包带回府。

很幸运的是，2004 年之后我还多次回去麦道尔艺术村搞创作。在那儿工作时，我几乎每天都去逛一下伞菌书店，总是那样热切地、不知足地、只看不碰地在书店徘徊。看到书店和书店里的那些书，我总感到莫名的兴奋和舒爽，却一直小心翼翼地不让自己迷失在其他作家的声音里。

我和儿子总是像朝圣一样定期到彼得伯勒去造访伞菌书店。他每次径直走进旧书部，然后抱着满怀的小说，找个地方坐下来筛选，结果一般都是一本不落全买回去。我总是想把书店逛个遍，但总是不成。谈到这一点，我对伞菌书店最深刻的印象就是那些我看了却没有买成的书：比如约瑟夫·布罗茨基的诗歌全集，薇拉·凯瑟旧版的《教授的住宅》(凯瑟在麦道尔艺术村完成此作，后来葬在了附近的杰弗里；她的书常出现在本地书店里，但是很少能看到《教授的住宅》，不像《死神来访大主教》和《萨菲拉与女奴》让人惊奇地到处可见）。但是我收获的更多：薇拉·凯瑟的其他小说；给我丈夫的一套乔治·布拉齐勒出版社的盒装四卷本《世界建筑的伟大时代》；好几本精装本儿童书，比如《小斗牛士》和《黑鸟水塘的女巫》，每一本都让结账的店员惊叹："哎呀，恐怕店老板都不知道有这本书。"这让我顿时觉得不仅斩获了一件宝贝，还淘到了便宜，如同用假钻石的价钱买到了真钻石。

我很高兴能在伞菌书店享受到购书的饕餮大餐，但是当我在收银台附近看到麦道尔艺术村同行们的作品时，却总是生出一种心酸。那是一系列令人激动的作品——有诗歌，长篇、短篇小说，戏剧，还有历史和传记作品，以及新闻报道和文学批评，等等。我的书也在那儿，我前几次在艺术村居住期间刚完成的新作，还有我早在2004年写的作品，它们和其他作品摆在一起，其中有的书我还是第一次听说，它们的作者还是在思忖着如何讲好故事的新人呢。"今天过得怎样？"我们在艺术村饭桌上经常听到这个问题。回答一般是"很好"，或者有时会说"糟透了"。不过我们都还留在艺术村里，固执地坚持着自己的梦想，准备好第二天一早继续回去干活。看着伞菌书店里的那些书架，我总是发现自己渴望再次回到麦道尔艺术村，沉浸到我的笔耕中去。

这就是我爱上伞菌书店的真正缘由。在这里，而不是在其他书店，我才真正认识了作家和写作。在麦道尔艺术村作家的专柜里，虽然有的作家刚刚起步，但我儿子和我很乐意买他们的新作来阅读。那些作品总是提醒我，这家书店的每一本书，每一家书店乃至每一间图书馆的每一本书，都曾经是正在创作中的作品。

作者简介：

　　琼·威克沙姆 (Joan Wickersham)，著有《来自西班牙的消息——爱情故事的七种版本》和《自杀指数》等，《波士顿环球报》专栏作家。

特里·坦皮斯特·威廉姆斯

国王英语书店

犹他州, 盐湖城

在犹他州的盐湖城, "国王英语"可不是什么描述得体的谈吐的词。它是一个地方, 是一个崇尚表达尤其是自由表达的场所。贝琪·伯顿是它的主人, 她不光是个卖书人, 还是社区的支持者。

"本地人为先"不仅是她用来支持家乡商界的一个宣传口号, 更是向本地作家倾斜的经营理念。我很有幸成为国王英语书店 (The King's English Bookshop) 支持的众多本地作家之一。1977年, 我和我的先生搬到了盐湖城加菲尔德大道1520号, 那是我们在这里的第一个家, 离贝琪的书店仅几步之遥。

十四年之后, 我出版了《心灵的慰藉———部非同寻常的地域与家族史》, 写的是大盐湖的发展历程及其间我母亲因患卵巢癌去世的事情。它一半算是回忆录, 一半算是自然历史, 讲述了爱与失、女人与鸟类的故事。1991年夏天该书出版时, 贝琪·伯顿邀请我去她的书店给大家朗读这本书的内容。盐湖城不大,大家都认识我家人。而这本书讲的是私人的事情。

我在书里表达了我的看法。我相信我家的男人们也有权表述他们的观点。贝琪听了我的想法，答应办一场家庭座谈会，不搞传统的那些朗读和签名。我父亲约翰·坦皮斯特与我的兄弟们史蒂夫、丹和汉克都来了。

我记得情形是这样的：

书店里挤满了人，书架全挪到了一边。椅子摆好之后，我家的男人们坐在一张桌子的后面。我向大家介绍了他们，然后闪在一旁。

我父亲先开口。他看起来就像个万宝路广告中的人物，高大，皮肤黝黑，说起话来直截了当，只是没有口叼香烟。"你们大部分人想必都已知道，我女儿刚写了一本关于盐湖城历史和我太太去世的书。我不高兴。"他有些激动，停了一下又说道："对她来说，把她妈妈去世的过程描写成一段奇妙的经历轻而易举。但她可以离开。我可不行。特里白天在那儿，晚上就回到自己的家里去。现在她不用一个人去熬漫漫长夜，她可以轻易地把这件事浪漫化，变成诗歌什么的，但是被留下面对孤独的是我。这可不是什么虚构的故事。这是我的生活。"他又停顿了一下，接着说："至于盐湖城，那就是个污水坑，蚊蝇乱飞。我们都知道，你见过它一次，能不回来就不会再回来了。特里写得有些夸张。也许这本书会帮到某些人。我就说这些。"

大家坐着纹丝不动。

我父亲坐了下来。我弟弟丹站了起来，他在犹他大学念哲学研究生，接下来的二十分钟他开始朗读他写的硕士论文，有关维特根斯坦和隐性语言的使用问题。进入我脑海的全是他那抽象的语言，中间还夹杂着数学公式。

然后是汉克，我最小的弟弟，他的讲话简短精练。"我记得没有那么多，因为我……"当他讲完时，为了支持他的清醒和冷静，我回忆起家人在母亲走后重归平静的历程。

我看了一眼贝琪。她目光向下，手捂着嘴。

史蒂夫，和我年龄相仿，从来都是和事佬，尽量要消除这种不和谐的局面。他开始把话题转向他处，竟然开始讲起他曾在摩门教堂里祷告，说他如何爱他的母亲，并相信一定可以再看到她。"我母亲去世时很优雅，如同她健在的时候一样。"

我已无语。贝琪替我说话了，向到场的人表示感谢。

我只记得人们很快就离场了。没几个人拿着书找我签名。

现在，我和贝琪谈起此事就不禁大笑。我父亲也是觉得好笑，他很喜欢贝琪，十几年来和这家书店的主人关系密切。

这些都说明我们是一家人。每个圣诞夜，父亲就会给我们这一大家子每人买上一本贝琪推荐的书。他会在每本书上签上自己的名字，无论是小说、传记或是烹饪指南之类的书，然后作为圣诞夜的第一份礼物分发给大家。

贝琪·伯顿的母亲弗兰·明顿是犹他自然历史博物馆的教育管理员，正是她老人家在退休之前给我找了第一份工作，让我成了一名助理馆员。我很崇拜她，她和我父亲一样，率直聪慧。我们来自西部旷野，我们那儿衡量一个人是否有文化，不仅要看你读了什么书，还要看你是否会读土地，读天气，读彼此。

贝琪·伯顿和我已读懂了彼此。本地人优先。在对文字的热爱中我们成了好姐妹。文学塑造了我们，并以社区的名义把我们的声音聚在一起。雄伟的落基山脉将文学和神圣的风景融为一体，这是我们热爱的家园。

国王英语书店就是我的家。我经常回家看看。在这个家园，贝琪·伯顿不仅卖我的书，也悉心编辑它们。在这个家园，独立的生活与自由的言论枝繁叶茂。我和家人们团聚在这里，一起经历欢乐与悲伤。

作者简介：

特里·坦皮斯特·威廉姆斯 (Terry Tempest Williams)，著有十四部作品，包括《跳跃》《未曾言说的饥饿》《心灵的慰藉》《在破碎的世界里寻找美丽》，以及最新推出的《当女人变成飞鸟》，多次获奖。

西蒙·温切斯特

书阁

马萨诸塞州,大巴灵顿

　　沿公路而设的带状商业区可没谁喜欢。这玩意儿是那群没意思的所谓"开发商"们没意思的发明。大多数情况下它们和开发商一样丑陋无比,建得匆匆忙忙,华而不实,处处透出一股俗不可耐。它们像寄生虫似的建在城乡接合部,不仅改变而且也破坏了城市的景观。这些商业区只对那些经停的车辆有吸引力,我们大部分人可都宁愿它们别存在。

　　但它们确实存在;在我居住的地方附近,马萨诸塞州西部一个叫大巴灵顿的古雅的铁路小镇,四周全被这些东西围着。小镇地处伯克夏山南面一道不深的河谷中,古色古香,最近被史密森尼学会会刊评为全美最佳小镇。我们本地人深知这个奖项乃实至名归。大巴灵顿不仅环境适宜,令人神往,而且建筑独特,美食遍地,商业一直兴旺发达。

　　因此当人们知道这里有家奶酪店,有家一对来自诺曼底的夫妇开的咖啡馆,还有家卖古董铜器的五金店时,都不会感到惊奇。此外，镇上还有一家玩具店、一家糖果店和一家文印店。文印店的两位店主总是穿着短裤上班，放大黑白胶卷拍的老照片。这里还有两家很棒的餐厅，一家杂货店，里面可以买到库珀牌牛津橘子酱[①]和法棍面包。这里也有纽约下东区之外最好的百吉饼店之一。

不过在大巴灵顿镇中心缺少一家合适的书店。我得从镇中心走上足有半英里的路，才能在一处带状商业区里找到那家我钟爱的书店。

说起这家名叫"书阁"（The Bookloft）的独立实体书店，首先要交代的是，它可不是你平时想象的小镇书店。它是伯克夏县仅存的三家独立书店之一，走过了三十五年，现在依然生机勃勃。没有优雅的弓形大窗，没有地毯，没有壁炉，没有猫卧在柜台上，也没有昏昏欲睡的店员趴在一本打开的《董贝父子》前打盹。这间书店低调地藏身于一家理发店和一间电话店之间，附近有一家健安喜[②]专卖店，不远处还有一家美甲店、一家一美元店、一家凯马特店[③]和一间大超市。它的建筑风格，往好的地方说，跟它周围的店铺颇为一致。

不过一进门，却像有一盏阿拉丁神灯照过，别有洞天！这是一间圣所，一个专属个人的从不拥挤的讲坛。里面书卷盈室，满架的好书仿佛都在向我招手致意，全是我所要的书，我想读的书，好评如潮的书啊。

店里有十来个店员，有的全职，有的是在店里忙不过来时

---

① 库珀（Frank Cooper's），英国知名果酱品牌。

② 健安喜（GNC），美国知名保健品零售品牌。

③ 凯马特（Kmart），美国知名零售商，现代超市型零售企业鼻祖。

临时拉进来帮忙的；只要有人进店，不管是谁，他们都会像日式餐馆里的厨师那样热情地跟你打招呼。你一进来，看到一堆自制的枫糖浆，可能就会产生购买的冲动。如若你问"你们有卖……吗？"，所有的店员二话不说，更不用看柜台另外一端的显示器（在传记区旁边，经典小说区对面），几乎马上会用肯定的口气告诉你："在那边，拐角处，第二个书架上边——找着没？"

就如同在所有最优秀的独立书店里那样，书阁书店的店员们**懂书**，而大部分连锁店的员工从来不需要去懂。这里的员工阅读，了解，预先判断。他们浏览各行各业的信息，各种博客，还有推特的评论。"本店推荐"由他们亲手写就，店里五分之一的售书都源于这种建议。亲手售书乃家常便饭。他们了解自己的顾客，懂得顾客的爱好，懂得那些自己之前从未想象到的个人偏好。索马里美食？氙的用途？安格尔西岛的针织？阿尔巴尼亚的侵权行为改革？再偏僻的东西也逃不出这里的店员的脑瓜，他们每个人都是店主埃里克·维尔斯卡1974年开店时就雇来的，那时公路商业区也才刚开张。

那个年代埃里克还是个思想自由、活泼好动的热血青年。他若有所思地回忆道，当时他计划要么创办一所免费学校，要么开一家书店，很快他就拿定主意要开书店。

当然，没有一家银行会贷一个子儿给他，还是他的爷爷借给他三千美元，然后他想方设法在离现在经营的地方不远处租借了一小块场地。第一次进货进了四千多册书，小小的空间里就剩中间一张小桌子（回收再利用的线缆轴盘）供大家坐下来阅读。

第一笔买卖是卖给他的奶奶的一本书，弗朗西斯·摩尔·拉佩的《为小小行星吃吃素》。正如你所想，拉佩女士这本书现在还在印刷，但是这笔买卖确实具有某种先兆，预告了这家聪明的小店从此将一直献身的事业——将合适的书与合适的读者连在一起。头几年《五角大楼档案》卖得很火，然后是有关水门事件的报告，还有《杀人王曼森》。"全是轰动一时的作品。"现在已有皱纹爬上面颊的埃里克·维尔斯卡低声说道。他的经理马克·维耶特，那个满脸大胡子、永远面带笑容的家伙，深表同意："它们绝对帮了大忙。"

这两个志同道合的人形影不离，同舟共济。还有埃里克的太太伊芙，既是小说家又是个眼光敏锐的读者，也给予了极大的帮助。在他们的努力下，这间小巧的独立书店历经风雨却顽强地发展壮大。如今巴先生和诺先生[1]已日渐式微，但贝索斯先生[2]仍然无处不在，攻势猛烈。书阁书店是怎样从接踵而来的挑战中生存下来的，至今仍有些神秘。这两位拍档还有些谦虚。"也不是我们有什么管理技巧。我们要是来这儿找工作，都不会被雇用。"今年头几个月，尽管其他行业市场不景气，但书阁书店却生意火爆，创历史新高。他们只说这样的成功取决于几个因素的配合：多达三万种的庞大藏书，极有才华的店员，还有对顾客以及从顾客那里收获的牢固的、持久的忠诚。

除了这些，他们还有独特的枫糖浆和地图，他们在几英里外的西斯托克布里奇有一家只售二手书的分店，他们主动拥抱所有新科技，他们乐于相信自己是全美最有文化也最具文学气质的一角。赫尔曼·梅尔维尔的住所离此不远。W. E. B. 杜波

---

[1] 指美国连锁书店巨头巴诺书店。
[2] 指亚马逊网站，该公司创始人及现任首席执行官为杰夫·贝索斯。

依斯也住在同一条街上。小罗伊·布朗特家就在附近。伊迪丝·华顿家也只有几英里远。还有埃德娜·圣文森特·米莱、宝琳·凯尔和露丝·雷克尔等大名鼎鼎的作家。那些目前居住在并全然融入这一地区的作家，他们经常光顾书阁书店，过来演讲或是聊天——他们都承认，到店里买书时享受到了欢愉，便以此种方式作为报答。

在这里，作家和他们的书店密不可分，爱书的顾客和他们深谙读书之道的卖书人水乳交融，这正是埃里克·维尔斯卡想营造的气氛——打造一家"社区"书店，为社区提供优质服务。他的信念和我们的祈祷一致，大家都希望共同守护这个国家最后几家真正伟大的独立书店之一。

假如这个难得珍贵的地方碰巧没有精致的弓形大窗，摆着阿加莎·克里斯蒂的作品的书架上也没有猫咪在优雅地打盹，它只是地处马路边上的商铺之间，与一美元店和越南美甲店为伍，谁会真的在乎呢？只要它存在于此，与我们同在，在我们百年之后它仍健在。它让俗不可耐的街边商铺变得可以接受。它的存在给我们带来了商业上的赐福，更有文学上的恩泽。

作者简介：

西蒙·温切斯特 (Simon Winchester)，畅销书作家，著有《教授与疯子》《大西洋》《改变世界的地图》《喀拉喀托火山》《世界边缘的裂隙》《爱上中国的人》《头骨：阿兰·杜德利令人好奇的收藏》，以及其他十几部作品。他的文章发表在《纽约时报》《纽约书评》《国家地理》《拉帕姆季刊》上。温切斯特先生于 2006 年被英国女王伊丽莎白二世授予大英帝国勋章。他现居纽约和马萨诸塞州。

跋

　　过去的几个星期，我大部分时间都在旅行中度过，从一家书店到另一家书店，横跨美国，然后进入加拿大。图书之旅无比精彩，但也让人备感困顿与孤独。在美国境内旅行，没有驾照意味着大部分时间要花在灰狗巴士上，在简陋的长途车站逗留，当然还意味着在陌生小城之间愉快地穿行，这一切都是为了寻找我需要掌灯夜读的书店。我得花大量的时间在通往陌生城市的大巴上，或者长途车站与宾馆之间的出租车上，或者静静地候机，或者偶尔搭火车。旅途很累，不过很值，其间有许多事情我很愿意跟诸位分享。

　　具体而言，我喜爱的是举办我大部分图书活动的独立书店，这由书本构成的群岛散布在全国各地。我是在书堆里长大的，我现在位于布鲁克林的公寓里书也很多，堆案盈几。孩提时代，我就爱上了乐蚝书屋，至今它仍是整个温哥华岛上我的最爱，每每踏进这家一流的独立书店，就仿佛回家一般。

　　我所不喜欢的，甚至感到困倦平淡的，是城镇之间千篇一律、令人乏味的空间。南加州的高速公路与佛蒙特州的没什么两样，每座城市的轮廓也大同小异。同样的巨型商店，不同商场里相同名称的连锁零售商，晨曦中扑入眼帘的一模一样的、带着相同标识的十几家餐馆。

我无意批评这种当今世界的平淡无奇是美国独有的问题。无论这里，还是在其他国家，故事总是相同：我们到郊外购物均出于价格低廉的考虑，不过这种低价总是附带着隐性成本。我们原则上喜爱的地处闹市区的老店，现在也不怎么光顾了，它们通常不再具备竞争优势，日益萧条，甚至关门大吉。这种现象伤害了我们的社区，这是有具体原因的：在本地商店里购物与在全国连锁店购物相比，留在本地社区里的钱多得多；本地企业和非本地企业对本地慈善事业的贡献水平不同；当一个社区的工资水平降低时，基础税收也减少了。然而，还有另外一种不那么明显的损失。当每个城镇都拥有一模一样的商店，那城镇之间就会毫无二致了。一个地区原先独有的特征，如此一来就会渐渐消失殆尽。

两三年前，我认识的一位书商在推特上发帖道："亚马逊没问题，但是文化单一化是个大问题。"

我本来只想单纯歌颂一下独立书店，并不想提及亚马逊，但是既然屋里来了个庞然大物，不提可不合适。

我们曾经被城郊的大型购物商店所吸引，如今我们又迷上互联网了——假如我们从一个大型公司购物，结果是一样的。关于亚马逊，它可是独立书店的对头。实体独立书店会折射出它们店主人、经理乃至店员的个性和偏好。有的会精心按图书体裁分门别类；有的会把阿瑟·柯南·道尔与雷·布拉德伯里以及查尔斯·狄更斯放在同一个分区，"因为他们同属文学嘛"。我还知道有家书店把小说和文学分得很清；的确，当一个人去了一座城市发现书店里只卖小说，会觉得有些诡异。有些书店只卖犯罪小说和科幻小说。有的还养有猫。

　　所有这些书店的动力都源自对书的热爱，而不是挣钱。因为卖书利润单薄，而且大部分书店都设有摆放"店员精选"图书的专区，用来重点推荐这些书商的心头好。有人会告诉作家，在你家附近认识几位这样的人，你的书可能就会成功，要是这本不行，那就是下一本或者下下本。不论你的书是由一家不知名的小出版商出版，还是你的出版商来头很大，却打算把季度营销费用全花在其他作家身上，或者说你的书从来就没大卖过，这样做都益处多多。

　　在亚马逊网站购书，不可能有店员为你服务，因为网站上没有人。也就是说，当然有大批员工在维持这一巨头的运转，当然公司也有完整的运营架构，可是当你逛亚马逊网店时，你何曾跟一位店员聊过天，谈起你从未听说过但这位店员认为你可能会非常喜欢的一本新书？

　　亚马逊能给你的最接近的体验无非是奉上一句"您也许还喜欢……"之类的套话，弱弱地建议你去看一些已经在你的兴趣范围之内的类似的几本书，作用仅限于此。一本书的封面引起了你的兴趣，或者一名店员将这本书塞到你的手里，告诉你一定要读一读——你不会因为这些，便不顾该书不符合你通常的口味而一时兴起拿起并买下它。网购时推荐的书单都是通过固定程式预先计算出来的，上面也许尽是些你已经喜欢的类似的书名。假如你读书的理由中至少有一个是为了开阔思想，这时你错失的即在于此。

不过，如果说亚马逊已经给文学界的出版商和作家带来一些负面影响，有人会争辩说它对读者是个福音，因为第二天一早就会有便宜的书送上门。人们还会说，如果有大量的实体书店倒闭关门，那是因为亚马逊的运营方式比传统书店要好。

这些观点忽略了一些让人不悦的现实：亚马逊借助避税获取了巨大的竞争优势①；通过亏本售书，亚马逊削弱了竞争；它对待自己物流中心雇员的方式颇为不妥，这引发了不少严重的问题。就算撇开这些不愉快的细节，我也坚决反对这样的观点，即认为售书垄断对读者总会有好处。我相信，一个健康活泼的文化，无论是否与文学相关，都依赖多元化的存在。对作家或图书而言，我想只有一种渠道来源注定不是什么好事情。

2012年，在新奥尔良举行的全美书商协会第七次冬季大会上，安·帕切特在她的主旨发言中谈到了她第一部长篇小说的发行历程。她的出版商告诉她，在巡回签售时，她有两项任务，一是签名售书，二是和书商们搞好关系。巡回签售的重点不是读者，因为对刚出道的作家而言几乎没有现成的读者群。她被派出去到处认识书商，特别是，由于店主和经理们一般晚上都不会在店里，要去认识在书店柜台干活的女孩——虽然也有男孩，但很少。她发现："假如我和这些女孩子搞好了关系……我走了之后，她们会读我的书，而且会亲手推销。"

在其成名作《美声》正式推出之前，她已经有了很好的基础。

① 成立初期，亚马逊并不向消费者征收消费税，这给了其相对于实体商店的价格优势。但近年来，美国越来越多的州出台了网络消费税法律。目前，只在少数几个州，亚马逊还可以避免征收消费税。

全国的书商都钟爱这本书。他们知道她是谁，因为他们已经和她很熟了。独立的实体书店都是个性化的。当我在读这本散文集时，我很清楚在独立书店里发生的一切都不会发生在我们买书的其他地方。

每次一家独立书店歇业，文学和文化的风景就会降低它的多元性。我希望有朝一日在这个国家亚马逊可以和实体书店共生共存。我还要说，目前亚马逊的运作模式对它自身也并非利益最大化，因为每关停一家实体书店，便意味着少一个可能会被说服存放亚马逊自有出版品牌所出图书的地方。对我们其他人而言，多元文学世界的萎缩意味着越来越少的人会以推荐书为谋生手段，店员推荐服务会越来越少，刚出道的作家吸引大众注意的机会也会越来越少。

不过现在还不是唱安魂曲的时候。当下对出版和售书是很危险，但是全美书商协会的报告显示它的会员在缓慢却稳固地回升着。2011年12月发布的报告显示会员是1 900多，和1990年代相比的确有些寒碜，但是别忘了，2003年的数字是1 400。全美书商协会将此归因于不断高涨的"本地购书"运动以及新进创业者的增加。《纽约时报》报道称，2009年在布鲁克林开业的绿光书店立刻就成了读者最爱的书店，第一年营业额就超过了100万美元。

上周我非常有幸访问了巴黎的莎士比亚书店。我的法国出版商把我安排在该书店附近的宾馆，一周的时间都在做访谈、接待和拍照等活动。根据日程，第二天和第三天休息，我和我的先生像朝圣者一样离开下榻的宾馆，手里拿着地图，寻找附近这间神圣的去处。

莎士比亚书店没让人失望。在这家迷宫般的书店里,各种图书排放在任何一个可能的角落,楼上书架中间有细长的小床,一角的水槽上还放着一小块风干的风滚草牌香皂,来访的作家和读者逗留于此,畅聊工作,交流思想。有的书仿佛已经在这里的书架上躺了几十年了。一面墙上贴满了便利贴,老式橱柜里还摆放着一台年代久远的打字机。在店里移动脚步是个相当复杂的动作,这里人头攒动,尽是爱书之人。

门口随风飘扬的一面白色旗帜让人记起了乔治·惠特曼。他在1951年开了目前这家书店,于去年去世,享年九十八岁。他认为自己是西尔维娅·比奇的继承人。比奇于1919年开了最早的一家莎士比亚书店,在纳粹占领巴黎时永久关闭了这家店。惠特曼的出生和去世日期就贴在墙上,下面是他说过的也许最有名的一句话:"书事即人事。"

愤世嫉俗者会不屑地将他看作无可救药的浪漫主义者,他同类中的最后一位。但这句名言看起来却如此亲切。它使我想起遇到的其他书商,我的同时代人,他们一样热情地欢迎我步入书店。他们聪慧有趣,献身图书事业。他们的生意不那么容易,但是他们仍在坚守,书店仍在运营。

我听到过太多次有关实体书店必将寿终正寝的说法,还见过数不清的让人不悦的互联网评论,比如:"实体书店已死,电子图书必然大行其道,接受这个现实吧。"

这样的评论令人想到以下几个明显的观点:首先,无论如何,电子图书和实体书店不可能不会共存;其次,新的书店在不停地开张,有些还相当成功。最后呢,**接受不**? 我们为何要接受? 我们为何要被动地接受一成不变的、文化单一化的文学世界,我们为何要接受像莎士比亚书店这样的,或者在这个国家里是麦克莱恩与艾金、北郡、莫里斯书店还有跟它们一样生机勃勃的实体书店在地球上消失的事实？我想我们不用接受，也不应该接受。

在布鲁克林我居住的那条街上，有家实体书店已经开了四十一年。几年前我搬过去住时，发现社区书店有些被人遗忘的架势。我也有些失望，很少进去。现在这家书店有了新的合伙人斯蒂芬妮·瓦尔迪兹和埃兹拉·戈尔茨坦。见它重振旗鼓，我心中甚慰。去年我参加了这家书店的四十年店庆，才了解到几乎淡出人们视野的小店是如何坚持生存下来的。

他们借用了书店对面的教堂举办午后朗读会。原先我还私下嘀咕选这么个地方是否有点太过了——教堂很大，堂皇的灰石建筑在布鲁克林很壮观。进去几分钟之后朗读会就如期开始了，里面挤满了人。有几百人在里面，我们都是爱书爱书店之人，想要倾听朗诵。朗读者都棒极了，如果你是保罗·奥斯特或者乔纳森·沙弗兰·福尔或者希瑞·胡斯维特，你肯定会觉得这里是个公共演说的好去处，不过让我最受触动的还是妮可·克劳斯所讲的话。

她最近刚从《大宅》一书的全国巡回宣传回来。她告诉我们这一路上她碰上几个人，跟她说他们只买电子书。被问到为什么的时候，他们说因为方便。她觉得这很有趣，就问他们，什么时候图方便变成最重要的事情了？

我个人无意为电子书的事情争吵不休，它们可以与纸质图书共存，不过克劳斯的话中有些许的伤感引起我的共鸣。我想这对我们怎样买书、在哪儿买书的决策有很大的影响。

曾几何时，我们所有人，普通公众，被称作公民。忽然在某个节点上发生了变化，现在我们大多时候被叫做消费者。这种变化确实有问题，因为公民身份蕴含权利和责任，而在我看来消费者关注的大都是购买。

原话的阴影仍在。"消费者"这个词，在我看来，本身亦有责任的意味，它折射出资本主义社会一个基本的生活现实，即我们可以通过在哪儿花钱和怎么花钱来改变我们生存的这个世界。这概念一点也不新鲜，但是假如您喜欢在自己的城镇里有那么一家实体书店，我要说再也没有比这更重要的了。

艾米丽·圣约翰·曼德尔

2012 年

书店位置一览表

亚拉巴马州

伯明翰: 亚拉巴马书匠

费尔霍普: 书页与调色盘

阿肯色州

布莱斯维尔: 布莱斯维尔的那
家书店

亚利桑那州

坦佩: 易手书店

加利福尼亚州

卡皮托拉: 卡皮托拉图书咖啡店

科特马德拉: 书之廊

拉荷亚: 沃里克书店

门洛帕克: 开普勒图书

帕洛阿尔托: 图书公司

帕萨迪纳: 弗罗曼书店

旧金山: 青苹果图书

圣巴巴拉: 乔叟图书

圣克鲁斯: 圣克鲁斯书屋

科罗拉多州

阿斯彭: 探索书店

丹佛: 破烂封面书店

杜兰戈: 玛利亚书店

康涅狄格州

米斯蒂克: 河岸广场图书

华盛顿蒂波特: 胡桃木棍书店

哥伦比亚特区

政治与散文书店

佛罗里达州

科勒尔盖布尔斯: 书啊书

佐治亚州

迪凯特：鹰眼书屋

爱达荷州

凯彻姆：第一章书店

伊利诺伊州

内伯维尔：安德森书店

温内卡特：栗子球场书摊

艾奥瓦州

艾奥瓦城：草原之光

堪萨斯州

威奇托：水印图书与咖啡

肯塔基州

路易斯维尔：卡迈克尔书店

路易斯安那州

新奥尔良：奥克塔维亚图书

缅因州

波特兰：朗费罗书店

马萨诸塞州

剑桥：哈佛书店

剑桥：波特广场图书

大巴灵顿：书阁

楠塔基特：米切尔图书角

楠塔基特：楠塔基特书屋

北安普敦：侧面书屋

南哈德利：奥德赛书屋

温亚德港：葡萄串书店

密歇根州

盖洛德：土星书店

佩托斯基：麦克莱恩与艾金书商

明尼苏达州

明尼阿波利斯：马格斯与奎因书店

圣保罗：密考伯书店

密西西比州

杰克逊：利莫里亚书店

牛津：广场书店

新罕布什尔州

彼得伯勒：伞菌书店

新泽西州

马纳斯宽：书城

蒙特克莱尔：沃昌书店

纽约州
布鲁克林：社区书店
布鲁克林：字
布法罗：叶语图书
纽约：麦克纳利·杰克逊图书
纽约：圣马可书店
纽约：斯特兰德书店

北卡罗来纳州
教堂山：衬页图书
夏洛特：公园路书店
达勒姆：监管者书屋
希尔斯伯勒：紫乌鸦书店
罗利：鹌鹑岭图书与音乐

俄勒冈州
波特兰：鲍威尔书城

罗得岛州
米德尔顿：岛屿图书

田纳西州
纳什维尔：帕纳塞斯山书店

得克萨斯州
奥斯汀：书人

犹他州
盐湖城：国王英语书店

佛蒙特州
哈德威克：银河书店
曼彻斯特：北郡书店

华盛顿州
班布里奇岛：鹰港图书公司
贝灵厄姆：乡村书店
西雅图：艾略特湾图书公司
西雅图：大学书店

威斯康星州
梅库恩：下一章书屋
密尔沃基：博斯韦尔图书公司